Die magische Pforte der Anderwelt

© Claudia Toman Traumstoff

Sandra Regnier ist in der Vulkaneifel geboren und aufgewachsen. Nach der Schule und einer Ausbildung zur Beamtin wollte sie lange nach Frankreich auswandern. Stattdessen heiratete sie einen Mann mit französischem Nachnamen und blieb zu Hause. Heute ist Sandra Regnier selbstständig und versteht es, den schönen Dingen des Lebens den richtigen Rahmen zu geben. Das umfasst sowohl alles, was man an die Wand hängen kann, als auch die Geschichten, die ihrer Fantasie entspringen.

Sandra Regnier

DIE MAGISCHE PFORTE DER ANDERWELT

CARLSEN

Von Sandra Regnier außerdem bei Carlsen erschienen:

Das geheime Vermächtnis des Pan
Die dunkle Prophezeiung des Pan
Die verborgenen Insignien des Pan
Das Flüstern der Zeit
Die Wellen der Zeit
Die Flammen der Zeit
Das Herz der Lilie

FSC
www.fsc.org
MIX
Papier aus verantwortungsvollen Quellen
FSC® C083411

Originalausgabe
Oktober 2017

Lektorat: Rebecca Wiltsch
Umschlagbild: shutterstock.com © Tutti Frutti/
Kanea/Ilya Chalyuk/maverick_infanta
Umschlaggestaltung: formlabor
Corporate Design Taschenbuch: bell étage
Gesetzt aus der Bembo von Dörlemann Satz, Lemförde
ISBN 978-3-551-31687-5

Für Papa, Oma und Opa.
Ihr fehlt.

Und für alle Pan-Leser, denen die Elfenwelt gefehlt hat

Teil 1

FINN

Die Anderwelt muss geschützt bleiben.

So lautet das wichtigste Gesetz Pans. Nur Elfen dürfen sie betreten. Allen anderen menschlichen oder menschendenkenden Wesen muss sie verschlossen bleiben. Die Mysterien müssen bewahrt werden.

Deswegen werden die Zugänge zur Elfenwelt streng bewacht. Es gibt mehrere in Großbritannien. Stonehenge ist einer davon, weitere findet man unter anderem in Cornwall, Wales, auf der Isle of Man und in London.

Ein Zugang ist in der unterirdischen Stadt von Edinburgh. Dort bin ich Wächter. Das war nicht immer so, ich wurde hierher abkommandiert. Oder besser gesagt: degradiert. Doch das ist eine andere Geschichte.

Dieser Einlass jedenfalls hat Pan, dem Gründer des Elfenreichs, stets am meisten Sorgen bereitet. Ganz in der Nähe des Zugangs befindet sich nämlich die magische Pforte. Sie ist nicht weiter auffallend oder bemerkenswert. Der Raum, in den sie führt, war typisch für Edinburghs Untergrund. Erbaut aus den üblichen Bruchsteinen, ohne Fenster und ohne zweiten Ausgang. Es gibt darin keine Möbel, nur den lehmgestampften Boden.

Die Pforte zu diesem Raum hat keine Tür. Sie ist ein einfacher Durchgang mit einer einzigen Besonderheit: Es regnet unter dem Sturz. Niemand, weder Elf noch Mensch, konnte bislang ergründen, woher das Wasser kommt. Die Menschen, die früher – und damit meine ich vor mehreren Hunderten von Jahren – hier vorbeikamen, vermuteten eine Grundwasserquelle.

Der verstorbene König Oberon glaubte nicht daran. Denn diese Regenpforte war bereits vorhanden, als sein Vater Pan alle Zugänge zur Anderwelt versiegelte. Das Ungewöhnlichste daran ist wohl, dass das Wasser keine Pfütze auf dem Boden hinterlässt. Ein untrügliches Zeichen für eine ganz besondere Art von Magie. Eine Magie, die uns Elfen nicht gegeben ist.

Ich bewache also zwei Türen. Niemand hatte die magische Pforte je trocken gesehen. Nicht einmal in den Jahren 1394 und 1652, als eine große Dürre Schottland heimsuchte.

Bis Allison Murray kam.

Ein Mädchen, das mir nicht einmal bis zum Kinn reichte, mit roten Locken und einer Nase voller Sommersprossen. Sie brachte das gesamte Elfenreich in höchste Gefahr. Mal davon abgesehen, dass sie mein Leben komplett auf den Kopf stellte.

Und das alles nur, weil sie sauber machen wollte.

ALLISON
Das neue Codewort

Ich hatte mich in der Mittagspause in den hintersten Winkel der Schulcafeteria zurückgezogen, um einen Brief meiner Eltern zu lesen. Im Nachhinein betrachtet wäre ich stattdessen besser in mein Zimmer gegangen und hätte die Tür abgeschlossen, um all dem zu entgehen, was nach diesem Tag auf mich hereinstürmte. Dann nämlich hätten mich meine Freundinnen nicht gefunden und ich hätte weiterhin das ruhige, beschauliche Leben einer normalen schottischen Schülerin des einundzwanzigsten Jahrhunderts geführt.

Hätte!

Ich hatte mich aber in die Mensa der St.-Pauls-Mädchenschule gesetzt, umringt von Mitschülerinnen, und so nahmen die Dinge ihren Lauf. Die absonderlichen, seltsamen, völlig aus dem Ruder laufenden Ereignisse, die ich mir niemals in meinen Träumen hätte ausdenken können.

Der Brief war schon vor drei Tagen eingetroffen, doch ich hatte das Lesen aufgeschoben. Jeder Brief meiner Eltern beinhaltete so ziemlich das Gleiche. Zumindest fingen sie alle mit denselben Worten an, so auch dieser: »Liebste Allie, du wirst nicht glauben, was dein Vater und ich Aufregendes erlebt haben …«

Immer dieselbe Leier, die mich neugierig machen und gleichzeitig trösten sollte, weil sie mich in dieses Internat abgeschoben hatten.

Ich legte das Papier zur Seite und begann meinen Kartoffelbrei zu verdrücken. Wenigstens das Essen hier an der St. Pauls war gut, sogar die Rote Bete schmeckte ausgezeichnet. Ich aß noch ein paar Gabeln, ehe ich wieder nach dem Brief griff.

Doch bevor ich weiterlesen konnte, ließ sich jemand mit lautem Poltern auf den Stuhl neben mir fallen. Erschrocken knüllte ich das Papier zusammen.

»Wir brauchen ein neues Codewort!«

Camillas blonde Mähne hüpfte aufgebracht. Der Stuhl ächzte bedenklich unter ihr. Das lag nicht etwa daran, dass sie zu viel auf ihren Rippen hatte, sondern eher an ihrer hünenhaften Gestalt, die einer Brienne von Tarth nicht unähnlich war.

»Wozu? Reichen unsere Synonyme für *genervt*, *langweilig*, *heißer Typ* und *stressige Eltern* nicht aus?« Ich packte den Brief in meine Tasche. In dieser Mittagspause würde ich sowieso nicht mehr zum Lesen kommen, denn wenn Camilla auftauchte, war Emma meistens nicht weit. Und schon huschte unsere Freundin zwischen den schwatzenden und schmatzenden Mitschülern hindurch und kam auf unseren Tisch zu.

»Wir brauchen ein Codewort für *nervige Austauschschülerin*«, hauchte sie und ließ sich erschöpft auf den Stuhl mir gegenüber sinken.

»Aber du hattest dich doch so auf das Austauschprogramm gefreut«, sagte ich.

»Damals hatte ich die Hoffnung, ein schneidiger Franzose würde mein Partner werden. So ein Typ wie Alexander Skarsgård. Wer hätte gedacht, dass ich mich mit einer brünetten Fleur Delacour rumschlagen muss?«

Emma legte alles Elfenhafte ab und prustete laut hörbar Luft durch ihre Lippen. Camillas Wallach Lauredano hätte es nicht besser hinbekommen. Am Nachbartisch kicherten ein paar Mädchen.

»Du weißt schon, dass Alexander Skarsgård Schwede ist, ja?«, fragte ich amüsiert.

Emma sah betroffen aus. »Echt? Verdammt. Das hättest du mir ruhig vorher sagen können.«

Camilla rollte die Augen. »Und welches Codewort geben wir ihr jetzt?«

»Ist ›Jon Snow‹ für *nervig* nicht passend?«, fragte ich leise, damit die vom Nachbartisch nichts mitbekamen. Immerhin waren es unsere *geheimen* Codewörter.

Camilla schüttelte so heftig den Kopf, dass mir ihre Haare ins Gesicht peitschten. Sie musste dringend zum Friseur, ihr Bob wurde zu lang. »Nein, Jon Snow mit seiner ständigen Trauermiene trifft nicht im Entferntesten, was sie ist.«

Camilla entfuhr eine Beleidigung, die die Mädchen am Nachbartisch sich erschrocken zu uns umdrehen ließ.

»Nicht so laut! Wir wollen doch keine Aufmerksamkeit erregen«, zischte Emma unwirsch. »Vor allem will ich *sie* im Moment nicht hierhaben. Ich brauche eine Pause.«

Mit *sie* war Valérie de Mallet aus Montpellier gemeint, die bei Emma seit zwei Wochen wohnte und noch weitere zwei Wochen bleiben würde. Zugegeben, sie sah aus wie eine jüngere Ausgabe von Miranda Kerr, allerdings verhielt sie sich wie eine Diva. Seit sie angekommen war, meckerte und motzte sie ständig über alles. Das einzig wirklich Niedliche an ihr war ihre kleine Narbe an der Oberlippe, die ständig in Bewegung schien und von ihrer missbilligenden Miene ablenkte. Man konnte gar nicht anders, als ständig darauf zu starren, und es hatte etwas gedauert, bis ihre Worte zu uns durchdrangen.

Das Essen war ihr zu fad, die Landschaft zu trist, der Regen zu warm, die Sonne zu kalt, Camillas Pferd ein Ackergaul und ich das Ebenbild eines Hobbits – um nur ein paar Dinge zu nennen, über die sie hergezogen war. Wir konnten sie nicht leiden, seit sie den Mund aufgemacht hatte.

Emma strich ihre brünetten Haare zurück. Was völlig unnötig war, denn sie lagen wie immer perfekt: Glänzend, glatt und nicht eine Strähne stand jemals ab, so wie auch kein Fussel jemals ihre Erscheinung verunglimpfen würde. Ihre Model-Figur unterstrich sie mit ihrer eleganten Erscheinung – trotz Schuluniform, die an ihr saß wie ein Kostüm von Chanel. Ich hatte sie schon so oft gefragt, wie man diesen exakten Lidstrich mit Schwänzchen hinbekam oder das Make-up so verteilte, dass es aussah wie bei einem Filmstar. Emmas Antwort war jedes Mal frustrierend: »Das weiß ich nicht. Ich benutze nur Puder.«

Das bezweifelte ich zwar stark, aber sie war eine meiner beiden besten Freundinnen. Ich konnte ihr schlecht an den Kopf werfen, dass sie log.

Ich selbst war so ziemlich das Gegenteil von ihr und Camilla. Meine unzähligen Sommersprossen ließen sich weder mit Puder noch mit Make-up überdecken und meine roten Haare kringelten sich, egal wie viel Gel, Haarspray oder Glätteisen ich verwendete. Dadurch wurden sie höchstens stumpf.

Und niemand, der mir gegenüberstand, würde mich mit meinen eins achtundfünzig als elegant und grazil bezeichnen. Vor allem nicht, weil meine Taille eindeutig zeigte, wie sehr mir das schottische Shortbread schmeckte – neben dem Schulessen. Ich nahm noch eine Gabel.

»Was hat Valérie denn jetzt schon wieder angestellt?«, fragte ich, nachdem ich hinuntergeschluckt hatte.

»Sie flirtet mit unserer Banane«, antwortete Emma mit düsterer Stimme und deutete auf das andere Ende der Cafeteria.

Da stand sie, die bildhübsche Französin. Sie trug keine Schuluniform, sondern eine Rüschenbluse über einem Faltenröckchen mit Kniestrümpfen und verkörperte darin den perfekten Pariser Chic.

Und sie flirtete auf Teufel komm raus mit unserem sexy Hausmeister. Ich konnte es ihr nicht mal verübeln. Das Codewort Banane stand für »heißer Typ« und unser Hausmeister Mr Scott sah heute wieder sehr gut aus. Obwohl es draußen den ganzen Tag genieselt hatte und für Oktober schon empfindlich kalt war, stand er in einem eng anliegenden T-Shirt da, das die Muskeln seiner Oberarme zur Geltung brachte.

Er war erst Ende zwanzig und neben dem ältlichen Musiklehrer Mr Andrews und dem glatzköpfigen Sportlehrer Mr Abercrombie der einzige Mann an der Schule. Und das Beste für uns alle am St.-Pauls-Mädchen-College war: Er hätte den nächsten James Bond mimen können. Wir waren alle ein bisschen in ihn verliebt, denn er sah nicht nur gut aus, sondern war auch noch richtig nett und alberte mit allen Schülerinnen herum. Dabei wussten wir, dass er verheiratet war und zwei Kinder hatte.

Doch ich verstand Emma.

Mr Scott war *unser* Hausmeister, unsere Banane. Diese französische – in Gedanken wiederholte ich Camillas Wort für sie – konnte uns doch nicht einfach unseren Schwarm stehlen.

»Übrigens, ehe ich es vergesse, meine Mutter besorgt uns Eintrittskarten für das Mary Kings Close«, sagte Emma. »Ich möchte, dass ihr beiden mitkommt.«

Betroffen stieß ich meine Gabel in den Kartoffelbrei. »Was? Wieso das denn?«

Das Mary Kings Close war eine Touristenattraktion hier in Edinburgh. Leider lange nicht so unterhaltsam wie das *Dungeon*, und außerdem hatten wir es schon zweimal mit der Schule besichtigt. Das bedeutete, ich hatte es einmal zu viel gesehen.

»Mutter ist der Meinung, Valérie sollte alles erleben, was

Edinburgh ausmacht.« Emma rollte mit den Augen. »Ich konnte sie nicht davon abbringen. Aber ihr kommt doch mit, ja? Mit euch ist es für mich erträglicher.«

»Muss das sein?« Ich mochte keine unterirdischen Gänge.

»Allie, bitte! Mum spendiert uns auch noch ein Eis. Falls du lieber Butterkekse möchtest, kauf ich dir die dazu.« Emma sah mich flehend an.

»Und du darfst mit auf den Reiterball!«, lockte Camilla. Sie pickte mit ihrer Gabel nach meiner Roten Bete. Dabei versprühte sie ein wenig Saft auf den Kragen ihrer weißen Bluse. Sie bemerkte es nicht und weder Emma noch ich machten sie darauf aufmerksam. Wir waren zu perplex.

»Welcher Reiterball?«, fragte Emma neugierig.

»Der von unserem Stallteam an Weihnachten«, erklärte Camilla ungeduldig. »Du weißt schon, der Tanzsaal in dem Herrenhaus vom Gestüt wird dann hergerichtet und nicht selten sind Prinzessin Anne und Zara Philips auch zugegen.«

Im Gegensatz zu mir waren Camilla und Emma keine Internats-, sondern Tagesschülerinnen. Wie die meisten Mädchen an der St. Pauls fuhren sie nach Schulschluss nach Hause und konnten somit ein ganz normales Familienleben führen und ihren Hobbys nachgehen. Bei Camilla war es ihr Pferd und das Reiten, Emma tanzte Ballett. Und dank der beiden bekam ich einen Eindruck davon, wie »normale Familien« lebten, denn ich durfte manchmal mit zu ihnen nach Hause. *Normale* Familie stimmte vielleicht nicht ganz, denn wer die St.-Pauls-Mädchenschule besuchte, kam aus einem wohlhabenden Elternhaus. Emmas Eltern waren angesehene Anwälte, Camillas von schottischem Adel, weshalb sie ihre Freizeit in diesem exklusiven Reitstall verbrachte. Wir alle wussten, dass dieser Reiterball einem von Downton Abbey gleichkäme. Da ich zu den fünfunddreißig Internatsschülern zählte und eine von nur sechs Schülerinnen war, die auch die Wochenenden und die meisten Ferien in der Schule verbrachte, war diese Einladung für mich ein Riesenereignis. Nicht nur für mich, wie sich zeigte.

»Und du nimmst Allie mit?«, hakte Emma ein wenig eingeschnappt nach.

»Doch nicht nur Allie«, winkte Camilla ab und es tropfte noch mehr Rote-Bete-Saft auf den Pulli über der Bluse. »Ich darf dieses Jahr Freunde mitbringen. Und ich nehme euch mit. Wir müssen uns noch Klamotten kaufen und einen Friseurtermin ausmachen.«

Der Reiterball war ein Riesenereignis und noch interessanter, seit Camilla alt genug war, um daran teilzunehmen. Was erst seit letztem Jahr der Fall war. Wochenlang hatte es bei ihr kein anderes Thema gegeben und dieses Jahr durften wir mit! Wahnsinn! Das wäre das absolute Jahreshighlight neben meinem Geburtstag. Doch der Reiterball war definitiv eine Nummer größer.

»Also, Allie? Was sagst du? Dafür wirst du doch zwei Stunden in den Katakomben durchstehen, oder?«

»Wir passen auch gut auf dich auf, ja? Camilla nimmt dich bei der Hand und ich verjage die Geister.«

»Haha«, machte ich trocken.

»Glaubst du ehrlich, dass es da unten spukt?«, fragte Camilla und begann eine Strähne über ihren Finger zu wickeln.

»Damit machen sie zumindest erfolgreich Werbung« war Emmas Antwort.

»Aber glaubst du, da war wirklich ein Mädchen, das wegen der Pest dort eingemauert wurde und jetzt nach Spielzeug verlangt?« Es gab dort einen Raum, in dem ein Berg von Spielsachen lag. Als Hilfe für den Geist des kleinen Mädchens, damit sie den ›Übergang‹ finde.

»Der Gedanke ist echt gruselig«, Emma schüttelte sich.

»Beim letzten Besuch lag da ein Tamagotchi. Ich bezweifle, dass der Geist eines pestkranken Mädchens aus dem achtzehnten Jahrhundert sich so was gewünscht hat«, erklärte ich.

»Wir könnten eine Wette abschließen«, schlug Camilla vor. »Jeder wettet um irgendein Spielzeug, das ein Tourist da wieder abgelegt hat, und wer recht behält, bekommt einen Kinobesuch geschenkt.«

»Einverstanden.« Emma hielt ihre Hand in die Mitte und wir schlugen ein.

»Ein Einhorn. Ich wette, da liegt jetzt ein rosafarbenes, flauschiges Einhorn auf dem Spielzeughaufen«, sagte ich.

Emma kicherte. »Okay. Dann nehme ich ein …«

»Drache!«, fiel ihr Camilla ins Wort.

»Ich wollte Auto sagen«, meinte Emma genervt.

»*Ich* sage Drache. Ich liebe Drachen.« Camilla stützte das Gesicht in beide Hände und lächelte verzückt.

»Seit wann?«, fragte ich sie. »Das sind Echsen. Die haben schuppige Haut, Warzen, ein Haifischgebiss und vermutlich auch noch Mundgeruch wegen der Fleischstücke zwischen den Zähnen.«

»Heißt das, du bist dabei?«, unterbrach Emma meine Aufzählung.

Ich seufzte. Ich wollte wirklich nicht dahin. Doch was blieb mir anderes übrig, wenn mich meine besten Freundinnen anbettelten?

»Ja, klar«, sagte ich lahm.

»Maria Stuart«, sagte Emma unvermittelt.

»Hä?«, machte Camilla.

»Das neue Codewort für Valérie: Maria Stuart«, erklärte Emma ungeduldig.

»Das ist zu offensichtlich«, winkte ich ab. »Lass uns ein Codewort für Zicke oder doofe Ziege suchen, dann ist es etwas allgemeiner. Und wenn sie in zwei Wochen weg ist, kann es auch noch für Lucy Grumper verwendet werden.« Ich deutete zu unserer erklärten Schulfeindin und meiner Ex-Zimmerpartnerin, die mit ihren Freundinnen an einem Tisch am Fenster saß. Sie beobachteten ebenfalls den Hausmeister und die flirtende Valérie.

»Schnucki«, schlug ich vor.

Beide sahen mich irritiert an. »Schnucki. So heißt die Ziege in Heidi.«

Dieses Mal prustete Camilla wie ein Pferd und schlug

sich vor Lachen auf die Schenkel. Auch Emma kicherte ungehalten mit beiden Händen vorm Mund.

»Ach, Allie, wenn wir dich nicht hätten.« Camilla klopfte mir auf den Rücken. Ich hatte gerade eine weitere Gabel Kartoffelbrei zum Mund führen wollen, doch nun verfehlte er sein Ziel und klatschte auf meinen Rock.

»Ich geh dann mal aufs Klo«, sagte ich genervt und stand auf.

Valérie war so sehr mit Flirten beschäftigt, dass sie mich überhaupt nicht bemerkte, als ich an ihr vorbeiging. Oder sie wollte mich nicht sehen. Aber ich sah etwas.

Sie stopfte ihren BH aus! Und sie glaubte wohl, das merke niemand, vor allem nicht unser James Bond, denn sie machte ein Hohlkreuz, damit er auch ja richtig hinsah – umsonst, denn er blickte, genau wie jeder andere, auf die Narbe an ihrer Lippe.

Ich schrubbte den Fleck am Rock weg und erledigte, was man so auf dem Klo erledigte. Doch der Gedanke, dass sich diese aufgeblasene Nuss an Mr Scott ranmachte, nagte an mir.

Ich wusch meine Hände, schüttelte noch einmal meine Locken und ging dann zurück in die Cafeteria. Valérie und Mr Scott hatten sich keinen Zentimeter fortbewegt und sie erzählte irgendwas mit ausladenden Handbewegungen.

Nein, ich hatte mich nicht verguckt. Da sah man ganz deutlich den Zipfel eines weißen Papiertaschentuchs aus Valéries Bluse herausschauen.

Wie perfekt! Das war ja schon fast zu einfach.

»Hi, Mr Scott«, sagte ich fröhlich und wandte mich dann verschwörerisch Valérie zu. Die sah alles andere als begeistert über die Unterbrechung aus.

»Ist sie nicht zauberhaft?«, sagte ich wieder zu Mr Scott und legte einen Arm um Valéries Taille. »Wir sind so froh, dass hier mal frischer Wind reinkommt. Valérie erzählt uns ganz viel von Frankreich und über die Mode und gibt uns so tolle Tipps.«

Ich strahlte Valérie an, die mich aus zusammengekniffenen Augen betrachtete und versuchte sich unauffällig aus meiner Umarmung zu lösen. Sie wusste sehr wohl, dass ihre »Tipps« eher Ohrfeigen glichen. (»Ehrlisch? Flüssiges Kajal benutzt man 'ier noch? Das 'aben wir in den Neunzigern nicht mehr verwendet. Solche Unter'osen trug meine Oma. Die 'atte neunzig Jahre und ist seit drei Jahren mort.«)

Ich beugte mich dicht an ihr Ohr, damit es sonst niemand mitbekam. »Ich wollte ja auch mein Dekolleté etwas mehr betonen, aber das kratzt so furchtbar. Ich bewundere dich, dass du das aushältst. Doch wie sagt man noch gleich? Wer schön sein will, muss leiden. Du leidest wirklich sehr tapfer.«

»Isch verstehe nischt …«, wunderte sich Valérie und sah reflexartig auf ihr Dekolleté. Dann wurde sie so rot wie unsere Schuluniformjacken und verschwand, ohne Mr Scott eines weiteren Blickes zu würdigen, in Richtung Klo. Ups, obwohl ich leise gesprochen hatte, hatte man wohl doch kapiert, worum es ging.

Mr Scott schmunzelte, während um uns herum die Schüler in schallendes Gelächter ausbrachen.

Ich zwinkerte Mr Scott noch einmal zu und ging zurück zu unserem Tisch.

Das Gelächter begleitete mich. Ha, der hatte ich es gegeben, wenn es auch nicht so öffentlich hätte sein sollen. Doch dem Kichern um mich herum nach zu urteilen fanden alle anderen Schülerinnen, dass sie es verdient hatte. Sogar Lucy Grumper grinste ganz boshaft und zwinkerte ihren fünf Freundinnen verschwörerisch zu. Zufrieden wollte ich mich neben Camilla auf meinen Stuhl setzen, als sie mich zurückhielt.

»Keine Bange, es war nur ein kleines bisschen peinlich für sie. Ihr Busen war im Begriff, sich aufzulösen. Was hast du?«

Camilla hatte mich am Ellbogen gepackt und umgedreht. Ich folgte ihrem Blick und erbleichte.

Kein Wunder, dass alle so laut lachten. Das hatte überhaupt nichts mit Valérie zu tun.

Mein Rock hing in der Strumpfhose und alle hatten einen wunderbaren Einblick auf meine Unterhose erhalten.

Georges Erkenntnisse

Ich war bei der nächstbesten Gelegenheit geflüchtet und hatte mich auf unserem Schulgelände auf eine Bank gesetzt, obwohl der Wind unangenehm kühl war. Ich tat so, als würde ich den Brief lesen, doch eigentlich wollte ich die Schmach verdauen. Mir wurde noch immer ganz elend, wenn ich daran dachte, dass alle Schülerinnen von St. Pauls inklusive Mr Scott … Schnell lenkte ich mich ab, indem ich auf das Papier blickte.

»Hey, Allie!« George tauchte neben mir auf. Gott sei Dank. Darauf hatte ich gehofft, als ich mir diese Ecke des Schulgeländes ausgesucht hatte, um »ungestört« zu sein.

George ging auf das Jungencollege St. Barnabas direkt neben unserer Mädchenschule und nutzte das Loch in der Hecke, um mich immer mal wieder zu besuchen. Was in etwa zwei- bis dreimal die Woche und jedes Wochenende der Fall war. Er war erst elf, fast sechs Jahre jünger als ich, ebenfalls Internatskind und vor vier Jahren dort eingeschult worden. Ich war damals selber erst seit ein paar Wochen an der St. Pauls und hatte mich unter ebenjene Hecke zurückgezogen, um in Ruhe die Abschiebung meiner Eltern ausheulen zu können. Ich war nicht lange allein gewesen, als ein kleiner, rothaariger Junge mit verschmierter Brille und ebenso verheultem Gesicht in der Hecke auftauchte.

Ohne ein Wort zu sagen – es wäre durch unser Schluchzen sowieso nichts Verständliches rausgekommen – teilten wir uns die Packung Papiertaschentücher und den Rest meiner Kekse. Das war der Anfang unserer Freundschaft gewesen. Für mich war George der kleine Bruder, den ich nicht hatte und niemals haben würde. Er erinnerte mich ein wenig Hühnchen Junior aus dem Disneyfilm *Himmel und Huhn*. Das machte ihn so niedlich.

»Wie geht es dir?«, fragte George und betrachtete eingehend mein Gesicht.

»Mies«, antwortete ich wahrheitsgemäß. »Und dir?«

»Geht so«, lautete Georges übliche Antwort. Er hasste das Internatsleben. Das hatte sich auch nach vier Jahren nicht geändert. »Was ist so mies?«, wollte er wissen und ich erzählte ihm von meinem Missgeschick.

Bei George konnte ich mir sicher sein, dass er nicht auch noch lachte, sondern mitfühlte. Für einen Elfjährigen war er erstaunlich einfühlsam. ›Ein als Kind getarnter Erwachsener‹, sagte Emma dazu und traf damit so ziemlich ins Schwarze.

»Mach dir nichts draus, Allie. Kate Middletons Rock hatte sich auch vor einiger Zeit gelüftet und die ganze Presse konnte sehen, dass sie keine Unterwäsche trug. Du hattest doch eine Unterhose an, oder?«

Mein vernichtender Blick sagte alles. George zuckte die Schultern. »Na, dann ist es nicht mal halb so schlimm. Du wirst wohl kaum in den Nachrichten auftauchen. Und du musst keiner strengen Schwiegeroma Rede und Antwort stehen.«

Ich erstarrte. »Oh. Mein. Gott! Daran hab ich noch gar nicht gedacht.«

»Würde dich deine Oma deshalb zurechtweisen?«, fragte George erschrocken.

»Meine Oma ist dement und wohnt in einem kleinen Dorf am Loch Ness«, winkte ich ab. Doch ich konnte nicht verhindern, dass meine Hand ein wenig zitterte. »Nein, ich meine, dass jemand ein Foto geschossen haben könnte.«

»Sollte das der Fall sein, werde ich meinen Vater bitten es aus dem Netz zu nehmen. Du weißt, er kann das.« Natürlich konnte er das. Er arbeitete für das Königshaus und kannte sich mit solchen Geschichten aus. Eine Welle der Dankbarkeit überschwemmte mich.

»Danke, mir geht's schon ein bisschen besser.« Ich sah George neugierig an. »Die Duchesse of Cambridge trägt echt keine Unterwäsche bei ihren Auftritten?«

»Soweit ich gehört habe, hat sich das geändert.« Er musste es ja wissen. »Was hast du da?«, fragte er mit Blick auf den noch immer gefalteten Brief in meiner Hand.

»Einen Brief meiner Eltern. Aber ich hab ihn noch nicht gelesen«, gestand ich.

»Warum?«

»Weil es immer das Gleiche ist. Sie erleben diese ach so tollen Abenteuer, sind ständig in Todesgefahr oder tun zumindest so.« Genervt warf ich den Brief neben mich.

George hob ihn auf und setzte sich neben mich. »Bist du neidisch?«, fragte er langsam.

»Nein«, sagte ich. »Ich will ihr Leben auf keinen Fall führen. Das ist doch das Letzte.«

George sagte nichts mehr. Meine Eltern waren Tierforscher und drehten Dokumentarfilme. Er wusste, dass ich sie in den ersten zwölf Jahren meines Lebens begleitet hatte und erst nach dem schlimmen Unfall ins Internat gesteckt worden war. Ich war bei einer Expedition meiner Eltern im Gebirge in eine Schlucht gestürzt und hatte mir mein Bein mehrfach gebrochen. Das war vor viereinhalb Jahren gewesen. Mein Bein war verheilt, die Narben waren geblieben.

George hatte die Narben an meinem Schienbein gesehen. Jeder konnte sie sehen, dank der knielangen Faltenröcke unserer Uniform.

Auch mein linker Zeige- und Mittelfinger waren vernarbt und etwas steif. Mrs Bell hatte mich für Highland-Dance und Kricket eingeteilt, weil ich mit diesen Fingern nie ein Instrument würde spielen können. Mein ganz persönliches und ewig währendes Andenken an das aufregende Leben mit meinen Eltern.

»Warum willst du dann nicht ihren Brief lesen, Allie?«, fragte er und hielt ihn mir hin.

Ich stieß ihn weg. »Lass es einfach, ja? Ich wollte eigentlich nur meine Wunden lecken. Das hat sich ja dank dir jetzt erledigt. Erzähl mir lieber von eurem neuen Geschichtsprojekt.«

Dieses Ablenkungsmanöver gelang immer.

»Wir sollen uns mit der Entstehung der unterirdischen Tunnel von Edinburgh befassen. Die Schotten hatten seit jeher – sparsam, wie sie waren – jeden Zentimeter Boden genutzt und sogar die Höhlungen aus den Strebebögen unter den Brücken zu Wohn- und Lagerräumen ausgebaut. Und du hast bestimmt schon mal gehört, dass die alle miteinander verbunden sind und von Schmugglern und Mördern genutzt wurden. Na, egal. Sämtliche Tunnel sind angeblich alle erst im achtzehnten oder neunzehnten Jahrhundert gebaut worden, als Edinburgh die dichtbevölkertste Stadt in Europa war. Aber das stimmt nicht! Stell dir vor, Allie, ein paar davon entstanden sogar schon vor der Römerzeit. Wir waren im Archiv der Universität und durften dort recherchieren. Mr Manson ist ja so was von cool! Kein anderer Lehrer wäre mit Jungen in unserem Alter auf die Idee gekommen, die Unibibliothek zu besuchen, um ein Projekt zu bearbeiten.«

Ich würde meine linke Hand darauf verwetten, dass er auch der Einzige aus seiner Klasse war, der einen Besuch in der Unibibliothek cool fand.

Georges leuchtende Augen zeigten deutlich, wie sehr er seinen Geschichtslehrer mochte. Er plapperte weiter. »Wie es aussieht, sind die ersten Tunnel aus der Bronzezeit oder noch älter. Ich konnte sie noch nicht genau lokalisieren, aber sobald ich weiß, wo einer dieser vermuteten Stollen ist, hält mich nichts mehr von einer Besichtigung ab. Magst du dann mitkommen?«

»Nein danke«, wehrte ich schnell ab. »Ich habe Emma versprochen sie und ihre Austauschschülerin ins Mary Kings Close zu begleiten. Valérie soll jeden Winkel in Edinburgh kennenlernen und deswegen müssen wir in die Katakomben, obwohl für Mittwoch Sonne gemeldet wurde. Das reicht mir erst mal. Du weißt, wie ich zu unterirdischen Räumen stehe.«

»O Allie, soll ich für dich gehen? Ich liebe das Mary Kings Close! Dort steckt alles voller Geschichten und Dramen.« Georges Augen leuchteten noch mehr. »Und außerdem ist diese Valérie echt hübsch.«

Ich musterte ihn von oben herab. Seine Brille war zwar sauber, aber seine roten Locken, den meinen nicht unähnlich, waren mal wieder zu lang. Außerdem wirkten die tiefen Grübchen in seinen Wangen noch immer wie Babyspeck. Er war definitiv zu jung, um Mädchen attraktiv zu finden.

»Hat sie schon mal mit dir geredet?«, fragte ich.

Er seufzte. »Nein.«

»Wird sie auch nicht, es sei denn, du zeigst ihr einen Kontoauszug deiner Eltern«, erklärte ich ihm.

»Das dürfte schwierig werden, denn vor Weihnachten komme ich nicht nach Hause.«

»George, das war ein Witz«, klärte ich ihn auf.

»Ich verstehe schon. Valérie beachtet nur Typen wie Chace Crawford.« George schien tatsächlich ein wenig deprimiert.

»Vielleicht macht sie aber eine Ausnahme für reiche Adlige, die aussehen wie Ed Sheerans jüngerer Bruder«, sagte ich und wollte ihm aufmunternd auf die Schulter klopfen. Dabei streifte ich irgendetwas Spitzes und zog schmerzhaft meine Hand zurück.

»Was ist? Was hast du?« George zog einen klitzekleinen Ansteckpin von seinem Blazer. »Tut mir leid. Das ist der Pin unseres Schachklubs. Welcher Idiot hat dafür die Farbe unserer Uniform ausgesucht?« Er ließ den winzigen Anstecker in seiner Tasche verschwinden.

Ich hatte mir einen Riss an meinen beiden verkrümmten Fingern zugezogen. Es begann sofort stark zu bluten.

»Mist. Hast du ein Taschentuch?«

Es war natürlich klar, dass er mir kein Papier-, sondern ein Stofftuch mit gesticktem Monogramm reichte. »Nobler ging es wohl nicht, oder?«

»Nein, die mit der Goldstickerei sind meinem Vater vorbehalten«, antwortete er trocken. Ich kicherte und presste das Taschentuch auf die Wunde, doch es dauerte eine Weile, bis die Blutung einigermaßen gestillt war. George nahm daraufhin meine Hand in seine und betrachtete die Finger genauer.

»Ich kann mir dieses seltsame Muttermal noch so oft ansehen, ich finde immer, es sieht aus wie eine Tätowierung.«

Das Muttermal hatte eine ungewöhnliche Form. Genau genommen waren es drei Punkte, die wie ein umgedrehtes Dreieck angeordnet waren.

»Meine Eltern haben mich nach dem Unfall komplett untersuchen lassen, weil ich neue Pigmentflecken bekommen hatte. Der Hautarzt meinte, Farbveränderungen treten bei verändertem Gewebe häufig auf. Aber es sei unauffällig«, erklärte ich ihm, doch ich wusste, was er meinte.

George hob die Hand ganz nah an seine kurzsichtigen Augen.

»Die Punkte sind so exakt. Meine Leberflecken sind immer asymmetrisch. Ich hab da einen auf dem Rücken, der …« George wollte doch tatsächlich sein Hemd aus der Hose ziehen. Das war aber jetzt genug.

»Okay, okay, ich glaub dir ja. Hey, hab ich dir schon erzählt, dass wir an meinem Geburtstag übers Wochenende bei Camilla zu Hause sind? Sie wohnt in diesem uralten Castle. Rate, was ich mir wünsche!«

Umständlich stopfte George sein Hemd zurück in die Hose. Es war zerknittert, aber lieber so als offen.

George starrte mich mit hochgezogenen Brauen an. Die blauen Augen hinter den dicken Brillengläsern wirkten vergrößert wie durch eine Lupe.

»Wenn es wieder mit diesem Schauspieler aus *Beastly* zu tun hat, will ich es gar nicht wissen«, sagte er. Ablenkung geglückt, dachte ich und sagte fröhlich:

»Okay, lassen wir das. Dann lesen wir jetzt den Brief meiner Eltern und jedes Mal, wenn die Worte *spannend* und *abenteuerlich* auftauchen, spendiere ich ein Pfund. Von dem Erlös gehen wir dann bei unserer nächsten gemeinsamen Ausgangserlaubnis einen Pfannkuchen essen.«

George kicherte. »Ich finde, deine Eltern sind an Begeisterung für ihren Beruf kaum zu übertreffen.«

»Und wenn man weiß, dass sie den lieben langen Tag nur Tiere beobachten, ist es nicht mal halb so spannend.«

»Findest du«, murmelte George. »Die Zuschauer sehen das wohl anders.«

Ich zuckte die Schultern. »Mag sein. Wird auf alle Fälle gut bezahlt, wenn ich an die Kosten für das Internat denke«, fügte ich hinzu. Seit meine Eltern einen Fernsehsender für ihre Dokumentationen gewinnen konnten, hatten sie mehr als genug Geld, um mich in diese teure Schule abzuschieben.

Und als sie letztes Jahr auch noch von der Queen einen Orden für ihr Engagement erhalten hatten, war das ebenfalls im Fernsehen übertragen worden. Meine Mitschülerin Lucy Grumper hatte es mir richtig übel genommen. Lucy und ich hatten uns vom ersten Tag an nicht ausstehen können. Ich war mir nicht sicher, ob es daran lag, dass meine Eltern berühmte Dokumentarfilmer waren oder sie einfach meine roten Haare nicht mochte. Lucy hatte seit jeher Wind gegen mich gemacht und hänselte mich, wann immer sie Gelegenheit dazu bekam. Dank Emma und Camilla, die Lucy auch nicht ausstehen konnten, waren sämtliche fiese Kommentare an mir abgeprallt. Tatsächlich fand ich es nervig, aber auch ein klein wenig amüsant.

»Die ist neidisch, weil ihre Eltern Immobilienmakler sind und sie mit ihnen höchstens die Stadtviertel von Edinburgh erkundet hat, während du schon um die ganze Welt gekommen bist«, hatten mir Emma und Camilla erklärt. Das mochte sein, aber ich fragte mich jedes Mal, was so toll daran sein sollte. Es war nicht besonders lustig, als Kind ständig im Flugzeug zu sitzen oder in Bussen in die abgelegensten Gegenden der Welt geschleift zu werden. Es war nicht schön, in gammeligen Betten oder eisigen Zelten zu schlafen, egal ob der Schlafsack angeblich minus zwanzig Grad aushalten sollte (das war glattweg gelogen) – mir war immer kalt gewesen. Und ich hatte es gehasst, stundenlang still sein zu müssen, weil irgendein seltenes Tier, das beobachtet wurde, nicht aus seinem Bau kam oder die Kamera nicht richtig eingestellt war oder Akku/Scheinwerfer/Linse nicht funktionierte. Aber ich war bei meinen Eltern gewesen.

George seufzte mitfühlend. »Ich verstehe dich schon. Ich hätte auch nicht stundenlang stillsitzen wollen, um auf ein komisches Tier zu warten. Einmal ja, aber dauernd?«

Ich warf ihm einen schiefen Blick zu. »Das könnte man von unterirdischen Gängen genauso behaupten.«

Er knuffte mich. »Lies vor. Ich will wissen, ob es ein Pfannkuchen mit Früchten und Nutella wird.«

Es sprangen zwölf Pfund heraus. Dafür würden wir uns noch eine Cola zum Pfannkuchen gönnen.

Die Stadt unter der Stadt

»Hallo, mein Name ist Francis Poole, ich bin Dichter aus Berufung und werde euch edlen Besuchern, die ihr Goldstücke oben am Eingang gelassen habt, nun einen Einblick in meine Welt geben: in eine Zeit, in der wir Poeten uns noch in den Kaffeestuben und Pubs gegenseitig unsere Werke vorlasen und versuchten dort neue Gönner für die einzigartige Schönheit der Worte und schottischen Sprache zu finden. Ladys und Gentlemen, bitte folgt mir nun in das Innere der Erde, in eine Zeit voller Abenteuer und Herzensangelegenheiten. Eine Ära, in der ein Blick einer Dame uns Dichter in literarische Höhen katapultierte, ein Taschentuch der Liebsten unsere Sehnsucht erwachen oder die Missachtung ebenjener den Freitod suchen ließ.

Wer weiß, vielleicht darf ich, Francis Poole, heute sogar bei der ein oder anderen holden Maid unter Euch auf eine Eingebung hoffen?«

Fast alle kicherten. Fast, weil Emma, Camilla und ich uns am liebsten übergeben hätten. Der adrette junge Mann in dem Kostüm aus dem achtzehnten Jahrhundert mit Dreispitz auf dem Kopf sah nämlich bei den letzten Worten Valérie tief in die Augen. Sein Spitzbärtchen zitterte ein wenig, als er sie anlächelte. Valérie lächelte zurück, sichtlich angetan von dem ersten männlichen Objekt, das nicht Ü30 und noch einigermaßen attraktiv war.

»O Mann. Das wird eine Seifenoper«, murmelte Camilla und nutzte unser Codewort für langweilig.

Ich gab ihr recht. Das würde ein sehr langer Besuch hier untertags werden. Ausgerechnet heute war es nach Wochen noch einmal sonnig und warm, ein goldener Oktobertag. Wir drei wären heute viel lieber an den Portobello Beach gefahren. Aber nein, wir mussten ins Mary Kings Close gehen.

Close nannte man hier in Edinburgh die überbauten Gassen, die zu der ehemaligen Hauptstraße, besser bekannt unter dem Namen High Street oder *Royal Mile*, hinführten. Jede Close besaß einen Namen, meistens nach den damals dort ansässigen Gilden. So gab es die *Fleshmarket*, *Advocate's* und *Writers Close*. Oder sie wurden nach ehemals einflussreichen Edinburgher Persönlichkeiten benannt wie zum Beispiel der Dame Mary King.

Das *Mary Kings Close* war nicht einfach nur eine Gasse, es war Edinburghs berühmte ›Stadt unter der Stadt‹.

Zwei Stockwerke unter der Erdoberfläche befanden sich verwinkelte Gassen und unzählige Räume. Man hatte diesen Bereich wegen der Pest und anderer fieser ansteckender Krankheiten einfach zugemauert, um die Bewohner zu schützen. Um den Schandfleck zu vertuschen, wurde das Rathaus darübergebaut. Ein ganzes Stadtviertel aus dem siebzehnten Jahrhundert war somit in Verruf geraten und nicht mehr betreten worden.

Erst vor ein paar Jahren hatte man einige dieser Gassen und mehrere Räume für Besucher zugänglich gemacht. Dank der schauspielerischen Guides, die täglich unzählige Touristengruppen dort hindurchführten, bekam man einen Eindruck vom (armseligen) Leben einer längst vergangenen Zeit. Sofern man sich für so was interessierte – und keine Angst in düsteren, unterirdischen Gewölben hatte. Oder George Spencer hieß.

Für die meisten Menschen mochte es sehr spannend sein, einen über Jahrhunderte zugemauerten Stadtteil zu besichtigen.

Die sieben Touristen, die zu unserer Gruppe gehörten, sahen zumindest ganz angetan aus. Valérie ebenfalls. Sie stand in der ersten Reihe und schien richtig versessen auf das, was Francis Poole erzählte.

»Wollen wir raten, woher die anderen kommen, und darauf wetten?«, flüsterte Camilla uns zu. »Das ältere Pärchen da ist hundertprozentig aus Amerika. Ich nehme nachher einen Erdbeerbecher mit Früchten.«

»Pfff, kommt nicht infrage. Es gibt keine Erdbeeren zu dieser Jahreszeit. Und außerdem ist das viel zu einfach«, schnaubte Emma und ich gab ihr recht. Diese Touristen trugen Shorts, Socken in Sandalen und, was sie letztendlich verriet, eine Baseballcap mit dem Logo der *Red Sox*. Bei dem jüngeren Pärchen war es lange nicht so eindeutig.

»Na gut. Dann sag uns, woher die drei kommen.« Camilla deutete auf drei junge Frauen, die auffällig ungeschminkt den Bio-Trend auch in ihren Klamotten verkörperten. Das war schwierig zu erraten, solange niemand von ihnen sprach, aber immerhin besser als diese Seifenoper zu verfolgen, die sich vor unseren Augen abspielte. Francis hielt die Führung quasi für Valérie allein und die genoss seine Aufmerksamkeit sichtlich. Es war interessanter, sich auf die anderen Touristen zu konzentrieren. Auch nach vier Räumen hatten wir noch nicht die Herkunft der Frauen in Erfahrung gebracht.

»Die reden ja gar nicht«, murrte Camilla. »So krieg ich nie meinen Erdbeerbecher.«

»Konzentrieren wir uns auf die Wette mit den Spielsachen für das Geistermädchen«, erinnerte ich sie. Mir war mulmig zumute. Es war glücklicherweise nicht wirklich dunkel, sondern nur schummrig dank all der Lampen, aber die engen Wände und das Wissen, zwei Stockwerke tief unter der Erde zu sein, hatten eine sehr bedrückende Wirkung auf mich.

Meine Hand begann zu jucken, genau genommen die Stelle, wo ich mich vor ein paar Tagen an Georges Pin aufgeritzt hatte. Ich kratzte ganz vorsichtig daran.

»Als Poet ist man nicht nur auf das Geld seiner Gönner angewiesen. Hier kann man deutlich erkennen, wer wie viel für welche Wohnung zu zahlen hatte.« Francis deutete auf die Wand hinter ihm, wo in schnörkeliger Schrift die Mietzinsen mit Namen der Pächter an die Wand gekritzelt waren. »Nein, man ist auch immer auf der Suche nach Inspiration. Und welche Inspiration könnte größer sein als die Liebe? Die ewige Liebe, die uns alle erleuchtet, dem

Leben einen Sinn gibt und uns nachts wach hält, weil wir die strahlend … äh, braunen Augen unserer Liebsten vor uns sehen wie funkelnde Sterne.«

Emma schubste mich an.

»Ist dir auch schlecht?«, fragte ich stöhnend.

»Ich hör dem gar nicht mehr zu. Hier, sieh mal!« Sie hatte eine Nachricht auf ihrem Handy erhalten. In diesen Gassen war ein striktes Fotografier-Verbot, was die Nutzung von Handys einschloss. Doch Francis war von Valérie so abgelenkt, dass Camilla und ich die eingegangene WhatsApp lesen konnten.

»Du hast hier unten Empfang? Zwei Stockwerke unter der Erde?«, fragte Camilla und zückte auch ihr Handy unauffällig, um den Empfang zu checken.

»Eine Nachricht von Callum?«, fragte ich baff und vergaß für einen Moment meine Umgebung.

»Wer war dieser Callum noch mal?«, fragte Camilla geistesabwesend. »Ich hab keinen Empfang. Welches Netz hast du?«

»Der hübsche Blonde von St. Barnabas«, erklärte ich ihr. »Du weißt schon, er hat seit diesem Jahr immer Fußballtraining, wenn wir Kricket spielen.« Er sah ein bisschen aus wie ein junger Prinz William – als der noch volles Haar gehabt hatte – und sein Interesse an Emma war offensichtlich. Immerhin hatte er schon zwei Bälle an den Kopf bekommen, nur weil er ihr beim Kricketspielen zusah, statt selbst zu trainieren.

»Woher hat er deine Telefonnummer?«, fragte Camilla.

Eine berechtigte Frage.

»Gardyloo!«, rief Francis lauthals und fing für einen Moment wieder unsere Aufmerksamkeit ein. Er tat, als schleudere er den Inhalt eines Eimers auf die Straße. Des angeblichen Fäkalieneimers wohlgemerkt.

»Hold your hand«, schallte es aus den Gassen zurück.

»Igitt«, machte Valérie. Damit hatte sich Francis wohl ein paar Punkte verspielt.

»Hätten wir ihm sagen sollen, dass Schnucki nichts von Kloeimern und schottischer Hygiene wissen will?«, raunte ich Emma zu. Die kicherte.

»Vor allem weil sie sich heute Morgen wieder großzügig mit Parfum besprüht hat. Ich schwöre, unser Gästezimmer riecht wie ein französisches Bordell.«

»Interessant«, murmelte ich.

»Findest du?«

»Dass du anscheinend weißt, wie ein französisches Bordell riecht? Ja, das ist interessant«, gab ich zurück.

Valérie hatte wohl etwas mitbekommen und warf uns einen herablassenden Blick zu.

»Tu saigne à la main«, sagte sie. »Isch wär vorsischtisch. Nischt, dass du dir einfängst eine Giftung des Bluts.«

»Blutvergiftung«, korrigierte Emma.

»Sag isch doch: Vergiftung des Bluts.« Schnell brachte sie ein paar Schritte Abstand zwischen uns.

Ich blutete? Verflixt, ich hatte die Wunde aufgekratzt. Emma reichte mir ein Taschentuch.

Wir verließen den Raum und folgten Francis, Valérie

und den sieben anderen Touristen in die nächste Kammer. Ein Raum mehr dem Tageslicht entgegen.

»Unsere Wette!«, murmelte Camilla in singendem Tonfall und deutete auf den Berg Kuscheltiere. Die Geschichte des Geistermädchens wurde erzählt und natürlich erfolgte das mitleidseufzende »Hach« von sämtlichen Touristen. Ich überlegte, dass wir die Herkunft der drei Frauen dadurch noch immer nicht erfuhren, als Camilla laut »BINGO!« rief und den schaurigen Moment für alle damit zunichtemachte.

»Da liegt ein Drache! Ich bekomme den nächsten Kinoeintritt spendiert. Ätschbätsch.«

Emma und ich lachten laut. Francis räusperte sich ungehalten und scheuchte uns alle hinaus in den nächsten Raum.

Hier war der ehemalige Stall inklusive Schlachtplatz. Doch als wir ihn betraten, begann meine Hand noch mehr zu jucken. Ich musste mich ablenken, um die Wunde nicht noch weiter aufzukratzen.

»Das ist gruselig«, sagte ich.

»Angeblich ist diese Close das größte Spukhaus von ganz Schottland. Denk an das arme Pestmädchen. Natürlich ist es gruselig«, sagte Camilla.

»Das meine ich nicht«, sagte ich. »Ich finde es gruselig, dass dieser Callum an die Handynummer von Emma gekommen ist.«

»Ach so, ja, ein bisschen unheimlich ist das schon«, gestand sie.

Emma sah Camilla empört an. »Na toll. Jetzt freue ich mich gar nicht mehr über die Nachricht, sondern habe Schiss, sie zu öffnen.«

»Kommt darauf an, was er dir schickt.« Camilla blieb völlig ungerührt.

»Woher hast du denn *seine* Telefonnummer, wenn du ihn unter Callum eingespeichert hast?«, fragte ich.

Emma wurde rot. »George«, gestand sie mit glühenden Wangen.

»Du hast George nach seiner Nummer gefragt?«, hakte ich nach und trat einen Schritt zur Seite, um eine der Frauen durchzulassen.

»Er fragt, ob ich Lust hätte, mit ihm ein Eis essen zu gehen«, las Emma vor und unterbrach meine Gedanken.

»Ich habe auch Lust auf ein Eis«, verkündete ich.

»Ich will kein Eis mehr. Hier unten ist es bitterkalt«, sagte Camilla stirnrunzelnd. »Ach, ich hab vergessen, mit wem ich hier bin, Miss St.-Pauls-Dessert-Rekord-Meisterin.«

Ich grinste matt. »Hey, das Essen an unserer Schule *ist* gut. Und das Dessert ist am besten«, verteidigte ich mich.

Doch eigentlich hatte ich das nur gesagt, weil ich endlich aus diesen Gängen rauswollte. Lampen hin oder her, es war mir auch zu eng. Der Mann des jungen Pärchens rempelte mich an. Ich stolperte gegen eine Wand.

»Entschuldigung«, sagte er auf Deutsch. Eine Nationalität war damit geklärt.

»Nachher gibt's für jeden ein Eis. Mum hat mir dafür extra Geld mitgegeben«, versprach Emma.

Mein Blick fiel auf die Wand. Huch! Da war Blut. Ich hatte blöderweise die weiß gekalkte Wand beschmiert. Ich rieb vorsichtig mit dem Finger darüber – und verteilte noch mehr Blut an der Stelle.

Ach herrje. Und das ausgerechnet unter ein paar komischen Schriftzeichen. Behutsam versuchte ich es mit dem Taschentuch abzuwischen. Doch das war mittlerweile auch durchgeblutet und erzeugte noch mehr Streifen. Ein letzter Versuch: Ich spuckte auf eine saubere Stelle des Tuches und schrubbte etwas fester. Endlich verblasste das Rot ein wenig. Ich wischte weiter, bis nur noch ein Hauch Rosa zu sehen war. Erst dann fiel mir auf, dass die Wand sauber war – *die Schriftzeichen waren verschwunden.*

Schäbige Malerarbeit, dachte ich, knüllte das Taschentuch zusammen und wollte mich von der Stelle entfernen.

»Was tun Sie da!«

Erschrocken zuckte ich zusammen. Francis' Stimme hatte ihr Säuseln verloren.

»Stecken Sie das sofort weg oder ich muss Sie bitten die Close zu verlassen.«

Eilig stopfte ich das Taschentuch in die Jackentasche und erst dann bemerkte ich, dass er nicht mich ansah. Auch nicht Emma, die mit bleichem Gesicht ihr Handy auf dem Rücken versteckt hielt.

Nein, Francis sprach mit dem Amerikaner. Der hielt eine winzige Digitalkamera in der Hand, die bislang keinem aufgefallen war. Jetzt ließ er sie grummelnd in seiner Hosentasche verschwinden.

Den Rest der Führung war Francis nicht mehr so schmeichelnd und blumig in seinen Erklärungen. Die letzten Räumlichkeiten schilderte er mit seiner normalen Stimme und in einfachen, kurzen Sätzen. Nur von Valérie verabschiedete er sich herzlich und mit einem Handkuss.

Meine Schmiererei hatte er zum Glück nicht bemerkt.

Die unvollkommene Entführung

»Kann es sein, dass dieser Francis dir seine Telefonnummer zugesteckt hat?«, fragte Emma und leckte an ihrem Himbeer- und Stracciatella-Eis.

»Er 'eißt wirklisch Daniel.« Bei Valérie klang das nach »Däniäll«. »Willst du?« Sie hielt Emma ein Zettelchen hin.

Emma stutzte. »Der Typ war auf dich scharf. Uns hat er überhaupt nicht beachtet.« Dann zwinkerte sie uns zu. »Zum Glück, sonst hätte ich Callum nicht antworten können.«

Wir saßen auf einer Bank oberhalb der Princes Street Gardens. Die unterirdischen Gassen speicherten Kälte wie ein Kühlschrank, doch nun genossen wir die warme Nachmittagssonne und das von Emmas Mum spendierte Eis.

»Dann eben niescht.« Valérie zerknüllte den Zettel und warf ihn in den Mülleimer neben der Bank.

»Valérie!«, rief Camilla empört. »Du hast den Typen doch angebaggert. Ich dachte, du stehst auf ihn.«

»Phfff«, machte Valérie und warf ihr Eis dem Zettel hinterher. Emma kniff die Augen zusammen und fixierte sie wütend.

»Ich will, wenn über'aupt, da so eine Mann.« Sie deutete auf den Weg, der direkt unterhalb vom Castle an unserer Bank vorbeiführte. Etliche Besucher waren unterwegs, doch wir wussten augenblicklich, wen sie unter all diesen Menschen meinte. Er hätte sogar herausgestochen, wenn noch einmal so viele Leute dort gewesen wären. So jemanden wie ihn sah man nicht oft. Höchstens auf der Leinwand im Kino.

Groß, durchtrainiert und die hellblonden Haare funkelten im Sonnenlicht wie eine Goldkrone. Unser Hausmeister konnte einpacken. Liam Hemsworth konnte einpacken. Alex Pettyfer … na, ein Alex Pettyfer konnte in meinen Augen nie einpacken, aber der hier konnte ihm allemal das Wasser reichen. Obwohl er jünger war, neunzehn oder zwanzig vielleicht?

Und dieser Typ, der aussah wie ein Model für Aftershave, kam auf uns zu.

Auf uns!

Wir starrten ihm alle mit offenem Mund entgegen. Und er blieb tatsächlich direkt vor uns stehen!

Vor uns!

Sogar Valérie war überwältigt.

»Wer von euch hat die Pforte geöffnet?«, fragte er, sobald er uns erreicht hatte. Seine Stimme war tief, tief und durchdringend. Ich hörte ihn zwar, aber ich konnte nicht reden. Ich war zu perplex.

»Wer hat die Pforte geöffnet?«, wiederholte er seine Frage, als niemand von uns sofort antwortete. »Die Pforte!«, sagte er ungeduldig und betonte dabei jede Silbe Unheil verkündend.

Wovon sprach er nur? Emma war die Erste, die wieder zu Sinnen kam. »Ich glaube, du verwechselst …«, begann sie, als Valérie ihr ins Wort fiel.

»Isch war es!«

Sofort richtete er seine ganze Aufmerksamkeit auf Valérie. Mir stellten sich alle Härchen an den Armen auf und in meinem Nacken kribbelte es kalt. Mit diesem Typen war nicht zu spaßen. Francis-Däniäll-Poole wirkte im Gegensatz zu ihm wie ein Hanswurst. Dieser hier war jemand, mit dem man nicht spielen sollte.

Valérie schien nichts davon zu spüren. Sie lächelte ihn betörend an. Ich würde meine Hand dafür ins Feuer legen, dass sie *seine* Telefonnummer nicht wegwerfen würde.

Kurzerhand umfasste er Valéries Arm und zerrte sie mit sich, den Weg zurück, den er gekommen war.

»Hey, Moment mal!«, rief Camilla und warf ihr Eis jetzt auch in den Mülleimer. Wir alle wollten hinterher, doch der Typ hatte eine Geschwindigkeit drauf, die schier … unnormal schien. In einem Moment sahen wir ihn noch auf das Castle zulaufen und im nächsten war er – schwups – in einer Close verschwunden. Er und Valérie – einfach weg, vom Erdboden verschollen. Alles in allem konnte das nicht mehr als ein paar Sekunden gedauert haben.

Eine Verfolgung war sinnlos. Camilla, die als Einzige reagiert und noch den Versuch unternommen hatte, hinterherzulaufen, kam zu uns zurück.

»Hab ich das gerade geträumt oder hat Chris Hemsworth Schnucki entführt?«, fragte Camilla völlig fassungslos.

»Du hast geträumt«, sagte ich. »Das war nicht Chris Hemsworth. Das war …«

»… mal eine Banane«, hauchte Emma. Camilla und ich drehten uns verblüfft zu ihr um.

»Emma?«

»Wenn es jemand verdient hat, so genannt zu werden, dann ja wohl dieser … dieser … So stelle ich mir einen Engel vor«, stotterte sie. »Ach verdammt, ich sollte nicht sabbern, ich sollte die Polizei rufen. Meine Austauschschülerin ist soeben entführt worden.«

Sie wühlte in ihrer Jackentasche nach dem Handy. Camilla und ich taten es ihr gleich. Engel passte ziemlich gut zu dieser blonden Erscheinung, dachte ich. Das Ganze hatte etwas Übersinnliches gehabt.

»Obwohl …« Camilla hörte auf zu tippen und sah uns an. »Wollen wir sie wirklich zurückhaben?«

»Camilla!«, rief Emma empört.

»Ja, ja, schon gut«, wehrte sie ab.

So langsam sickerte das Ereignis durch und erreichte mein Gehirn. *Valérie war entführt worden.* Meine Hände begannen zu zittern. Was, wenn dieser unheimliche Kerl ihr etwas antat? Mein Mobiltelefon rutschte mir aus den schwitzigen Händen und knallte auf den Boden.

»Herrje!«, rief ich aufgebracht, als ich sah, dass das Display zersplittert war.

»O Gott!«, rief auch Camilla.

»Und bei meinem ist der Akku leer!«, fluchte Emma aufgebracht. »Weil ich zu viel mit Callum …«

»Das meine ich nicht«, unterbrach Camilla sie. »Er kommt zurück!«

»WAS?!«

Wir starrten erneut in Richtung Castle, wo sie eben verschwunden waren, und tatsächlich: Da war er wieder. Mit Valérie im Schlepptau.

»Dieses Mal hat sie ihren Rekord gebrochen«, hörte ich Camilla sagen. »So schnell wollte sie noch keiner quitt werden.«

Mir war nicht zum Lachen zumute. Mir saß ein Kloß im Hals. Zum Glück sah Valérie gesund, wenn auch wütend und erschrocken aus. Der Blonde war noch gut einen halben Kilometer entfernt, und doch schien es, als brauche er nur zehn Schritte, um wieder bei uns zu sein. Ich ließ ihn keine Sekunde aus den Augen. Er durfte Valérie unter keinen Umständen in ein Auto zerren. Dann würde ich schreien und nach Möglichkeit den ganzen Park bis hinunter zum Waverley-Bahnhof aufmerksam machen.

Nein, er machte keinerlei Anstalten, Valérie in irgendein Auto zu zerren. Er brachte sie uns tatsächlich zurück.

Fünf Schritte. Drei. Und schon war er da. Wie machte er das nur?

»Uff!«, machte Valérie, als er sie recht unsanft auf die Bank schob.

»Sag mal, geht's noch!«, schnaubte Emma. Mutig stellte sie sich ihm in den Weg.

»Wie kannst du es wagen, unsere Freundin einfach zu entführen? Was sollte das? War das ein schlechter Scherz?«

Camilla stellte sich neben sie. Wenn sie sich zu ihrer vollen Größe aufrichtete, machte sie nicht wenig Eindruck. Zumindest mehr als die elfenhafte Emma.

Ich setzte mich zu Valérie, die bleich wie ein Käse war, und legte ihr tröstend einen Arm um die Schultern. Dass Valérie ihn nicht abschüttelte, zeigte deutlich, wie mitgenommen sie war.

»Das ist kein Scherz«, sagte er und musterte Camilla und Emma eindringlich. »Jemand von euch vieren hat die Pforte geöffnet. Darüber macht man keine Scherze.«

Schon wieder diese Pforte.

»Nein, das gerade war alles andere als lustig«, mischte ich mich ein. »Wir hatten heute Nachmittag eine Führung im Mary Kings Close und dort darf man nichts anfassen. Such dir einen anderen Türöffner.«

Jetzt fiel sein Blick auf mich und dann auf meine Hand auf Valéries Schultern. Meine verletzte Hand, wie mir zu spät einfiel, und ich hoffte, dass es nicht mehr blutete und ich sie bekleckert hatte.

Seine Augen verengten sich und sofort fühlte ich mich unwohl.

Oh, oh.

Diesen Blick kannte ich. Den hatte ich schon einmal gesehen. Nämlich als Mrs Bell mich dabei erwischte, wie ich heimlich eine Zigarette hinterm Internatsgebäude hatte probieren wollen. Sie hatte mich so taxiert, als könne sie den Qualm in meiner Lunge ausmachen. Dabei hatte ich noch keinen Zug genommen.

Der Typ vor uns sah mich jetzt genauso durchdringend an. Und nachdem er die Narben auf meinen Beinen registriert hatte, schien er sich sicher.

»Du«, sagte er leise, aber bestimmt. »Du bist es.«

Ehe ich mich's versah, hatte er mich von Valérie gerissen, über seine Schulter geworfen und spurtete im Tempo eines Tour-de-France-Radfahrers dahin zurück, von wo er gerade hergekommen war.

»He! Lass mich runter!«, rief ich nach der ersten Überraschung. Ich trommelte auf seinen Rücken, strampelte mit den Beinen und versuchte mich mit aller Kraft loszuwinden.

Ich hatte keine Chance. Seine Schulter drückte sich unangenehm in meinen Magen, seine Hand umfasste meine Beine und hielt mich wie ein Brett in einem Schraubstock.

Er musste über herkulische Kräfte verfügen und einen Körper aus Stahl besitzen. Meine Faustschläge prallten an ihm ab. Er zuckte nicht einmal.

»HILFE!«, schrie ich und sofort wurde ich so herumgeschleudert, ohne dass er mich absetzen musste, und mein Mund wurde schmerzhaft zugehalten.

Ja, verdammt noch mal, wir befanden uns in Edinburgh! Nahezu eine halbe Million Einwohner und noch mal so viele Touristen waren hier unterwegs. Irgendjemand musste doch in der Nähe sein und das hier mitbekommen!

Ich wehrte mich, so gut es ging, doch seine Hand drückte mir die Luft ab. Mir wurde immer schummriger. Seine Hand lag fest über Nase und Mund.

Jetzt konnte ich nur noch auf Emma und Camilla hoffen – und dass sie sich bei meiner Rettung mehr anstrengen würden, als wir es bei Schnucki getan hatten. *Bitte etwas schneller, ehe ich ersticke* war das Letzte, das ich dachte, ehe es schwarz wurde.

Blackout

»Allison? Allie! Herrgott, sie ist hoffentlich nicht tot?«

Das war die Stimme von Emma. Und sie klang weinerlich.

»Wir müssen einen Arzt rufen!« Camilla schien sich ebenfalls zu sorgen.

»Laissez-misch.« Das klang nach der Ziege. Schnucki. Nein, sie hieß anders. Aber mir wollte ihr richtiger Name nicht einfallen. Wie verwirrend. Ich versuchte die Augen zu öffnen und konnte es nicht. Stattdessen sah ich unebenes Pflaster, die typische Wasserrinne, ein zugemauertes Fenster und die zunehmende Finsternis. Das war eine Close. Das Mary Kings Close? Aber … hatten wir das nicht bereits verlassen?

Klatsch, klatsch, klatsch. Entsetzt öffnete ich die Augen und setzte mich ruckartig auf.

»Sie ist nischt mort – tot«, stellte Valérie zufrieden fest.

»O Gott, Allie, du hast uns vielleicht einen Schrecken eingejagt.«

Camilla umarmte mich so stürmisch, dass ich den Halt verlor und wir beide unsanft hinterrücks auf den Boden plumpsten.

»Wenn sie nicht tot ist, bringst du sie um«, stellte Emma

fest. Ich sah sie an. Sie war ganz bleich und schien unglaublich erleichtert.

Meine Wangen dagegen brannten.

»Hast du mich geohrfeigt?«, fragte ich Valérie. Mein Hals kratzte unangenehm.

Sie sah äußerst zufrieden aus. »Du bist gewacht, oder nischt?«

»*Auf*gewacht«, korrigierte Emma.

Valérie zuckte gleichmütig die Achseln.

Am liebsten hätte ich ihr ebenfalls eine runtergehauen. Doch meine Arme und Beine fühlten sich seltsam gummihaft an.

Ich sah mich um. Ich lag in den Princes Street Gardens, direkt unterhalb des Castles. Es roch nach Urin und feuchter Erde. Ziemlich typisch so dicht bei den Durchgängen zur Royal Mile. Hatten wir vorhin nicht weiter unten gesessen?

Ich bewegte alle zehn Finger. Sie kribbelten unangenehm, so als wären sie abgebunden gewesen. Meine Zehen ebenso. Ich streckte die Beine. Autsch. Mein linkes Bein tat weh. Vorsichtig massierte ich meine Wade. Sie fühlte sich an, als hätte sie jemand festgehalten. Bilder zuckten vor meinen Augen. Eine Ratte huschte über den Boden der Close, die viel älter und dreckiger aussah als die Touristenattraktion.

Und sie wurde immer dunkler. Ich wollte da nicht weiter hinein, ich …

»Allie, ist mit dir alles in Ordnung?«, fragte Camilla und legte stützend einen Arm um meine Schultern.

»Wie soll sie in Ordnung sein?«, fragte Emma. »Sie ist soeben entführt worden.«

Entführt? Nein, nicht ich, Schnucki ... Doch dann erinnerte ich mich wieder an den unglaublich attraktiven Typen. Er hatte Valérie zurückgebracht und mich mitgenommen und etwas davon gefaselt, ich hätte eine Pforte geöffnet.

»Aber ... warum?«, fragte ich und hörte, wie heiser meine Stimme klang. Ich hustete und fühlte einen Kloß im Hals, so als hätte ich Rauch eingeatmet.

»Was weißt du denn noch?«, fragte Emma vorsichtig.

»Da war dieser Junge ...«, sagte ich langsam. »Er hat mich gepackt und mitgenommen. Auf einmal war es sehr dunkel, ich habe Panik bekommen. Dann hörte ich Schritte und dann war da...« Ich überlegte, doch ein Gesicht tauchte unvermittelt vor mir auf. »Beyoncé ...?« Ich hielt irritiert inne. Was redete ich denn da?

»Sie 'at alle Teller im Regal«, sagte Valérie. Dieses Mal war sogar Emma ratlos, was sie damit meinte, und sah sie verwirrt an. Valérie drehte mit dem Zeigefinger Kreise vor ihrer Schläfe.

»Oh, ich weiß, was sie meint«, rief Camilla. »Sie wollte sagen, Allie hat nicht mehr alle Tassen im Schrank.«

»Du hast einen Fleck auf deiner Bluse«, sagte ich und deutete auf den Rest Eis. Wo war mein Eis? Ich musste es fallen gelassen haben, als der Typ mich gepackt hatte. Camillas Fleck war ganz eingetrocknet, als hätte sie ihn schon eine ganze Weile.

»Wie lange war ich weg?«, fragte ich und musste erneut husten.

Es kratzte noch immer unangenehm. Was hatte die Ohnmacht ausgelöst? Ich wandte mich zu den Häusern hinter uns um. Nein, es brannte nichts. Alles war normal. Zumindest dort.

Camilla griff in ihre Tasche und zog mein Handy hervor.

»Oje, was ist denn damit passiert?«, rief ich betroffen, als ich das zersplitterte Display sah.

»Das ist dir runtergefallen«, sagte sie und reichte es mir, um ihres dann hervorzuziehen. »Du warst eine halbe Stunde weg.«

»Ich war eine halbe Stunde lang ohnmächtig?«, fragte ich entsetzt.

»Was? Nein! Keine Ahnung, wie lange du ohnmächtig warst. Auf jeden Fall hast du wie ein nasser Sack über seiner Schulter gehangen«, erklärte Emma schnell.

»Wie konnte ich eine halbe Stunde verschwinden, ohne dass ihr mitbekommt, wohin?«, fragte ich Emma.

Camilla hob sofort abwehrend die Hände. »Wir sind dir hinterher, konnten aber die richtige Close nicht finden, und dann lagst du auf einmal hier.«

Meine Hand begann zu jucken und brennen. Ich hatte die Blutkruste an meinem Finger schon wieder aufgekratzt.

»Allison!« Camilla sah ganz erschrocken aus.

»Das hört gleich wieder auf«, beruhigte ich sie und lutschte an der Wunde.

»Vielleicht sollten wir sie ins Krankenhaus bringen«, flüsterte Camilla Emma zu, war dabei aber so laut, dass sie jeden Dudelsack übertönt hätte.

Der Dudelsack. Irgendetwas war mit dem Dudelsack gewesen …

»Ihre Kleidung ist völlig okay«, wisperte Emma Camilla zu. »Ich glaube nicht, dass sie … dass sie …«

Flugs checkte ich mein Aussehen. T-Shirt, Hose, Schuhe.

»Wo ist meine Schuluniform?«, fragte ich erschrocken.

»Wir haben unseren freien Nachmittag«, beruhigte mich Emma schnell. »Dann ziehen wir keine Schuluniform an.«

Natürlich.

Erleichtert und beschämt schloss ich die Augen.

»Allie, du bist doch nicht sauer auf uns, oder warum siehst du uns nicht an?«

Ich schlug die Augen wieder auf. »Wieso sollte ich auf euch sauer sein?«, fragte ich verwundert.

»Vielleicht weil du dachtest, wir würden dir nicht helfen. Wir haben direkt die Polizei gerufen, aber die meinte, du …«

»Die hat das ganz locker gesehen«, empörte sich Emma. »Die glaubten, du seist mit ihm durchgebrannt. Ich habe Camilla sofort gesagt, dass sie den Entführer nicht als *heiße Banane* beschreiben soll. Aber du weißt ja, wie gut sie hört.«

»Ja, meine Güte, mir ist in dem Moment nichts Besseres eingefallen!«, rechtfertigte sich Camilla und sprang auf.

»Hätte groß, blond, muskelbepackt und attraktiv denn besser geklungen?«

»Er war doch überhaupt nicht muskelbepackt! Er war drahtig-schlank und durchtrainiert.«

»Ja, klar, *das* hätte die Polizei direkt aufhorchen lassen! Wenn du nicht so viel mit Callums Nachrichten beschäftigt gewesen wärst, hättest du ja dein Handy holen können. Aber nein, der Akku war leer. Und ich finde, *heiß* beschrieb ihn nun mal am besten.«

»Umwerfend! Göttlich! Atemberaubend!«

Das Letzte kam von Valérie und sie klang dabei so unvalerisch, dass ich ein paarmal blinzelte, um sicherzugehen, ob dieser träumende Gesichtsausdruck zu ihr gehörte.

»Das war er«, bestätigte Emma und setzte zu meiner Überraschung den gleichen Ausdruck auf.

»Mal abgesehen von der Tatsache, dass er Mädchen entführt«, knurrte Camilla.

»Das Mädchen möchte nach Hause«, sagte ich beleidigt. Die Wunde an meiner Hand brannte und blutete stärker, meine Knochen fühlten sich extrem gummiartig an, und außerdem war mir leicht übel, so als hätte mir jemand in den Magen geboxt. Ich war entführt worden!

Die Erkenntnis begann erst jetzt zu sickern. Eine halbe Stunde lang war ich in der Gewalt eines fremden Mannes gewesen, an den ich mich nur schwach erinnerte. Eine halbe Stunde lang hatten mich meine Freundinnen aus den Augen verloren. Was hatte er in dieser Zeit mit mir gemacht? Meine Knie gaben endgültig nach.

Umständlich und mithilfe von Camilla und Emma rappelte ich mich auf und wir machten uns – ganz langsam, weil mein linkes Bein schmerzte – auf den Heimweg.

»Müssen wir es Mrs Bell sagen?«, fragte Camilla, als wir ein Stück gegangen waren. »Ich meine, Allison ist wohlbehalten zurück, der Entführer verschwunden, die Polizei hat nichts unternommen, und wie wir Mrs Bell kennen, macht die trotzdem ein Fass auf. Ich sehe schon den Innenminister und den Chef der Polizei antanzen. Tochter der berühmten Dokumentarfilmer wurde entführt.«

»Ich finde, den Anschiss hat sich der Polizeichef redlich verdient«, sagte Emma bestimmt.

»Der schon. Ich denke eher an Allison, die in den nächsten Wochen das Internat nicht mehr verlassen darf. Was wird dann aus ihrer Geburtstagsfete? Und dem Reiterball?« Camilla hatte beide Hände in die Hüften gestemmt.

»Sie hat recht«, stimmte ich ihr zu. »Mrs Bell wird mich und alle anderen Internatsschüler einsperren, bis wir unsere Abschlusszeugnisse entgegennehmen.«

»'eißt das, wir dürfen sagen nischt von diese unglaubliche Mann?« Valérie zog ihre perfekt geschwungenen Augenbrauen fast bis zum Haaransatz.

Wir wandten uns alle zu Emma, die mit sich rang. »Wohl besser nicht«, sagte sie nach ein paar Sekunden lahm. Es klang noch immer unsicher.

»Aber dann isch werde ihn nie wiedersehen!« Valérie stampfte mit einem Fuß auf. »Isch will ihn wiedersehen. Er hat die Flasche mitgenommen.«

»Flasche?«, hakte ich entrüstet nach.

»Falsche«, korrigierte Emma. »Überleg doch mal logisch, Valérie.« Emma atmete tief durch und sprach betont ruhig. Die Unsicherheit war wohl verflogen, denn jetzt wirkte sie richtig entschlossen. »Wenn du das der Schulleitung meldest und sie den Typen fassen, kommt er ins Gefängnis. Dann hast du erst recht keine Chance, ihn jemals wiederzusehen. Andererseits, wenn wir den Mund halten und nichts sagen, könnten wir uns auf die Suche nach ihm begeben, um ihn zur Rede zu stellen.«

Ich war sehr skeptisch, was Emmas Vorschlag anging. Weshalb sollte ich einen Typen finden wollen, der mich entführt hatte? Ich war glücklicherweise wieder wohlbehalten bei meinen Freundinnen, da wollte ich mich doch nicht schon wieder in Gefahr begeben. Auch wenn ich nichts mehr davon wusste.

Das Gefühl meiner Gummiknochen war so unangenehm, ich war froh, wenn es endlich vorüber war. Vor allem bedurfte es keiner Wiederholung.

Valéries Blick durchbohrte Emma, die fest und ohne zu blinzeln zurücksah.

»Und wir werden ihn suchen?«, fragte Valérie nach einer kleinen Ewigkeit.

»Und zur Rede stellen«, bekräftigte Emma. Camilla nickte zu meiner Überraschung. Hatte ich denn nichts dazu zu sagen?

»Äh, ich will ja nicht meckern«, wandte ich ein und kassierte nicht nur von Valérie ein wütendes Funkeln, sondern auch von meinen besten Freundinnen. Mir ging auf, dass die beiden ihn ebenfalls wiedersehen wollten.

»Ich will ihm nicht wieder begegnen. Er hat mich entführt und ich hatte Glück. Wer sagt, dass es beim nächsten Mal wieder so gut ausgeht?«

»Du willst ihn nischt wiedersehen, nur weil du weißt nischt, wie er sieht aus«, erklärte Valérie.

»Er war wirklich eine Banane«, seufzte Emma, und als sie mein Gesicht sah, fügte sie schnell hinzu: »Was natürlich sein Verhalten in keinster Weise entschuldigt.«

»Ich wüsste schon gern, was er wollte und warum er Allie so rüde behandelt hat«, überlegte Camilla.

Das wüsste ich auch gern. Einerseits. Andererseits …

»Ich bin der Meinung, wir sollten das in Erfahrung bringen«, stimmte Emma zu und sah mich absichtlich nicht an.

»Lasst uns darüber abstimmen«, sagte Camilla und klang recht drohend dabei.

»Gut, stimmen wir ab. Wer ist dafür, einen Typ zu suchen, der mich entführt und ohnmächtig zurückgelassen hat?«

Vier Arme schossen in die Höhe. Vier, weil Valérie beide Arme hob.

Ich beschloss, die nächsten Tage mir selber Stubenarrest zu verpassen. Heiße Banane hin oder her.

»Okay, ich hab's verstanden.« Resigniert ließ ich mich auf eine Mauerkante am Straßenrand sinken. »Eine Entführung, eine Amnesie und dann auch noch das Schlimmste.« Ich tastete nach meinem zersplitterten Handy.

»Das können wir verstehen«, sagte Emma mitfühlend.

Ich sah zu ihr auf.

»Wollen wir wetten, dass ich weiß, was sie jetzt viel dringender braucht als ein neues Handy?«, fragte Camilla in die Runde.

Ich blickte sie frustriert an. »Neue Muskeln? Die hier fühlen sich an wie Gummi.«

»Ich spendiere dir dein heiß geliebtes Shortbread, wenn ich falschliege«, grinste Camilla. Shortbread?! Ja, etwas Süßes wäre in diesem Augenblick viel hilfreicher als ein neues Handy.

»Na, hab ich's nicht gesagt? Ich nehme einen Cappuccino. Ihr dürft euch die Kosten teilen«, sagte sie zu Emma. Die grinste ebenfalls. »Gern, wenn das Allie hilft wieder auf die Beine zu kommen.«

»Ja, tut es«, seufzte ich.

Meine Freundinnen kannten mich zu gut.

In den folgenden zwei Stunden verflog meine Flaute. Vor allem nach einem ausgiebigen Latte macchiato mit Karamellgeschmack und einer Portion Butterkekse in einem Café, das in der Nähe lag. Danach fühlte ich mich viel besser, und wir erreichten die Schule, ohne dass jemand Verdacht schöpfte. Niemand sah mir an, dass ich ohnmächtig gewesen war. Nicht einmal George, der schon auf dem Schulhof rumlungerte und auf einen Bericht wartete.

Hindernisse

Der letzte Tropfen fiel zu Boden und versickerte. Das Bild wandelte sich. Der unscheinbare Raum hinter dem regnenden Torbogen war kein unscheinbarer Raum mehr. Die rechteckigen Bruchsteine waren nicht länger in Dunkelheit gehüllt. Es wurde heller. Viel heller. Jetzt befand sich dort ein lichtdurchfluteter Innenhof. Ein Innenhof inmitten von Ruinen. Es gab keine Dächer mehr, nur die zerfallenen Wände waren zu sehen, an denen man noch Einfassungen von Türen oder Fenstern erkennen konnte. Die Sonne brannte, es gab keinen Schutz. Sogar hier auf dieser Seite der Pforte fühlte man die Wärme bis in die hintersten Ecken. Doch hinter dem Torbogen, diesem magischen, nicht mehr regnenden Portal, spross dürres Unkraut zwischen den Pflastersteinen auf dem Innenhof, die Mauern ringsum waren überwuchert von Büschen mit wilden Beeren. Es roch nach mediterranen Kräutern wie Thymian, Rosmarin und Salbei. Und nach dieser Blume. Der intensive Duft dieser bestimmten Frühlingsblume zog mich magisch an. Ich machte einen Schritt darauf zu. Noch einen. Ich konnte nicht anders, ich wollte dahin, in die Sonne zu den wundersamen Gerüchen, ich wollte …

»Miss Murray! Sie sind doch sonst nicht so lahm!«

Klatsch. Der rote Kricketball traf mich schmerzhaft am Knie. Unter dem prüfenden Blick von Mr Abercrombie versuchte ich mich wieder aufzurappeln. Ich wusste auch nicht, was heute mit mir los war. Normalerweise war ich eine ganz passable Kricketspielerin. Bei Weitem nicht die Beste, aber auch keine so große Pflaume wie Madison McReady, die mit dem Schläger immer weit ausholte und trotzdem nie einen Ball traf – höchstens die Knie ihrer Mitspieler.

Doch heute war ich noch schlechter als Madison. Ich stolperte die ganze Zeit und schuld daran war mein Bein. Ich spürte die Narben bei jedem Schritt. Je nachdem, wie ich es drehte, knickte ich vor Schmerzen ein. Zwei Tage waren seit der Entführung vergangen. Zwei Tage, in denen ich mich ganz normal fühlte. Und dann schossen heute wieder diese seltsamen Bilder durch meinen Kopf. Bilder von diesem tropfenden Torbogen im Mary Kings Close. Durch die spärlichen Tropfen hindurch hatte man den unscheinbaren Raum dahinter erkennen können.

Schlimm genug, dass ich in den beiden vergangenen Nächten ständig davon geträumt hatte. Es war immer derselbe Traum, und ich wusste nach wie vor nicht, ob es sich dabei um eine Erinnerung oder um eine Illusion handelte. Doch dies hier war neu. Sogar jetzt noch fühlte ich das Verlangen, diesen sonnenüberfluteten Innenhof inmitten all der Ruinen zu betreten.

»Haben Sie Schmerzen, Allison?« Mr Abercrombies Glatze tauchte über mir auf. Er sah recht besorgt aus. Unser Sportlehrer war Anfang vierzig, geschieden und vermisste offensichtlich seine Kinder, die bei seiner Ex in London lebten. Er übertrug alle Vatergefühle auf uns. Weil er kaum noch Haare hatte, rasierte er sich den Kopf, und dadurch wirkte er, gepaart mit der dicken Brille, wie ein fürsorglicher Onkel.

Alle anderen hatten aufgehört zu spielen und sahen zu mir herüber.

»Es geht schon«, sagte ich zähneknirschend. Ich hasste es, so viel Aufmerksamkeit zu bekommen.

Mr Abercrombie fasste mir unter die Arme und zog mich schwungvoll hoch. Doch sobald er mich losließ, knickte mein Bein wieder weg.

»Ich denke, Sie pausieren heute«, sagte er und stützte mich bis zur Bank. »Miss Claridge, würden Sie Miss Murray auf ihr Zimmer geleiten?«

Camilla war sofort an meine Seite geeilt und salutierte.

»Ja, klar!«

»Gute Besserung, Miss Murray. Sollte das Taubheitsgefühl in der nächsten Stunde nicht besser werden, müssen Sie den Arzt aufsuchen.« Mr Abercrombie nickte mir noch einmal freundlich zu und rief dann zu den anderen: »Wir machen weiter! Miss McReady, Sie springen ein.«

Camilla und ich hörten das Stöhnen der anderen Kricketspieler. Gleich würde das Eis im Krankenzimmer ausgehen.

»Was ist los?«, fragte Camilla, als sie mich wieder stützen musste, weil das Bein wegknickte.

»Ich weiß nicht«, gab ich zu. »Ich spüre so ein Ziehen

in den Narben, und dann ist es, als hätte sich mein Bein verdreht. Es hat erst vorhin angefangen, als ich die Bälle im Geräteraum geholt habe.«

»Mh, hast du vielleicht einen davon gegen das Bein bekommen?«, überlegte Camilla laut.

Ich schüttelte den Kopf. »Nein. Mir wurde nur ganz plötzlich schlecht.«

»Das war auch zum Schlechtwerden. Irgendjemand hat beim Gerätefetten etwas übertrieben. Es hat stärker nach Leder gerochen als in unserer Sattelkammer.« Camillas Blick wanderte zu meinem vernarbten Bein. »Allie, die Entführung ist erst achtundvierzig Stunden her. Kann es sein, dass eine giftige Schlange dich gebissen hat und sich das Gift jetzt erst …«

»Bestimmt nicht!«, unterbrach ich sie und musste grinsen. »Oder laufe ich blau an?«

Sie sah mir ernsthaft ins Gesicht und musterte es ausgiebig.

»Nein.«

Ich rollte die Augen. »Das war ein Scherz, Camilla.«

Sie verzog ihren Mund zu einem säuerlichen Lächeln. »Ja, natürlich. Hab ich auch kapiert.«

Wer's glaubte …

Es begann zu regnen.

»Prima. Du hast genau zur richtigen Zeit Schmerzen bekommen. Jetzt werden wir im Gegensatz zu den anderen nicht nass«, frohlockte Camilla. Wir hatten das Schulgebäude erreicht und jetzt schüttete es so richtig. Ein Blick in Richtung Himmel sagte, dass der Regen nicht lange anhalten würde. Ein Glück, denn Sport war die letzte Schulstunde für heute und ich wollte mich später noch mit George treffen. Wenn es sich einregnen würde, wäre ein Abend im Gemeinschaftsraum mit all den anderen Internatsschülern angesagt. Es war immer laut und gackerig, wie es eben so ist, wenn dreißig Mädchen in einem Raum sind. Darauf hatte ich heute keine Lust, denn ich wollte den Brief an meine Eltern beantworten. Wenn ich auch unsicher war, ob und wann er sie erreichte.

»Ich will nicht zum Schularzt. Die werden gleich alle Kältekompressen für Madisons Opfer benötigen. Ich möchte lieber auf mein Zimmer gehen und das Bein hochlegen«, sagte ich und deutete zu dem Gang, der die Internatszimmer beherbergte.

»Könnte es denn sein, dass dein Entführer etwas mit deinem Bein gemacht hat?«, wandte sie ein, als wir in den Flur zu meinem Zimmer bogen.

»Was denn zum Beispiel?«, fragte ich und stolperte erneut. Camilla fasste mich fester, und als ich wieder aufblickte, sah ich aus dem Fenster. Es zeigte auf das Schulgelände von St. Barnabas. Da war George. Er war allein im strömenden Regen und machte seltsame Verrenkungen, als jucke es ihm an einer unerreichbaren Stelle am Rücken.

»Vielleicht hat dir der Typ einen Mikrochip unter die Haut gepflanzt und jetzt kann er dich steuern.«

Ich wandte den Blick von George und sah Camilla an.

Ich musste nicht extra mit dem Finger an die Stirn tippen, damit sie kapierte, was für einen Unsinn sie verzapfte.

»Ich meine ja nur«, sagte sie ein wenig verschnupft. »Wer weiß, was er mit dir angestellt hat, da wäre ein Mikrochip doch das kleinste Übel.«

»Danke, Camilla. Das beruhigt mich jetzt enorm«, fauchte ich. »Und ihr wollt nach ihm suchen.«

Seit vorgestern Abend liefen unsere Facebook-Chats heiß. Weil mein Handy nicht mehr funktionierte und ich ohne WhatsApp war, waren wir auf die Chatfunktion am PC umgestiegen, und sowohl Camilla als auch Emma mit Valérie hatten mich über ihre jeweilige Internetrecherche auf dem Laufenden gehalten. Die hatte natürlich nichts gebracht – wir hatten einfach zu wenig Informationen über den Kerl.

Und wenn man *blond*, *attraktiv* und *Edinburgh* eingab, kamen höchstens ein paar Einträge zu einem Schauspieler aus *Game of Thrones*, eine Liste über Edinburghs beste Pubs mit »blondem Bier« und eine aktuelle Vermisstenanzeige einer blonden Touristin zum Vorschein.

Emmas Kommentare wurden im Verlauf des Chats immer spitzer und kürzer. Sie erzählte uns morgens im Klassenzimmer, wie energisch Valérie geworden war. *Stalking* sei ab sofort der falsche Ausdruck für »Nachstellung«. *Valéring* würde es viel besser treffen. Sie sei regelrecht besessen.

Wir hatten mein Zimmer erreicht und ich ließ mich auf mein Bett plumpsen. Camilla setzte sich an den Schreibtisch und begann vom Reiterball zu erzählen. Es gab einen Dresscode. Und ein Büffet. Und es würde eine Live-Band spielen. Wir rätselten gerade, welche Band dafür wohl infrage kam, als die Tür aufflog.

»Mr Abercrombie hat wirklich einen Vaterkomplex.« Emma schneite herein, Valérie im Schlepptau.

»Er war so besorgt. Er wäre am liebsten mitgekommen, aber er hat erst noch eine Stunde mit den Sechstklässlern.« Emma ließ sich neben mir aufs Bett plumpsen. »Wie gut, dass du dein Zimmer nicht mehr teilen musst.«

»Das ist wirklich ein Segen«, stimmte ich zu. Zwei Jahre lang mit Lucy in einem Zimmer hatten ausgereicht, um einen regelrechten Krieg zwischen uns zu entfachen. Sie war absolut intolerant, was meine Seite unseres gemeinsamen Reiches anbelangte. Ich durfte nicht mal an die Wand hängen, was ich wollte, ohne eine Krise heraufzubeschwören. Valérie schien ähnlich zu ticken.

»Mon Dieu«, sagte Valérie. Mir war klar, dass das nicht auf den Vaterkomplex von Mr Abercrombie gemünzt war, sondern auf mein Zimmer.

Schnell sah ich mich um, ob irgendwo noch eine Socke auf dem Boden lag. Natürlich! Da, neben dem Schreibtischbein.

»Du schläfst seul? Allein?«

Was für eine dämliche Frage, da nur ein Bett in diesem Raum stand. »Nein«, antwortete ich höflich. »Ich teile mir das Zimmer mit Harry Styles.«

Valérie entdeckte das *One Direction*-Poster und kapierte

sofort. Schnell wechselte sie zu ihrem Lieblingsthema. »Schon irgendwelche Neuigkeiten von der schöne Mann?«

»Valérie, wir waren den ganzen Tag über zusammen im Unterricht, woher sollten wir Neuigkeiten haben?«, fragte Emma kopfschüttelnd.

»Vielleicht sie 'at. Sie erinnert sich an etwas?«

Bei *sie* deutete sie auf mich, so als wäre ich eine Stehlampe – oder ein Dienstbote, vorzugsweise ihrer.

»Sie«, sagte ich scharf, »hat nicht mal mehr ein Handy, auf dem sie erreichbar sein könnte.«

»Stimmt ja«, seufzte Valérie nicht im Mindesten eingeschüchtert.

Emma merkte, auf was für dünnem Eis sich Valérie bei mir bewegte. »Lass uns doch über deinen Geburtstag sprechen, Allison. Hast du einen Wunsch?«

»Wir gehen ins Mary Kings Close!«, sagte ich spontan.

»Ohne mich!«

»Bloß nicht!«

Sogar Valérie sah entsetzt aus. Doch eine Sekunde später fragte sie hoffnungsvoll: »Bin isch dann noch 'ier?«

»Allison wird in eineinhalb Wochen siebzehn. Dann bist du noch hier, ja«, erklärte Emma.

»Leider«, hörte ich Camilla murmeln.

»Schade«, sagte Valérie laut. »Dann isch muss dir kaufen ein Présent?«

»Nein«, sagte ich sofort. Als ob ich ein Geschenk von jemandem wollte, der unfreiwillig meinen Geburtstag mit mir verbrachte.

»Du könntest neue Unter'osen nötigen«, sagte Valérie.

»Benötigen«, korrigierte Emma und ich sah mich wieder erschrocken um. Hinter dem anderen Schreibtischbein lag der andere Strumpf. Doch dahin sah sie überhaupt nicht. Sie deutete auf meine Narben.

»Isch meinte 'osen für unter den Rock. Wie lange Strümpfe, um das zu verstecken. Es sieht alt aus.«

»Ich hab sie, seit ich dreizehn bin.«

»Seit drei Jahren und noch immer nichts dagegen gemacht?« Ehrlich, Valérie konnte einen mit einem Satz zur Weißglut bringen.

»Ich werde bald siebzehn«, korrigierte ich sie.

»Also schon vier Jahre und nischt gemacht.«

Typisch Valérie. Gnadenlos ehrlich. Oder sollte ich sagen: unbarmherzig?

Emma spürte wohl, dass ich langsam die Geduld verlor. Deshalb sagte sie: »Ein gutes Stichwort. Kommen wir zurück auf deinen Geburtstag.«

Ich sah sie dankbar an und erklärte: »Der Samstagnachmittag gehört euch. Wie immer.«

Hier im Internat wurde Wert darauf gelegt, dass man den Geburtstag zumindest teilweise mit seinen »Mitinsassinnen« feierte. Die Jüngeren veranstalteten häufig Gruppenspiele, während die älteren Schülerinnen Filmabende machten oder kochten. Weil mein Geburtstag auf einen Samstag fiel, würde ich vormittags bei den anderen bleiben. Dann würde uns Emmas Dad zu den Claridges fahren, damit wir dort das restliche Wochenende verbrachten.

»Fein. Wenn die Internatsleitung dich bei mir übernachten lässt, könnten wir eine Pyjamaparty machen. Jeder zieht den hässlichsten an, den er hat, damit es was zu lachen gibt. Inklusive Versteckspiel im ganzen Haus.«

Das klang wirklich gut. In dem schlossähnlichen Herrensitz der Claridges war schon ein normaler Rundgang ein Erlebnis. Und Versteckspielen in all den vielen verwinkelten Korridoren war genial. Vor allem, weil es im Keller eine Quelle gab! Sogar Camillas älterer Bruder Thomas schloss sich uns an, wenn er in den Semesterferien zu Hause war.

Emma beobachtete, wie ich mir gedankenverloren das Knie massierte.

»Soll ich dir eine Schmerztablette besorgen?«, fragte sie. Doch ehe ich antworten konnte, ließ uns ein Klopfen an mein Fenster zusammenzucken.

Wir beruhigten uns sofort, als wir erkannten, wer geklopft hatte. George stand draußen und hatte beide Hände an die Schläfen gelegt, um besser durch die spiegelnde Scheibe sehen zu können.

In diesem Moment geschah es. Die Sonne kam durch eine Wolke hindurch und die Fensterscheibe spiegelte auch hier im Innenbereich. Ich sah nicht mehr George. Entsetzt wich ich zurück an die Wand. Das war nicht möglich, das konnte nicht sein! Das war noch unglaublicher als eine Entführung, an die ich mich nicht erinnern konnte.

Vor meinem Fenster stand ein Untier. Es musste den

Kopf senken, um hineinschauen zu können, so groß war es.

Ein gigantisches und Furcht einflößendes Reptil mit glühenden Augen. Die schmale Echseniris sah sich suchend im Raum um. Die dünne Fensterscheibe würde dieses Monstrum nicht zurückhalten. Es hatte rostrote Schuppen und um die Augen herum einen dunkelblauen Rand, was es noch unheimlicher erscheinen ließ als jedes Chamäleon. Rauch trat aus den Nüstern, ein dichter, schwarzer Rauch, der sich schnell ausbreitete und alles verhüllte, auch das Monstrum. Ich erwartete, dass jeden Augenblick das Glas splitterte und die flache Schnauze mit ihren riesigen, spitzen Zähnen sich in mein Zimmer drücken würde.

Doch das war gar nicht nötig.

Camilla öffnete das Fenster weit.

Ich keuchte und Emma und Valérie sahen mich erstaunt an.

»Hey, George!«, rief Camilla. »Alles klar?«

Die Sonne war wieder hinter den Wolken verschwunden, der Nebel war fort. Viel schneller, als er aufgezogen war, hatte er sich aufgelöst, und ich erkannte George vor meinem Fenster, ein wenig nass, aber total aufgeregt. Ich blinzelte ein paarmal. Was war da eben passiert? Was hatte ich gesehen? Bekam ich jetzt Wahnvorstellungen?

»Allie? Allie, bist du da? Stell dir vor, meine Eltern schenken mir ein Dauerabo fürs Mary Kings Close, weil ich in Geschichte die beste Arbeit geschrieben habe! Hast du Lust, nächste Woche mit in die Unterwelt von Edinburgh zu steigen?«

Den Teufel würde ich tun.

Ein unerwarteter Besucher

Meine Eltern waren nicht zu erreichen gewesen, aber die Schulleiterin Mrs Bell hatte der Übernachtung bei Camilla zugestimmt, teilte mir unsere Internatsaufseherin Mrs Guthrie ein paar Tage später mit. Wir würden somit meinen Geburtstag und gleichzeitig Valéries Abschied auf dem Anwesen der Claridges feiern. Nach diesem Wochenende wäre sie wieder auf dem Weg in ihr ach so tolles und viel besseres Frankreich. Ich gönnte es ihr – und uns.

Mein Bein hatte sich glücklicherweise erholt und ich konnte wieder normal laufen. Es hatte keine weiteren Visionen von Dinosauriern oder Echsen gegeben, wofür ich ebenfalls dankbar war. Es war also alles wieder beim Alten.

Genau genommen: langweilig.

Vor allem der Unterricht heute, vor dem ich mich wahnsinnig gern gedrückt hätte. Dass er mir wirklich bald erspart werden sollte, damit hätte ich am allerwenigsten gerechnet – und mir im Nachhinein gewünscht, es wäre weiterhin so langweilig. Doch das konnte zur dritten Stunde noch niemand absehen.

Mrs Gordon empfand ich heute als besonders anstrengend. Ihr Geschichtsunterricht war so ausufernd. Sie kam nie zum Punkt. Das heutige Thema war der Code

Napoléon. Dummerweise kapierte ich überhaupt nicht, worum es dabei ging, denn Mrs Gordon verstrickte sich wieder mal in endlose Ausführungen. Emma, Camilla und ich rätselten soeben, ob es sich bei besagtem Code um einen Geheimcode handelte, der Napoleon den Sieg bei Waterloo gebracht hätte, als es zweimal kräftig an der Tür klopfte. Mrs Gordon unterbrach abrupt ihre Erklärung über irgendwelche Brotpreise und Gewichtszahlen in Deutschland.

Wir waren ebenfalls überrascht. Mrs Bell betrat den Klassenraum. Sie war nicht allein, denn ein junger Mann folgte ihr auf dem Fuße. Ein verdammt gut aussehender junger Mann mit hellblonden Haaren und bemerkenswert grünen Augen. Augen, die sogar im dämmrigen Klassenzimmer deutlich zu erkennen waren. Diese göttliche Gestalt wurde noch durch die pummelige kleine Schulleiterin neben ihm unterstrichen. In ihrem hellblauen Blazer mit passendem Rock wirkte sie wie die Stewardess einer Billigfluglinie neben einem der Darsteller aus Vampire Diaries. Unser Hausmeister konnte einpacken.

Emma und Camilla neben mir gaben ein Keuchen von sich. Nicht nur sie. Lucy Grumper ließ ein lautes »Ooh!« ertönen, während Lin, die sich gerade nach einem heruntergefallenen Radiergummi gebückt hatte, vom Stuhl rutschte und auf den Boden plumpste.

Auch der sonst so coolen Jemma klatschte ihr Mäppchen aus den Händen. Sogar Valérie saß mit weit geöffnetem Mund wie hypnotisiert da.

Er sah aber auch umwerfend aus. Groß, athletisch, gemeißelte Gesichtszüge, die Haare etwas länger und sehr leger verwuschelt, wie bei einem Unterwäschemodel.

Alle Mitschülerinnen waren zu Recht verzückt.

Alle.

Nur nicht Emma, Camilla und ich. Ein Blick zu meinen Freundinnen zeigte deutlich, dass sie ebenso schockiert waren wie ich.

»Bitte entschuldigen Sie die Störung, Mrs Gordon«, sagte Mrs Bell, sah sie allerdings nicht an. Augenscheinlich fiel es ihr schwer, den Blick von diesem lebendigen Adonis abzuwenden. Als sie es endlich schaffte, huschte er über uns hinweg und blieb an mir hängen. Mir wurde ganz komisch im Magen. So, als hätte ich schon seit Stunden nichts mehr gegessen. Es war eine Sache, im Internet nach einer Art Phantom zu suchen, aber eine ganz andere, wenn das Phantom plötzlich vor uns stand.

»Da sind Sie ja, Allison. Mr Larry benötigt Ihre Hilfe. Sie müssten mit uns mitkommen. Mrs Gordon, Sie gestatten? Allison wäre dann für den Rest des Tages vom Unterricht freigestellt.«

Mrs Gordon würde Mrs Bell niemals etwas abschlagen. Keine Lehrkraft an der St. Pauls würde sich das trauen. Doch ich rührte mich nicht. Ich konnte mich nicht bewegen. Die Augen meines Entführers taxierten mich, wie eine Kobra ihr Opfer fixierte.

Ich hatte bislang nicht gewusst, dass grüne Augen so eisig wirken konnten.

»Miss Murray, kommen Sie bitte?« Mrs Bell klang ganz ungeduldig.

Immerhin verstand ich, warum Valérie ihn hatte wiedersehen wollen. Er war ungemein attraktiv. So attraktiv hatte ich ihn gar nicht mehr in Erinnerung.

»Miss Murray!«, rief Mrs Bell jetzt laut und ich zuckte zusammen. Zumindest meine Knochen gehorchten mir wieder.

»Ich will nicht«, sagte ich und wieder sah ich einen dunklen Gang – die Close – vor mir. Dunkel, alt und nach Fäkalien stinkend.

»Isch möschte mit!« Valérie hatte ihre Fassung wiedergefunden und war aufgesprungen. »Bestimmt, isch kann auch 'elfen.«

»Nein, das können Sie nicht, Mademoiselle de Mallet. Bitte setzen Sie sich wieder«, wies Mrs Bell sie zurecht. »Mr Larry hat auf Miss Murray bestanden. Miss Claridge, Miss Campbell, würden Sie bitte Allisons Schulsachen einpacken und mitnehmen? Danke.«

»Er will sie mitnehmen?«, rief Camilla entsetzt.

Mrs Bell wandte sich zu ihr um und Camilla mit ihren eins fünfundachtzig sank auf ihrem Stuhl zusammen.

»Mrs Bell …«, versuchte Emma es stattdessen.

»Wir gehen jetzt. Es ist alles mit Miss Murrays Eltern besprochen, Miss Campbell. Seien Sie unbesorgt. Allison wird zum Abendessen wieder an der Schule sein und Sie sehen sie morgen im Unterricht wieder. Miss Murray, wären Sie dann endlich so weit? Ansonsten können Sie nach dem Unterricht Mr Abercrombie helfen die Sportgeräte zu säubern.«

Igitt. Ich hatte also die Wahl zwischen einem heißen Typen und schweißverklebten Kricketschlägern.

Langsam erhob ich mich und ging nach vorn. Mrs Bell trommelte mit einem Finger gegen ihren voluminösen Oberschenkel.

Sie wandte sich entschuldigend zu dem jungen Mann um. »Normalerweise ist sie sehr folgsam. Sie wird Ihnen keine Probleme bereiten. Ich hoffe, sie kann Ihnen helfen.«

Damit schob sie mich in den Flur, und mir blieb nur ein kurzer Blick auf die besorgten Gesichter meiner Freundinnen, ehe die Tür zufiel.

Mrs Bells Verhalten änderte sich schlagartig, als wir den Schulhof erreichten. Sie hatte durch die Schulgänge hindurch wie ein Wasserfall munter geschwatzt und begleitete diesen Mr Larry bis hierher, was äußerst ungewöhnlich für sie war. Normalerweise verließ sie so gut wie nie den Lehrertrakt oder auch nur ihr Büro.

Und normalerweise lächelte sie *niemals* so herzlich und freundlich und offen. Bei meiner Einschulung hatte sie ein unverbindliches Lippenzucken meinen Eltern gegenüber an den Tag gelegt, als sie den fünfstelligen Scheck erhalten hatte. Das war ihr Lächeln.

Wer zum Teufel war dieser Typ, der Mrs Bell aus ihrer Gefriertruhe rauszuholen vermochte?

»Miss Murray müsste um neunzehn Uhr wieder hier

sein. Ich hoffe wirklich, sie kann Ihnen bei Ihrem Projekt behilflich sein.«

Das offenherzige Lächeln ließ ihn völlig kalt. Mr Larry nickte kurz, packte mich am Oberarm und zog mich fort. Ein Duft aus Leder und einer sehr intensiven Blume ging von ihm aus. Mich schüttelte es.

»Wobei soll ich helfen?«, fragte ich und stolperte hinter ihm her. Er hatte einen forschen Schritt.

Ich versuchte sein Tempo ein wenig zu entschleunigen, doch er zog mich unerbittlich weiter. Sah Mrs Bell das nicht? Ich wurde schon wieder entführt!

»Weiß Mrs Bell, dass wir uns schon einmal begegnet sind?«

Er antwortete nicht.

»Genau genommen sind wir uns nicht *begegnet*, du hattest mich entführt«, warf ich ihm vor.

Er ignorierte mich einfach.

Mittlerweile hatte ich Angst. Er steuerte auf ein vor dem Schulgelände geparktes Auto zu. Säße ich einmal drin, könnte mich niemand mehr retten.

»Wenn du nicht sofort antwortest, schreie ich!«, drohte ich. »Und das wird hier an dieser Privatschule mit Sicherheit mehr beachtet als in den Princes Street Gardens.«

Das wirkte! Er blieb stehen und sah mich an.

»Du brauchst keine Angst zu haben. Ich will nur mit dir reden. Wir können in das Café der National Gallery gehen.«

Die National Gallery of Modern Art war direkt um die

Ecke – und immer gut besucht. Er würde mich wohl doch nicht entführen. Der Weg dahin verlief in einem gespannten und unangenehmen Schweigen. Kurz bevor wir die Galerie erreichten, hielt ich es nicht länger aus.

»Für ein Date sind das verdammt viele Umstände …«, sagte ich um ein Gespräch bemüht. »Weniger auffällig wäre es nach Schulschluss gewesen.«

»Bis dahin kann ich nicht warten«, lautete die knurrige Antwort.

»Und ich kann den Rest der Unterrichtszeit in meiner Freizeit nachholen. Hast du daran mal gedacht?«

»Du bist Internatsschülerin. Du hast massig Zeit nach dem Unterricht.«

Ach, so viel wusste er schon über mich? Was hatte Mrs Bell noch alles ausgeplaudert?

»Das bedeutet aber nicht, dass ich mich rund um die Uhr mit der Schule befasse. Ich hab auch noch andere Interessen.«

»Über die reden wir gleich.«

Das Café war ausgerechnet heute nur mäßig besucht. Kein Wunder mitten in der Woche, außerhalb der Ferienzeit. Das hatte ich nicht bedacht. Mein Begleiter dirigierte uns zu einem Tisch, der etwas versteckt lag, aber direkt neben einer Terrassentür. Es gab somit eine Fluchtmöglichkeit, sollte sie vonnöten sein. Allerdings zeigte er zum ersten Mal Anstand. Er hielt mir den Stuhl, damit ich mich setzen konnte. Er selbst setzte sich nicht, denn hier gab es nur eine Selbstbedienungstheke. Die war erstaunlich gut bestückt für die wenigen Gäste. Mein Blick blieb an den Brownies hängen.

»Trinkst du Kaffee?«, fragte er.

»Wie heißt du?«, konterte ich.

Ich sah ihn eine Braue heben. Sie verschwand unter seinem Pony. Ich hatte noch selten so dichtes blondes Haar bei einem Mann gesehen. Es reichte ihm über die Ohren und war ganz verwuschelt. Das stand ihm wirklich gut.

»Mein Name ist Fionngall Laoghaire. Auf keinen Fall Larry. Larry klingt furchtbar. So amerikanisch.«

»Fionngall ist aber auch nicht gerade geläufig«, sagte ich. »Reicht es, wenn ich Finn sage? Ich kannte mal einen Finn. Er war im Forschungsteam meiner Eltern und hat …«

»Sag mir einfach, ob du Kaffee möchtest, Tee oder heiße Schokolade«, unterbrach er mich.

»Heiße Schokolade«, sagte ich.

Als er zurückkam, hatte er nicht nur zwei dampfende Tassen Kakao auf dem Tablett, sondern zusätzlich einen Brownie.

Den bekam ich.

»Kannst du Gedanken lesen?«, sagte ich. »Oder hast du ihn mit etwas versetzt, um mich gleich willenlos irgendwohin bringen zu können.«

»Dafür bräuchte ich keinen drogenversetzten Brownie«, sagte Finn. Er ließ sich mit einer geschmeidigen Bewegung auf dem Stuhl mir gegenüber nieder. Das erinnerte mich daran, dass er mich den steilen Hang der Princes Street

Gardens in einem unglaublichen Tempo hinaufgetragen hatte – mit einer Hand, denn mit der anderen hatte er mir den Mund zugehalten. Bedeutete das … er war so stark wie Superman?

»Also könntest du alle hier im Raum mit einem Schlag umhauen?« Ich nahm die Tasse in die Hand und roch an dem heißen Getränk. Es war richtiger, cremiger Kakao. Mit Milch gekocht und nicht aus heißem Wasser und Pulver. Sehr gut. Vor allem, weil ich ein wenig zitterte. So attraktiv er auch war, er war mir nicht geheuer.

»Mehr als einen Schlag bräuchte ich schon«, sagte er und schien es durchaus ernst zu meinen. Vorsichtshalber stellte ich die Tasse wieder ab, denn ich wurde nervös. Was als Witz gedacht gewesen war, wurde zu einer ernsthaften Bedrohung für meine Person. Was hatte er Mrs Bell erzählt, dass die mich ihm einfach so überließ?

»Mrs Bell hat mir aufgrund des ausdrücklichen Wunsches deiner Eltern erlaubt dich heute vom Unterricht zu befreien und – falls nötig – auch in Zukunft außerhalb des Schulgeländes zu treffen.«

Ich starrte ihn an. Meine *Eltern*? Wie zum Teufel kam er an eine solche Erlaubnis? Ich hatte meine Eltern ja nicht mal erreichen können, um zu fragen, ob ich bei Camilla übernachten durfte. Und er, ein Wildfremder, konnte sie im tiefsten Dschungel – oder wo immer sie sich befanden – ausfindig machen?

»Was für eine Genehmigung haben meine Eltern erteilt? Wie hast du überhaupt den Kontakt zu ihnen herstellen können? Die sind doch auf einem ganz anderen Kontinent! Fernab von Funknetzen, geschweige denn Wi-Fi.«

»Um ehrlich zu sein, kann mein Kollege sehr gut Unterschriften fälschen«, gab er seufzend zu. Das klang wesentlich plausibler, wenn auch nicht beruhigender.

»Keine Sorge, ich habe im Moment nur ein paar Fragen. Ich weiß, dass du dich vermutlich kaum an etwas erinnerst. Ehrlich gesagt geht es mir ähnlich.«

Ich sah ihn überrascht an.

»Was soll das heißen, du erinnerst dich auch kaum an etwas? Immerhin hast du mir nachspioniert und dafür sogar meine Schulleiterin ausgetrickst.«

»Ich habe eine Woche gebraucht, um dich ausfindig zu machen. Hätte ich mich an diesen Tag erinnert, dann wäre das eine Sache von ein paar Minuten gewesen.«

Er sah mich so sicher und selbstbewusst an wie James Bond. Als hätte er Zugriff auf Behördendaten. *Alle* Behördendaten, inklusive der Geheimakten des MI 5.

»Na fein, irgendwie hab ich das Gefühl, dass ich gar nicht wissen will, wie du mich gefunden hast. Ist auch eigentlich ganz egal. *Warum* du mich allerdings finden wolltest – zweimal, wenn man es genau nimmt –, ist enorm wichtig, denn …«

»Genau. Es ist sehr wichtig«, unterbrach er mich einfach. »Du warst mit deinen Freundinnen im Mary Kings Close«, stellte er fest.

»Ich würde nicht alle von ihnen als meine Freundinnen bezeichnen«, sagte ich mit Gedanken an Valérie. Finn sah ein wenig genervt aus. »Aber ja, wir waren im Mary Kings Close«, bestätigte ich schnell.

»Was hast du da gemacht?«

»An einer Führung teilgenommen«, erklärte ich achselzuckend. Was, bitte schön, sollte man sonst da tun? Außer sich langweilen.

»Hast du da unten was berührt?«, überging Finn meine Frage.

»Nein«, sagte ich sofort, doch dann fiel mein Blick auf meine Hand und ich erinnerte mich wieder. »Doch!«

Finn setzte sich aufrechter hin und sah mir jetzt ganz fest ins Gesicht. Sollte ich ihm wirklich von meiner Schmiererei berichten? Von der blutverschmierten Wand? Wie peinlich. Vor allem diesem Kerl gegenüber, der das Ebenbild eines engen Verwandten von Chris Hemsworth und Alex Pettyfer war. Automatisch fühlte ich nach meinem aufgekratzten Finger.

»Die Wand«, sagte ich schlicht. »Ich bin versehentlich an die Wand gekommen.«

»Du hast dein Blut an der Wand verschmiert?«, fragte er ungläubig. Oje, er hatte wohl den Schorf gesehen.

»Ich hab's auch wieder sauber gemacht«, murmelte ich betreten. Doch das bekam er nicht mehr mit. Er erhob sich abrupt. »Zeig es mir.« Dabei hatte noch keiner von uns an seinem Kakao getrunken. Sogar mein Brownie war noch unberührt.

»Du musst mir zeigen, wo das war. Komm schon.«

Ich deutete auf meinen Brownie. »Ich hab noch nicht …«

»Das ist jetzt nebensächlich. Es eilt.« Er wollte mich schon hochziehen, doch ich rückte schnell mit dem Stuhl aus seiner Reichweite.

»Ich gehe nicht mit Fremden in irgendwelche unterirdischen Gassen«, erklärte ich, so fest ich konnte.

»Gerade hatte ich mich vorgestellt.«

War das sarkastisch gemeint? Nein, er sah dabei todernst aus und stand noch immer auffordernd neben mir.

»Na fein«, sagte ich, blieb allerdings sitzen. »Ich muss dir etwas über mich erzählen.«

»Wieso sollte mich das interessieren?«

So was Unverschämtes!

So gut er auch aussah: Ich musste ihn unbedingt Valérie vorstellen. Er und sie hatten einander verdient.

»Und wieso sollte ich dann mitkommen?«

»Das werde ich dir dann zeigen. Bist du endlich so weit?«

»Nein. Weil ich nicht mitkommen werde«, erklärte ich frostig. »Ich hasse es untertags.«

Er sah mich verständnislos an.

»Na und?«, fragte er nach einer Weile.

»Das heißt, ich gehe nicht freiwillig in unterirdische Tunnel.«

»Du warst im Mary Kings Close.«

Ich stöhnte. Wie sollte ich ihm verständlich machen, dass ich es hasste und nur meine beste Freundin dorthin begleitet hatte? Er gehörte nicht zu meinen Freunden und ein spendierter Brownie war es keinesfalls wert, erneut in die Unterwelt zu steigen.

»Hier hast du deinen Brownie und das Geld für die Schokolade.« Ich knallte ein paar Münzen auf den Tisch. »War nett dich kennengelernt zu haben. Halt, nein, wenn ich es recht bedenke, war es nicht nett.«

Ich stand auf und wollte gehen.

Doch er hielt mich zurück, indem er meine Hand umfasste. Ich bekam einen leichten Stromschlag. Anscheinend hatte sich meine Wut in elektrische Spannung geladen. Doch dann geschah es.

Ich blinzelte. Der winzige Millisekundenbruchteil seiner Berührung auf meiner Haut ließ ein Bild vor meinen Augen aufblitzen. Da war wieder der Innenhof. Der, von dem ich neulich im Sportunterricht geträumt hatte. Der hell erleuchtete mit den angenehmen Düften.

Es war, als hätte er einen Schalter umgelegt.

Schlagartig konnte ich mich wieder an alles erinnern. Ich sah die Close vor mir, in die er mich getragen hatte: dreckig, alt, verkommen. Jemand hatte »Gardyloo« gerufen und es hatte tatsächlich so gerochen, als hätte man Fäkalien ausgekippt. Es war zum ersten Mal sehr authentisch gewesen.

Die Treppe, die uns ein Stockwerk tiefer brachte. Er hatte mich noch immer getragen. Ich hatte ihn geschlagen und getreten, um freizukommen. Schließlich hatte ich ihn fest in die Seite gezwickt. Er hatte mich daraufhin fallen lassen. Deshalb tat mein Bein so weh!

Dann hatte er mich weitergeschleift, bis wir einen Raum erreichten, in dem ein anderer junger Mann schon ungeduldig wartete. Er hatte auch gut ausgesehen, allerdings ganz anders als Finn. So, wie wenn man Ryan Gosling neben Alex Pettyfer stellte. Und er war wesentlich unfreundlicher gewesen als mein Entführer.

Der Raum war sauberer gewesen als die Gänge, durch die wir gekommen waren. Vor allem das lebensgroße Poster von Beyoncé an der Wand hatte meine Aufmerksamkeit gefangen.

Und dann hatten der Ryan-Gosling-Verschnitt und Finn mich weitergeschleift, in einen anderen Raum dahinter.

Ich sah Finn in die Augen und erkannte, dass auch er sich wieder erinnerte.

»Was … was war das? Dieser Torbogen?«, fragte ich ihn verdutzt.

»Wir nennen ihn *magische Pforte*«, erklärte er dumpf.

Anscheinend hatte es auch ihm die Sprache verschlagen.

Die magische Pforte? Was für eine treffende Bezeichnung!

Der Raum, in den er und der andere mich geschleift hatten, war unterteilt durch einen Torbogen, der regnete.

Doch es war kein richtiger Regen, es nieselte mehr. Der Ryan-Gosling-Typ hatte erklärt, dass es immer weniger wurde, seit Finn mich suchen gegangen wäre.

Noch während wir dort gestanden hatten, war es tatsächlich viel weniger geworden und schließlich waren die letzten Tropfen gefallen. Doch statt des Mauerwerks dahinter war etwas anderes aufgetaucht.

Der Innenhof! Kaum war der letzte Tropfen in diesem regnenden Torbogen gefallen, war er erschienen.

Doch noch während wir staunend davorstanden – auch die beiden Jungs waren baff –, hatte sich dieser Innenhof verdunkelt, ein Nebel zog auf. Schwarzer Dunst, so dicht, dass man nicht einmal die Hand vor Augen sehen konnte. Finn stand dicht neben mir. Ich roch seinen Duft. Er roch nach Leder und einer Frühlingsblume. Wir hörten beide, wie ein Körper schwer auf dem Boden aufschlug. Dann ging auch Finn k.o. Direkt hinter mir. Es war stockfinster. Ich hatte Angst, machte einen Schritt – in die Pfütze des letzten Regenwassers hinein. Einen Moment lang wurde es wieder hell. Mein Blick war auf den reglosen Finn vor mir gerichtet. Seine dichten Haare waren verrutscht und gaben seine Ohren frei. Schlagartig hatte ich vergessen, was geschehen war und wo ich mich befand.

Die Ohren! *Seine* Ohren! Sie waren ganz spitz. Wie bei Peter Pan.

Ich starrte auf die Ohren, doch seine dichten blonden Haare verdeckten sie. Das war keine Vision gewesen. Das hatte ich alles gesehen. Dort unten in den Katakomben. Genau wie ich auch diesen Geruch wiedererkannt hatte.

»Du hast Spitzohren!«, konfrontierte ich ihn direkt.

»Wir gehen. Sofort.«

Ein Knurren ertönte. Ein sehr furchteinflößendes Knurren. Wie von einem tollwütigen Hund oder einer Raubkatze. Erschrocken blickte ich mich um, ob ein Hund unter dem Nachbartisch saß. Nein, nichts.

Und dann ging mir auf, dass Finn knurrte. Er zögerte auch nicht länger, fasste meine Hand fester und zog mich aus dem Café.

Erkenntnisse am Leith

Direkt gegenüber dem Ausgang der National Gallery of Modern Art floss der Leith durch ein Stück Wald. Dorthin zerrte er mich. Ich hatte Mühe, Schritt zu halten, denn mit der Erinnerung waren auch die Schmerzen in mein Bein zurückgekehrt. Nicht so schlimm wie vor ein paar Tagen beim Sportunterricht, aber bei dieser Geschwindigkeit spürte ich es wieder deutlich. Er führte uns direkt in das Dickicht, fernab von den kleinen Wegen und den Parkbänken, mitten in ein Brombeergestrüpp. Meine Strumpfhose zog sich eine Laufmasche, doch das war nebensächlich.

»So, hier sind wir ungestört.« Er blieb prompt stehen und sah mich von oben herab an. Das war keine Kunst, weil ich so klein war. Aber nur die wenigsten taten es mit einem solch herablassenden Blick.

Dieser Blick machte mich fuchsig.

»Na gut, dann noch mal: Du hast Spitzohren!«

Er reagierte nicht. Am liebsten hätte ich ihm auf die Brust getippt. Ich wiederholte: »Du hast Ohren wie Peter Pan!«

Mir kam der Gedanke, dass er vielleicht zu einem Rollenspiel gehörte.

»Oder sind die angeklebt? So wie in *Herr der Ringe*? Darf ich mal sehen?«

Ich machte einen Schritt auf ihn zu, doch mein Bein ließ mich erneut im Stich. Ich strauchelte und er fing mich auf. In einer Geschwindigkeit, die mich überraschte.

Und mit einer Kraft, die ich schon einmal gespürt hatte. Nein, mit ihm stimmte etwas nicht.

»Bist du überhaupt ein normaler Mensch?«

Ich sah zu ihm auf. Er wich meinem Blick nicht aus. Er blinzelte nicht einmal. Dann sagte er ruhig: »Nein. Ich bin kein Mensch.«

Ich löste mich aus seinen Händen und trat zurück. Mir schwante etwas.

»Moment mal. Du kannst unglaublich schnell rennen. Und du bist übermenschlich stark.« Ich zog die Seitenteile meines Blazers vor meiner Brust zusammen. »Hast du auch einen Röntgenblick?«

Blöderweise trug ich den dämlichen BH mit den kleinen Hufeisen, den Camilla uns letztes Jahr zu Weihnachten geschenkt hatte. Wieso wartete ich auch immer mit dem Waschen, bis der hier übrig blieb?

»Nein, ich kann nicht durch Dinge hindurchsehen«, sagte Finn. Ein winziges Lächeln schlich sich auf seine Lippen. Ich atmete erleichtert auf und ließ den Blazer wieder aufklappen.

Jetzt grinste Finn ganz offen. »Aber ich kann Gedanken lesen. Hufeisen hab ich noch nie auf einem BH gesehen.«

Entsetzt stieß ich einen Schrei aus. »Du bist also doch ein

Alien? O Gott! Bitte sag nicht, dass du die Erde für dein Volk erkundet hast, damit sie uns den Sauerstoff abzapfen.«

»Red nicht so einen Unsinn. Wir leben schon viel länger hier in Großbritannien als ihr Menschen.«

Ich erstarrte. Er hatte *wir* gesagt! Wen oder was meinte er mit *wir*?

»Wir Elfen«, beantwortete er meine unausgesprochene Frage.

Ich wartete.

Ich wartete auf das *Ätschbätsch, verarscht!*.

Doch das kam nicht. Stattdessen runzelte er die Stirn.

»Wer zum Teufel sagt heute noch *Ätschbätsch*?«, fragte er.

Mir blieb die Luft weg. Es war, als hätte er mir mit voller Wucht in den Magen geboxt.

»Allison? Bist du in Ordnung?« Er kam näher, und weil ich so klein war, musste er sich zu mir herabbeugen.

»Allison? Du bist so bleich! Warte, das kann ich ändern.«

Er hauchte mir ins Gesicht und ein Duft von Frühlingsblumen und Leder umwehte mich. Leder ... die Narben an meinem Bein begannen unwillkürlich zu jucken.

»Normalerweise hilft das bei Menschen«, murmelte er verdutzt, als ich weiterhin nach Luft schnappte und schwankte. Er wollte mich festhalten, doch ich hielt abwehrend eine Hand hoch und ihn damit auf Abstand.

»Nicht«, stöhnte ich, »anfassen! Bleib ja dort stehen.«

Er blieb auf Abstand und musterte mich weiterhin kritisch. Ich musste nachdenken, und zwar schnell. Dafür schloss ich fest die Augen und kniff in mein Nasenbein.

Das war ein Traum.

Das musste ein Traum sein. Ich lag in meinem Bett und träumte einfach nur, dass ich in einem struppigen Wäldchen mit einem äußerst attraktiven Kerl stand, der meine Gedanken lesen konnte. So was gab es im echten Leben nicht.

»Kannst du die Augen wieder öffnen? Wir sind noch nicht fertig und du sollst um sieben wieder in der Schule sein. Vorher müssen wir ins Mary Kings Close.«

Der Duft aus Blumen und Leder wurde stärker.

»Ach, verflixt«, murmelte ich. Er hatte von dem *Ätschbätsch* gewusst, was wirklich niemand mehr sagte außer Camilla. Er *konnte* Gedanken lesen!

»Was ist? Ist dir immer noch schlecht?«, wollte er wissen. Er klang weniger besorgt als vielmehr genervt.

Ich öffnete die Augen.

»Kannst du mal deine Mähne von den Ohren nehmen?«

»Was soll das werden?«

Jetzt sah ich ihn gereizt an.

Ich will mich davon überzeugen, dass ich nicht geträumt habe, dachte ich und dachte gleichzeitig: *Wenn du wirklich Gedanken lesen kannst, solltest du das wissen.*

Ein wenig widerstrebend sah ich sich seine Hände zu seinem blonden Schopf bewegen.

Da waren sie, die Spitzohren.

»Na fein«, sagte ich und atmete ein paarmal hektisch ein und aus. »Na fein, lass mich nur mal kurz zusammenfassen.«

Doch statt zusammenzufassen, trat ich näher an ihn heran. Er hatte die Haare wieder über die Ohren fallen lassen, aber ich war doch zu neugierig.

Emma war mal als Galadriel auf einer Kostümparty aufgetreten. Die aus dem Internet bestellten Ohrspitzen hatten sich angefühlt wie ein glibberiger Wasserball, der an Luft verloren hatte. Eklig, um ehrlich zu sein.

Finn hielt ganz still, als ich seine Haare zur Seite schob und seine Ohren begutachtete. Er beugte sich sogar ein wenig nach unten, damit ich einen besseren Blick drauf werfen konnte.

»Nur um es klarzustellen«, knurrte er. »Ich halte nur still, damit wir endlich vorankommen. Ich weiß schon, dass du nur kooperierst, wenn deine Neugierde gestillt ist.«

Ich achtete nicht auf ihn und berührte seine Ohren.

Sie fühlten sich wirklich an wie Ohren! Weiche Haut, Knorpel, nur waren sie oben halt – spitz!

Wahnsinn!

»Wahnsinn«, hauchte ich begeistert und konnte es nicht lassen, noch einmal drüberzustreicheln.

Ich hörte, wie sich Finns Atem veränderte, und er fing meine Hand ab.

»Genug gefummelt. Bist du jetzt beruhigt?«

Beruhigt?

»So würde ich es nicht nennen«, gestand ich und schielte noch immer zu seinen Hörmuscheln. »Mir fallen auf Anhieb tausend Fragen ein.«

»Die müssen warten.«

»Das sehe ich anders«, erwiderte ich und ging wieder auf

Abstand. »Wenn du wirklich ein Elf bist – das da könnte ja auch immerhin einfach nur ein Gendefekt sein und dein Opa hatte schon Spitzohren oder deine Ururgroßtante –«

»Es waren meine Eltern«, warf er ein. »Beide.«

Ich blinzelte und versuchte mich wieder auf das zu konzentrieren, was ich hatte sagen wollen. »Na fein, deine Eltern. Gehen wir doch einfach mal davon aus, dass du zur Spezies der tauträufelnden Blumenkinder gehörst.«

»So ein Unsinn«, stöhnte er. »Elfen haben noch nie …«

Er stockte, weil ich meine Hand hob. »Egal. Du bist ein Elf, das lassen wir mal so stehen.« Auch wenn ich es noch immer nicht glauben konnte. Nicht wirklich.

Finn starrte mich an, als seien mir ebenfalls Spitzohren gewachsen.

»Bitte sag mir nicht, dass es auch Drachen oder Zwerge gibt«, fügte ich hinzu, weil er noch immer nicht sprach.

»Komm mit. Ich brauche dich als Zeugen.«

»Wohin genau soll ich mitkommen?«, horchte ich argwöhnisch nach.

»Ins Mary Kings Close, um die Regenpforte zu schließen. Ich habe bereits eine Woche verloren.«

»Vergiss es«, wehrte ich ab. »Ich gehe da nicht noch mal hin. Die Besucherräume des Mary Kings Close waren ein von Flutlichtern erhellter Sportplatz im Gegensatz zu den Gewölben, durch die du mich geschleift hast.«

Ich wandte mich ab und ging, so schnell ich konnte, den Weg zurück in Richtung Schule.

»Es ist immer noch das Mary Kings Close, nur ein anderes Stockwerk und nicht für Besucher erschlossen. Du musst mitkommen!« Finn kam mir nach. Hatte ich wirklich gedacht, ich könnte ihn so leicht abhängen?

»Nein.«

»Ich werde dich …«

»O Sir! Würden Sie mich bitte zum St. Pauls College begleiten? Dieser Mann da verfolgt mich seit geraumer Zeit.«

Ein Gassigänger mit Hund war direkt vor mir aufgetaucht.

Ihn schickte der Himmel.

Es war ein älterer Herr mit Hut und sofort nahm er eine schützende Haltung an und stellte sich zwischen den Elfen und mich.

»Keine Sorge, Miss«, sagte er begütigend und funkelte Finn düster an. »Ich bringe Sie selbstverständlich dorthin.«

Sogar der Hund begann zu knurren. Ob er die Antipathie seines Herrchens gegenüber Finn bemerkte oder ob er erkannte, was Finn war, war nicht auszumachen. Auf alle Fälle hatte es die gewünschte Wirkung. Ich war in Sicherheit.

FINN

Eine Woche lang hatte ich gebraucht, um herauszufinden, was die Pforte geöffnet hatte beziehungsweise wer. Eine Woche, in der Ean und ich uns nicht erklären konnten, was geschehen war. Eine Woche, in der wir beobachten konnten, dass die Welt hinter der magischen Pforte eine gefährliche Wirkung auf sterbliche Säugetiere ausübte. Wir konnten uns nur noch sehr verschwommen an den Tag erinnern. Doch wir hatten definitiv beobachten können, wie ein Waschbär durch die Pforte den Innenhof betrat – und vor unseren Augen starb.

Die intensiven Gerüche lockten weitere Nager und sogar einen Fuchs an. Alle starben auf der Stelle, sobald sie in den Dunstkreis des Innenhofes kamen.

Wir hatten sofort die Höheren informiert und eine Delegation hatte unseren Wachtposten aufgesucht, um sich selbst ein Bild von der Lage zu machen.

Man wurde sich nach langem Beraten einig, dass nur einer der unzähligen Besucher für das Öffnen der Pforte verantwortlich sein konnte. Als wir die Besucherliste mit dem Tag und der Uhrzeit verglichen, blieben drei Namen übrig. Und einer davon tauchte beinahe zeitgleich im Buch der Prophezeiung auf. Allison Murray, der Schlüssel der magischen Pforte.

Noch während die Delegation sich zur weiteren Besprechung

zurückzog, war eine Touristin in diesem für Besucher normalerweise unzugänglichen Bereich des Mary Kings Close erschienen und einen halben Meter vor *dem Torbogen in die Knie gesunken.*

Ean und ich hatten hilflos zusehen müssen, wie sie genauso verendete wie der Waschbär, der Fuchs und die Ratten zuvor.

Nun gab es kein Zurück mehr.

Allison Murray musste die Pforte wieder schließen und das aufziehende Unheil abwenden. Leider war sie widerborstiger als eine Drachenhaut.

ALLISON
Die Erpressung

Der freundliche Hundebesitzer hatte mich bis an den Eingang des Colleges begleitet und sogar gewartet, bis die Tür ins Schloss fiel. Zum Abschied hatten wir uns noch einmal zugewunken und ich sah ihn durch das Fenster mit seinem Hund von dannen ziehen. Ich konnte allerdings nicht mehr in den Unterricht gehen, ich musste erst alles verdauen, was ich in der Galerie erfahren hatte.

Falls das je möglich war.

Da ich erst um sieben heute Abend zurückerwartet wurde, ging ich schnurstracks auf mein Zimmer. Meine Narben juckten noch, doch die Schmerzen hatten zum Glück nachgelassen.

Ich erreichte unbehelligt mein Zimmer und war wieder mal sehr dankbar dafür, ein Einzelzimmer zu haben. Es konnte niemand meckern, weil ich mich mit meinen Schuhen aufs Bett warf. Und ich könnte weiter meine Socken im Raum verteilen, wenn ich wollte. Sofort zog ich die löchrige Strumpfhose aus und warf sie auf den Boden. So, jetzt konnte die dämliche Valérie sich noch ein wenig über mein Zimmer mokieren. Doch im Gegensatz zu Valérie wogen die neuen Erkenntnisse viel schwerwiegender.

Elfen!

Es gab Elfen!

Es existierte tatsächlich diese Gattung der Feen, die keine niedlichen kleinen Blumenkinder à la Tinkerbell waren. Stattdessen sahen sie … heiß aus. Das ließ sich nicht abstreiten. Sie waren äußerst attraktiv und – das musste gesagt werden – unsympathisch. Und sie hatten Kräfte wie Superman, konnten Gedanken lesen und knurren wie ein Wolf. Zumindest dieser eine Elf, den ich soeben kennengelernt hatte. Hatten alle Elfen diese Fähigkeiten? Oder traf das nur auf ihn zu? Und waren sie alle so arrogant und überheblich wie er? Ob er fliegen konnte? Im Großen und Ganzen entsprach diese Version eines Märchenwesens überhaupt nicht meiner Vorstellung.

Au Mann! Die Erkenntnis, dass es Elfen gab, veränderte alles! Es konnte somit auch nicht mehr ausgeschlossen werden, dass in Frankreich Oger lebten. Schnucki war garantiert mit denen verwandt. Und vielleicht war *Twilight* ja auch Wirklichkeit! Stephenie Meyer hatte die Tagebücher der Bella S. gefunden und in Romanform verfasst! So wie es bei Herman Melville mit seinem Roman *Moby Dick* gewesen war.

Doch dann wurde mir heiß und kalt zugleich. Was hatte es nur mit dieser riesigen Echse vor meinem Fenster auf sich gehabt? Lebten unter uns jetzt auch noch Dinosaurier? Drehte ich allmählich total durch? Vermutlich! Ich hatte einen Elf getroffen. Jeder normale Mensch würde bei einer solchen Behauptung sagen: reif für die Klapsmühle.

»… überprüfen, ob sie uns einen Hinweis hinterlassen hat«, hörte ich vor meiner Tür eine wohlbekannte Stimme.

Die Tür flog auf und Camilla stürmte rein und blieb bei meinem Anblick überrascht stehen. »Emma, sie ist hier!«, schrie sie in den Gang.

Ich starrte verblüfft auf meine Freundinnen, die – inklusive Valérie – mein Zimmer eroberten und sich alle auf dem Bett neben mir niederließen.

»Wir haben noch Unterricht. Was tut ihr hier?«, fragte ich baff.

»Was tust *du* hier?«, konterte Emma.

»Na was schon. Ich lebe hier. Das ist mein Zimmer.«

Alle kommentierten diesen dämlichen Satz mit einem so herablassenden Blick, den die Queen nicht besser hinbekommen könnte.

»Wo ist er? Wieso ist er nischt 'ier?«, wollte Valérie wissen.

»Sieh mal im Schrank nach«, sagte ich trocken.

»Wo hat er dich hingebracht? Warum bist du schon zurück? Hat er dich wieder entführt?« Camilla klang mehr aufgeregt als besorgt.

»Bei dir hört sich das irgendwie romantisch an«, erwiderte ich. »Ich kann dir versichern, es war alles andere als das. Er ist unhöflich, ignorant und …« Ein Märchenwesen, hätte ich beinahe gesagt. Stattdessen ergänzte ich schnell: »Nicht gastfreundlich. Er hat mir einen Brownie ausgegeben und dann durfte ich ihn nicht essen.«

Alle drei starrten mich aus tellergroßen Augen an.

»Okay, jetzt wissen wir, dass er es wirklich bei dir vergeigt hat«, sagte Camilla endlich.

Emma schaute auf ihre Armbanduhr und sprang erschrocken auf.

»Wir haben schon seit fünf Minuten Biologie!«

»Verflixt.« Camilla hüpfte ebenfalls von meinem Bett, auch Valérie erhob sich.

»Allie? Was ist mit dir?«, fragte Emma, als ich keine Anstalten machte, aufzustehen.

»Ich mag nicht mitgehen. Das gibt so viele Fragen von den anderen …«, sagte ich ausweichend. Ich wollte noch alleine bleiben und meine Gedanken sortieren – und ein wenig googeln.

Zum Glück wurde meine Antwort akzeptiert und wenige Sekunden später war ich allein. Ich ließ mich wieder zurücksinken und schloss die Augen.

Es gab Elfen!

Und Finn war nicht der einzige. Der unsympathische Ryan-Gosling-Typ hatte auch so spitze Ohren gehabt.

Es pochte an mein Fenster.

O nein. Nicht jetzt. Ich wollte keine weitere Unterbrechung.

»Ich habe Kopfschmerzen, George«, rief ich und legte demonstrativ einen Arm über meine Augen.

Am Fenster kratzte es und ich versuchte es zu ignorieren. Vergeblich. »Bitte! Heute nicht«, murmelte ich nur. Doch dann knirschte es, ein Knarzen ertönte und es quietschte leicht.

Erschrocken nahm ich den Arm herunter und drehte den Kopf zum Fenster.

Nicht George stand dort.

Es war Finn. Schon wieder.

Finn, der Elf. Er hatte mysteriöserweise den Innenriegel meines Fensters von außen geöffnet und zwängte sich jetzt in mein Zimmer.

»HILFE!«, wollte ich schreien, so laut ich konnte. Dummerweise kam ich nur bis zum »Hi«, als mir schon eine Hand unsanft auf den Mund geklatscht wurde. Er bewegte sich mit einer Schnelligkeit, die ich mit dem Auge gar nicht hatte erfassen können.

»Ich tu dir nichts«, sagte Finn. »Versprochen. Nicht schreien. Hör mich nur an.«

Den Teufel würde ich tun! Er war hier eingedrungen und bedrohte mich!

Ich versuchte ihn zu beißen. Das gelang auf einer flachen Hand natürlich nicht. Also leckte ich darüber.

Das hatte den gewünschten Effekt: Angeekelt zog er die Hand weg und schon schrie ich erneut: »Zu Hilfe! Einbrecher!«

Sofort wurde mir der Mund wieder zugehalten.

»Hör auf damit!« Er klang verzweifelt, was ich als Vorteil wertete.

Doch dieses Mal war er schlauer. Er hielt die Hand so fest auf meinem Mund, dass ich ihn nicht mal öffnen konnte. Leider hielt er sie auch über meine Nase. Ich bekam keine Luft mehr. Ich strampelte, ich schlug um mich, aber es war aussichtslos. Er hatte unglaubliche Kräfte. Magische Kräfte? Er war ein Elf! Vermutlich konnte er mich ins Elfenreich bringen und dort entsprach bekanntlich eine Nacht tausend Menschenjahren. Alle, die ich kannte, wären tot, wenn ich zurückkehrte. Ich wollte nicht dorthin.

Doch er begann schon mit dem Beamen, denn um mich herum verschwamm alles und ich konnte Sterne tanzen sehen. Ich sah Funken und Sternschnuppen, die langsam verblassten. Sie wurden dunkler und dunkler. Wer hatte behauptet, sie seien weiß oder bunt? Sie waren grau, anthrazit, beinahe schwarz.

»Hey! Hey, nicht ohnmächtig werden!« Es duftete nach Blumen und dann kribbelte meine Wange. Die Funken verschwanden, mein Zimmer und Harry Styles nahmen wieder Konturen an.

»Meine Güte, ihr Menschen seid aber auch empfindlich«, hörte ich den Elfen murmeln. Der Frühlingsduft wurde stärker. Ich konnte jetzt sein Gesicht ganz dicht über meinem erkennen. Sofort wollte ich zurückweichen und erneut schreien. Ich sah seine Hand kommen, und ehe er mir noch einmal die Luft abdrücken konnte, packte ich sie und hielt sie fest.

Er war eindeutig überrascht. Ich war es ebenfalls. Doch dann fiel sein Blick auf meine Hand, die seine hielt.

»Was ist das?«, fragte er und besah sich das Muttermal an meinem Finger. »Woher hast du das?«

Ich antwortete nicht und wollte ihm meine Hand entziehen.

Doch er ließ nicht locker.

»Woher?«

»Weiß ich nicht. Ich hab rote Haare, helle Haut und war vielleicht etwas zu oft in der Sonne. So entstehen Pigmentflecken.«

Doch er schüttelte den Kopf. »Nein. Das hier nicht. Das hier ist der letzte Beweis. Ich hab es nicht erkannt, weil du beim letzten Mal dort eine Wunde hattest. Du musst mit mir kommen.«

»Spinnst du? Ich gehe nirgendwo mehr mit dir hin. Du hast mich unter Vorspiegelung von falschen Tatsachen aus dem Unterricht geschleust, Menschen in meiner engsten Umgebung angelogen …«

»Ist das nicht dasselbe?«, fragte er.

Ich überging das. »Und dann bist du in mein Zimmer eingedrungen. Das hier ist eine *Mädchen*schule! Nicht mal George darf in mein Zimmer und der ist kein Hüne und verdammt sexy.«

Er grinste matt. O Gott. Hatte ich das gerade laut gesagt?

Das Grinsen verschwand und er wurde wieder ernst. »Du ahnst nicht, was das für uns bedeutet. Du bist nun mal ein Mensch.«

»Das klingt verdammt herablassend«, schnauzte ich. »Wenn du meine Hilfe wirklich bräuchtest, wärst du netter und würdest mich *bitten*. Und jetzt zum letzten Mal: RAUS!«

Er rührte sich keinen Zentimeter.

»Ich verstehe auch, dass du Angst hast. Das brauchst du

nicht. Ich bringe dich innerhalb von zwei Stunden wieder zurück und dir wird nichts geschehen.«

»Sag mal, sprichst du meine Sprache?«, fragte ich fassungslos.

»Natürlich, sonst würden wir uns wohl kaum unterhalten.«

»Hast du gehört, was ich gerade gesagt habe? Ich komme nicht mit.« Ich konnte nicht glauben, dass jemand so stur war. »Du hast mich entführt.«

»Du hast mich gezwickt«, sagte er, hob sein Shirt an der Seite und zeigte einen perfekten Sixpack.

»Angeber«, sagte ich.

Sofort wurde das Shirt fallen gelassen.

»Du glaubst doch nicht im Ernst, dass ich mit dem Anblick von Muskeln zu bestechen bin. Ich bin keine Valérie. Merk dir das.«

Für einen Moment schloss er die Augen, atmete tief durch und schüttelte dann den Kopf.

»Nein, du bist Allison Murray, und nein, ich wollte dich nicht bestechen, sondern dir den blauen Fleck zeigen, den du mir verpasst hast. Irgendwie kann ich deinen Gedanken nicht folgen. Was haben meine Muskeln mit Bestechung zu tun?«

»Ach, nichts«, stöhnte ich. So was Humorloses hatte die Welt noch nicht gesehen.

Ob alle Elfen so drauf waren? Tinkerbell war genauso gewesen. Sie hatte Peter Pan an Captain Hook verraten. Aus Eifersucht. Das kam wohl nicht …

»Bitte. Komm mit mir.«

Ich dachte noch immer an die Zeichentrickfigur, weshalb ich glaubte mich verhört zu haben. »Wie war das?«, hakte ich nach.

»Ich bitte dich mir zu folgen.«

Ich konnte sehen, dass es ihn Überwindung kostete, mich zu bitten. Das hatte ein Typ wie er bestimmt schon lange nicht mehr tun müssen – falls überhaupt jemals.

»Ich verspreche dir hiermit noch einmal, du wirst wieder heil zurückgebracht.«

Sein Blick fiel auf das Poster von *One Direction*. »Und ich besorge dir eine Karte für ein Konzert von denen.«

Jetzt war ich baff. »Das könntest du?«

»Ich würde dir ja lieber ein Kätzchen versprechen, das wäre einfacher, aber das wirst du nicht in der Schule behalten dürfen.«

Jetzt fühlte ich mich veräppelt. »Du organisierst mir Konzertkarten für *One Direction*?«

Er nickte.

»Für mich und meine beiden Freundinnen«, stellte ich klar.

Er kniff ein wenig die Augen zusammen, nickte aber dann wieder. »Geht in Ordnung.«

Oje.

»Ich kann trotzdem nicht«, sagte ich ernst. »Erst einmal sollten wir ein paar Dinge klarstellen. Zum einen: Ich möchte gefragt werden. Ich kann es partout nicht leiden, wenn man einfach so über mich bestimmt.«

Es reichte, wenn meine Eltern das taten. Sie hatten mich früher ungefragt um die Welt geschleift, später ungefragt ins Internat abgeschoben, und ab und an schleiften sie mich ungefragt für einen Tag nach London, damit ich dort bei einem Pressetermin die tapfere Tochter mimte – nur, um mich anschließend wieder in den Zug zu setzen und zurück nach Schottland zu schicken, und selber wieder in irgendeinen Dschungel aufbrechen konnten.

»Ich will gefragt werden«, wiederholte ich fest.

»Das hab ich doch vorhin. Ich habe *bitte* gesagt.«

»Aber du hast nicht gefragt!«, widersprach ich. »Ein einfaches ›Bitte‹ reicht da nicht ganz.«

Er blinzelte. »Einverstanden. Würdest du mich bitte begleiten?« Es klang nicht wenig ironisch.

Ich antwortete sehr höflich und nicht weniger ironisch: »Die Konzertkarten sind Teil unseres Vertrags.«

»Einverstanden.«

Das ging aber schnell. Wo war der Haken?

Er zuckte nur mit den Achseln. »Was willst du denn sonst noch? Rosen? Pralinen? Diamanten?«

»O Gott nein! Ich gehe doch nicht mit dir zu einem Date«, wehrte ich entsetzt ab. Rosen von ihm? Niemals!

»Was dann?«

Ich schloss die Augen. Das war so blöd zuzugeben.

»Ich hab …« Ich kam mir so kindisch vor und trotzdem konnte ich es nicht abschütteln. »Ich muss erst Strümpfe und Schuhe anziehen.«

»Das ist es nicht, was du sagen wolltest«, folgerte er.

»Nein, nicht wirklich. Ich … ich …« Während ich die Socken überstreifte und die Schuhe band, überlegte ich, wie ich es am besten und unpeinlichsten erklären sollte.

»Sag es doch einfach.« Jetzt klang er wieder richtig genervt. Na fein, dann eben doch auf die peinliche Weise.

»Ich hab Angst im Dunkeln. Ich bekomme Panikattacken«, sagte ich schnell. So, jetzt war es raus. Ich wartete auf das Gelächter und dachte daran, dass ich seit dem Unfall Heulkrämpfe und Schweißausbrüche bekam, sobald es so dunkel wurde, dass ich nicht mal mehr meine Hand erkennen konnte. Doch er lachte nicht. Er sah einfach nur ungeduldig aus.

»Würde eine Fackel reichen?«, wollte er wissen.

»Hast du keine MagLite?«, setzte ich dagegen.

Jetzt grinste er und dieses Lächeln veränderte sein ganzes Gesicht. Zum ersten Mal wirkte er nicht wie ein Racheengel.

»Ich hab so was Ähnliches. Dafür müssen wir allerdings noch kurz zu mir nach Hause.«

Der Schandfleck von Murrayfield

Warum um alles in der Welt hatte ich mich freiwillig bereit erklärt einem fremden Typen, der auf mysteriöse Weise in mein Zimmer eingedrungen war, noch einmal in die dunklen, unterirdischen Gassen von Edinburgh zu folgen? War ich wie meine Freundinnen türkisgrünen Augen und einem wohlgebauten Körper auf den Leim gegangen? Ich grübelte darüber noch während der Fahrt nach. An seinem Auto hatte es gewiss nicht gelegen. Der Sportwagen, den er vor der Schule geparkt hatte und nun gewandt durch die Straßen lenkte, war uralt und hatte dem verblassten Lack und der Beule am Kotflügel nach zu urteilen vermutlich ein paar Stunts à la James Bond überstehen müssen. Nur innen war das Auto picobello sauber. Und dann lenkte Finn diese Karre, die ihre glorreiche Zeit wohl in den Sechzigern gehabt hatte, ausgerechnet nach Murrayfield. Ich stutzte. Finn wohnte im Nobelviertel der Stadt? Mitten unter Menschen? Wie viele Fabelwesen mochten noch hier leben – vor allem, wenn man bedachte, dass Edinburgh zu einem großen Teil unterkellert war?

Er hielt vor einem frei stehenden Haus, das von außen den anderen Immobilien der Gegend glich: eine Villa aus dem 19. Jahrhundert aus graugelben Steinwänden, mit kleinem, sauberem Vorgarten und Doppelgarage.

Allerdings war es nur von außen nett anzusehen. Innen war es eher … antik. Ehrlich gesagt war es total heruntergekommen. Das Haus der Addams Family versprühte eindeutig mehr Charme als diese Bruchbude. Hier sollten sich die Betreiber vom Mary Kings Close mal Anregungen holen.

»Ist das ein Museum?«, fragte ich und wich in der Diele einem Spinnwebfaden aus, der tief von der Decke hing. Die Hälfte der Diele nahm eine Treppe ein, die in die oberen Stockwerke führte. Das Ende des Korridors hinter der Treppe lag im Dunkeln.

»Nein«, antwortete er knapp.

»Aber hier kann doch kein Mensch wohnen!« Ich deutete auf eine Wand, an der die Tapete in Streifen herabhing.

»Hier wohnt ja auch kein Mensch«, sagte Finn und verschwand einfach in der Düsternis am Ende des Ganges.

»Lass mich bloß nicht allein hier zurück«, rief ich. Sollte ich ihm hinterher? Just in diesem Moment wurde es hell. Erleichtert folgte ich ihm in den Raum. Das Licht kam von einem noch dichter mit Spinnweben verhangenen Kronleuchter, dem einige Kristalle fehlten, und beleuchtete ein paar verstaubte Regale. Ehemals mochte dieses Zimmer ein Salon gewesen sein, doch jetzt war es eindeutig eine Werkstatt oder ein Lagerraum für Werkzeug. Sehr seltsames Werkzeug. Es gab keine Bohrmaschinen oder Sägen, sondern Zangen mit komischen Haken, Instrumente, die aussahen wie Hämmer, aber eine Dreifachspitze an jedem Ende hatten, und Schraubenzieher, die wirkten wie mittelalterliche Folterwerkzeuge. Ein weiteres Regal beinhaltete Waffen. Armbrüste, Dolche, Piken, Hellebarden und Bögen. Aus den geflochtenen Körben davor stachen federbesetzte Pfeilkiele heraus. Mir wurde ganz mulmig.

»Braucht man dafür keinen Waffenschein?«, fragte ich und bereute schon, ihm gefolgt zu sein. Das hier war das perfekte Haus für ein Verbrechen. Tatwerkzeuge gab es zur Genüge. Mit etwas Pech auch noch einen verborgenen Keller.

»Nur für Schusswaffen«, erklärte Finn. Er beachtete mich allerdings nicht, sondern ging zu dem größten Regal im Raum.

Dort lagerten haufenweise Laternen und Lampen. Vom Kronleuchter bis zu einer römisch aussehenden Öllampe war alles vertreten. Ich sah Holzlampen, Kerzen, Terrakottaformen, schmiedeeiserne Leuchten, Pechfackeln, Ölkanister, Dochte und Fackeln.

Finn entnahm einem Regal eine Laterne aus Eisen mit einem bläulichen Glas. Er schraubte einen Deckel ab und überprüfte den Inhalt. Nachdem er den Deckel wieder befestigt hatte, ging er zu dem Waffenregal und ließ etwas daraus in seiner Tasche verschwinden.

»Gut. Gehen wir.«

»Wofür ist das Messer?«, fragte ich und schluckte.

»Der *Dolch*«, korrigierte er mich streng, »soll etwaige Zeugen nachher beseitigen.«

Ich wich zurück.

Finn rollte die Augen. »Ich weiß nicht, was sich hinter dieser Pforte befindet, deshalb bin ich lieber vorbereitet.«

»Aber ich weiß es«, sagte ich und versuchte einen lockeren Ton anzuschlagen, um meine Nervosität zu verbergen. »Da ist ein hübscher Innenhof inmitten von Ruinen und es riecht nach Thymian und Majoran.«

Finn hatte wieder diesen herablassenden Gesichtsausdruck drauf. »Aber du weißt nicht, ob die Ruinen wirklich leer sind, oder?«

Mich überlief ein Schauer. Nein, das wusste ich natürlich nicht.

Mein Blick fiel erneut auf die Waffenwand hinter ihm und die schimmelige Tapete.

»Wohnst du wirklich hier?«, fragte ich zaghaft. In dieser Bruchbude?

»Ja. Oben«, lautete die knappe Antwort. Ich konnte mir nicht einmal vorstellen, dass man die oberen Räume noch betreten durfte. Bestimmt waren die einsturzgefährdet. Die Decke sah zumindest so aus. Überall bröckelte der Putz ab und Kalkhäufchen lagen auf dem Boden.

Er bemerkte meinen Blick. Ich konnte mein Unbehagen nicht ganz verbergen.

»Können wir gehen? Ich werde jetzt keine Hausführung mit dir machen. Es wird Zeit, dass wir wieder zur Pforte kommen. Du kannst mir alles Weitere auf der Fahrt erzählen.« Er wartete keine Antwort mehr ab, sondern löschte das Licht und ging voraus.

Ich folgte ihm eilig durch die heruntergekommene Diele zurück zu dem verbeulten Auto. Finn lenkte den Wagen wieder souverän durch die Straßen. Der Motor röhrte und ich hatte das dumpfe Gefühl, dass es nicht an einem kaputten Auspuff lag, sondern eher an ein paar PS zu viel unter der Haube. Wieso ließ man solch ein Auto dann so herunterkommen? Genau wie dieses Haus zwischen all den Villen. Waren Elfen arm? Das Gehalt konnte nicht sonderlich hoch ausfallen als Wächter einer Tür tief unter der Erde. Vor allem, wenn man dann auch noch versagte.

Mary Kings Close zum Dritten

Finn parkte den Wagen ein paar Minuten später am Straßenrand oberhalb der Princes Street Gardens.

Auf der Fahrt hatte er mich noch einmal ausgequetscht und haarklein hören wollen, was ich bei unserer Führung mit Valérie, Emma und Camilla gesagt und berührt hatte. Doch als wir durch die unterirdischen Gänge eilten, sprach er kein Wort und beantwortete auch keine meiner Fragen. Dabei hatte ich Tausende. Die Laterne mit dem bläulichen Glas war so hell wie ein Flutlicht auf dem Sportplatz. Das machte es mir erträglich, hier unten zu sein. Zumindest einigermaßen, denn nun konnte ich mehr als eine Ratte erkennen, die vor dem Lichtkegel flüchtete. Na toll.

Endlich kamen wir in den Raum mit den antiken Möbeln. Das lebensgroße Beyoncé-Poster stach mir direkt ins Auge. Mehrfach sogar, denn ein Spiegel an der Wand gegenüber reflektierte die Pop-Queen. Kein Wunder, dass ich trotz Blackout eine schwache Erinnerung an diese schillernde Erscheinung gehabt hatte.

Wir waren nicht allein in diesem Raum, denn wir wurden bereits ungeduldig von dem Ryan-Gosling-Typ erwartet. Er sprang augenblicklich aus dem thronähnlichen Sessel auf, als wir eintraten.

»Das hat aber lange gedauert«, meinte er nur und ging voraus. Ich kam zu dem Schluss, dass diese herablassende Art Elfen angeboren sein musste, denn der andere Elf grüßte mich nicht – er sah mich nicht einmal an, so als wäre ich Luft.

Wenn Finn antwortete, ich hätte ihm Probleme bereitet, würde er direkt noch mehr bekommen. Dann würde ich mich nämlich augenblicklich umdrehen und gehen.

Doch Finn sagte gar nichts. Er legte mir eine Hand in den Rücken und schob mich aus dem Raum, dem anderen Typen hinterher. Zum ersten Mal fiel mir auf, dass seine Hand nicht so warm war wie zum Beispiel die von Mr Abercrombie, wenn er Hilfestellung bei Sportübungen leistete. Ich fühlte zwar Finns Hand ganz deutlich, aber es war eher, als berührte mich dort ein Gelkissen. Nicht mehr ganz kalt, aber eben auch nicht hautwarm. Es war ein seltsames Gefühl, und ich war froh, als er die Hand wieder wegnahm.

Ich konnte nicht weiter darüber nachdenken, denn wir erreichten den nächsten Raum und der beanspruchte meine komplette Aufmerksamkeit. Ich vergaß, dass ich mich unter der Erde befand, dass es außerhalb dieses Gewölbes stockduster war, dass ich mich bis vor ein paar Sekunden unwohl gefühlt hatte.

Vor uns, hinter dem Türbogen, lag der mediterrane Innenhof. Die Sonnenwärme drang bis hierher und ebenso der Thymian-, Azaleen- und Pinienduft. Vereinzelt lagen im Hof und auch auf dem Pflaster vor dem Bogen Aschehäufchen. Ob es dort ein Feuer gegeben hatte? Es musste lange her sein, denn die Ruinen wirkten seit Jahren verlassen. Eine Eidechse huschte über eine zusammengebrochene Mauer. Insekten schwirrten im Schein der Sonnenstrahlen. Es war ein durch und durch idyllisches Bild. Ich wollte näher treten, wollte an den Blumen riechen, die Sonne fühlen.

Finn hielt mich zurück.

»Hast du schon was von der Delegation gehört, Ean?«, fragte Finn. Er ließ mich noch nicht los, als hätte er Angst, ich würde wieder versuchen wegzulaufen.

Ean? Ein seltsamer Name. Vermutlich elfisch.

»Nein. Aber vorhin war eine weitere Abgesandte hier und hat es sich angesehen.«

»Was sagt sie? Wird sie etwas unternehmen?«

»Das bezweifle ich«, sagte Ean düster und deutete auf einen Aschehaufen auf dem Pflaster einen halben Meter vor sich.

»Bei Pans Schwert. Wir müssen den Notstand ausrufen.« Finn fuhr sich durch seine Haare und sah regelrecht verzweifelt aus.

»Ist der Oberon informiert?«

War Oberon nicht eine Shakespeare-Figur?

Wer auch immer er war, der Name sorgte dafür, dass Ean erschrocken die Luft anhielt.

»Davon gehe ich aus«, nickte Ean. »Er ist der König. Er sollte davon wissen.«

König? Was für ein König?

Ean fuhr fort: »Wie willst du ihm und dem Kronrat erklären, dass wir eine ganze Woche gebraucht haben, um den Schlüssel zu finden? Eine Woche, in der wir wohlweislich verschwiegen haben, was dort genau vor sich geht. Du müsstest sie als Schlüssel vorweisen. Sie ist ein Mensch, sie kann die Anderwelt nicht betreten.«

Ich warf Ean einen finsteren Blick zu.

Prima. Ich wollte die Anderwelt nämlich gar nicht betreten. Ich wollte nicht ein paar Stunden dort sein und dadurch einige Jahre verpassen. Ich wollte meinen siebzehnten Geburtstag erleben – und ihn gebührend feiern!

»Du willst einen sechzehnjährigen Rotschopf, der lieber feiert, als die Anderwelt zu betreten, dem König vorstellen?«

Oha. Nicht nur Finn konnte Gedanken lesen. Ob alle Elfen gleiche Ohrspitzen hatten oder die da spitzer waren? Dank seines dichten Haars konnte ich das nicht sehen. Aber er durfte ruhig mitbekommen, wie unmöglich ich sein Verhalten fand.

Finn schien nichts zu bemerken. Er machte sich ganz andere Gedanken, er hielt auch noch immer meinen Oberarm umklammert. Ich wollte, er würde loslassen, denn dieses seltsam halbwarme Gefühl war nicht angenehm.

»Das weiß der Kronrat bestimmt längst durch die erste Delegation«, widersprach Finn.

»Das bezweifle ich«, sagte Ean. »Bevor die Botin …«, er stockte, »… starb, hat sie mir gesagt, dass der Andawar tot ist. Sie haben jetzt ganz andere Probleme, weil der Nachfolger keineswegs an Frieden interessiert ist.«

Ich konnte deutlich erkennen, dass Finn blass geworden war, auch wenn ich nur Bahnhof verstand. Ein paar Sekunden herrschte ein lastendes Schweigen im Raum, wo man deutlich die vielen Insekten hinter dem Torbogen summen hören konnte.

Weil niemand von beiden mehr sprach oder sich gar bewegte, flüsterte ich Finn leise zu: »Wer ist Andawar? Und was ist ein Oberon?«

Das schien ihn zumindest wieder in das Hier und Jetzt zurückzurufen. Er räusperte sich, doch seine Hand umfasste meinen Arm fester.

»Wir können mit ihr nicht in die Anderwelt und der Oberon wird wohl kaum hierherkommen«, Finn machte eine kurze Pause. »Ich gehe nach Avalon«, entschied er. »Ich erstatte dem Merlin Bericht. Er kann entscheiden, ob der Oberon über die neuen Vorkommnisse informiert werden soll oder nicht. Zumal ich in der Bibliothek ein wenig über die seltsam tödliche Atmosphäre, die die Pforte beinhaltet hat, recherchieren kann.«

Finn ließ mich abrupt los, wandte sich ab und ging gedankenverloren zum Ausgang.

»Hey!«, rief Ean ihn zurück. »Was ist mit ihr?«

»Hey!«, funkelte ich ihn wütend an. »Genau, was ist mit mir? Lass mich ja nicht hier unten zurück. Du hast versprochen mich wieder nach Hause zu bringen.«

Etwas huschte an meinem Bein entlang.

Ich quietschte. »Ich will nicht mit den Ratten hier zurückbleiben!«

»Sei nicht so kindisch. Es ist nur eine.« Zum ersten Mal, seit wir ihm begegnet waren, sprach Ean mich direkt an.

»Ich sehe zwei«, zischte ich und sah ihm ins Gesicht, weil ich sein unhöfliches Benehmen endgültig leid war.

»Du vergleichst mich mit einer Ratte? Ich mag dich nicht.«

»Gut. Ich mag dich auch nicht.« Damit wäre das geklärt.

Die Ratte lief auf jeden Fall zielstrebig auf den sonnigen Hof zu. Schnüffelnd hielt sie auf einen Strauch voll roter, saftiger Beeren zu.

»Sieh hin«, sagte Ean direkt zu mir. »Dann weißt du, was du angerichtet hast.«

Wir sahen alle zu der Ratte, die mit zitterndem Näschen ungefähr eine Fußlänge hinter Ean abrupt stehen blieb und lautstark zu quieken begann. Ean wechselte die Stellung und brachte sich neben Finn in Sicherheit. Ich ahnte, warum. Die Ratte quiekte lauter. Das war kein Quietschen, als hätte man ihr kurz auf den Schwanz getreten. Nein, es war ein qualvolles, schmerzhaftes Quieken, so als würde ihr jemand den Schwanz gewaltsam abreißen. Es gellte mir in den Ohren, ich konnte ihren Schmerz sehen und fühlte mit.

»Kann man ihr nicht helfen?« Ich wollte sogar meinen Widerwillen gegen Ratten überwinden und näherte mich dem Tier. Finn zog mich augenblicklich wieder dicht neben sich.

»Nicht. Geh bloß nicht näher ran!«

Ich blieb stehen. Doch es war grausam anzusehen.

Garantiert hatte keine Laborratte so leiden müssen wie die kleine Ratte in diesem Moment. Schon kippte sie zur Seite und krümmte sich. Ihre Beinchen und der Schwanz zuckten und dann zog sich ihr Fell zusammen. Es fiel ein, richtig zusammen, als wären urplötzlich alle Gedärme fort, die Rippen waren zu sehen und drückten sich sichtbar gegen das Fell, dann traten alle Knochen heraus, das Fleisch begann zu verwesen, das Fell fiel zu Boden. Und die Ratte war noch nicht tot. Erst jetzt wurde das Quieken leiser und verstummte endlich. Kaum war der letzte Ton verklungen, ging der Kadaver in Flammen auf, nur wenige Sekunden lang loderte es blau, grün und hellgelb, dann erlosch alles und zurück blieb ein Aschehäufchen. Ein, winziges Aschehäufchen, wesentlich kleiner, als die Ratte gewesen war.

Entsetzt starrte ich auf die Asche. Und die anderen verteilten Aschehaufen im Hof. Das war unmöglich. So etwas gab es nicht. Zumindest nicht hier in Edinburgh. Obwohl die Sonne weiterhin freundlich und warm schien, hatte der malerische Innenhof allen Glanz verloren. Dennoch fühlte ich das Verlangen, einzutreten, die Ruinen zu erkunden, den Düften zu folgen.

»Was … was ist da genau geschehen?«, stammelte ich endlich. Ich suchte Halt und krallte mich an Finns Hand. »Ist dieser Ort verseucht? Sind dort radioaktive Strahlen? Können die zu uns durchdringen?«

Endlich ließ er meinen Arm los und drückte meine Hand, und zwar so fest, dass mir klar wurde, dass ihn das Geschehnis ebenso aufgebracht hatte wie mich.

Finn wandte sich zu Ean.

»Jedes Lebewesen, das die Welt hinter der Pforte betritt, zerfällt zu Asche. Nun ist sogar eine Elfe tot. Das können wir dem Merlin nicht länger verschweigen. Er muss wenigstens von der Abgesandten erfahren.«

Ean kreuzte die Arme vor der Brust. »Wie wär's, wenn sie zuerst einmal versucht die Pforte wieder zu schließen? Dann kannst du wenigstens noch eine gute Nachricht überbringen. Der Tod Eonies ist keine große Tragödie, doch als Abgesandte genießt auch sie einige Rechte. Und notfalls können wir den Schlüssel durch die Pforte schicken. Vielleicht schließt sie sich ja nur hinter ihr.«

Ean redete wieder über mich, als wäre ich gar nicht anwesend. Oder als ob ich es nicht wert wäre, angesprochen zu werden. Finn schüttelte den Kopf. Er starrte noch immer auf die vielen Aschehaufen.

»Der Kronrat muss davon erfahren. Wenn wir die Pforte geschlossen bekommen, verfassen wir nachträglich einen Bericht. Wenn nicht ... muss Merlin jemanden beauftragen. Oder der Oberon.«

Ean zuckte zusammen. »Ich halte es noch immer für keine gute Idee, den König zu informieren.« Aha, Oberon war ihr König!

»Ich auch nicht. Er hat weiß Pan genug um die Ohren im Moment. Aber wir können nicht länger verschweigen, dass es sich ausdehnt ... und vor allem, was, wenn es den Wächterraum nebenan erreicht?«

Ich konnte an den Blicken, die sie tauschten, erkennen,

dass sie über etwas sprachen, was ich nicht mitbekommen durfte. Es musste etwas im Nebenraum geben, das keinesfalls gefährdet werden durfte. Ich bezweifelte, dass es sich dabei um das Beyoncé-Poster handelte.

»Nicht, wenn wir den Schlüssel danach vernichten«, sagte Ean deutlich und nun sah er mich an. Das Herz schlug mir augenblicklich bis zum Hals.

»Du…«, wandte ich mich stammelnd an Finn, »du hast versprochen …«

»Wir werden den Schlüssel nicht vernichten«, sagte Finn zu meiner grenzenlosen Erleichterung. Er beugte sich zu mir. »Zeig mir, wo du die Wand berührt hast.«

Ohne Ean oder die Pforte noch eines Blickes zu würdigen, drehte ich mich um und ging aus dem Raum.

Finn führte uns zurück bis zur Abzweigung und dann ins Mary Kings Close hinein. Wir hatten wieder den Teil mit dem ekelhaften Gestank durchquert, doch das erschütterte mich nicht so sehr wie die Erinnerung an die sterbende Ratte.

Ich erkannte sofort den »Hauptweg«, das Aushängeschild des Mary Kings Close, wo die bestückten Wäscheleinen von Fenster zu Fenster hingen. Dieses Mal betrat ich die Gasse jedoch von der anderen Seite.

Finn wartete, bis eine Gruppe von Schaulustigen vorbei war, und huschte, ehe die nächste kam, mit mir durch die Besucherräume, bis wir den besagten Raum erreichten. Die richtige Stelle erkannte ich sofort. Peinlicherweise war noch immer ein leicht rosafarbener Fleck zu sehen.

»Hier? Bist du dir sicher?« Finn untersuchte die Wand so akribisch wie ein Forensiker.

»Absolut. Da waren auch ein paar Zeichen, die sind aber direkt verschwunden, als ich drübergewischt habe.«

»Was für Zeichen?«, fragte er scharf.

Ich zuckte die Schultern. »Keine Ahnung. Da hinten haben sie die Mietzinsen an die Wand gemalt. So was in der Art.«

Ich strich in Erinnerung an meinen letzten Besuch über meinen Finger mit dem Mal.

Finn war die Bewegung aufgefallen. Er stutzte. Unwillkürlich ergriff er meine Hand mit dem Muttermal. »Du hast dein Blut auf der Wand und den Zeichen verteilt«, wiederholte er.

Ich nickte verlegen.

Ohne Vorwarnung zog er seinen Dolch und ritzte die frisch verheilte Wunde auf.

»Au!«, rief ich. »Sag mal, spinnst du?«

Ich wollte ihm meine Hand entziehen, doch er hielt sie fest und drückte den Finger gegen die Wand.

»Hör auf damit!«, zischte ich. Hier konnte jeden Moment eine Gruppe mit Touristen um die Ecke kommen. Deren Stimmen waren in diesem Bereich überall zu hören. Was würden die denken, wenn sie das hier sähen? Vandalismus! Und dank meiner DNA hätten sie den Täter – nämlich mich – im Nullkommanix ermittelt – egal wie schnell der Elf laufen konnte.

»Es tut sich nichts.« Finn beobachtete die Wand.

»Was soll schon geschehen? Hast du wirklich gedacht, dass, wenn ich hier die Wand beschmierte, zwei Stockwerke tiefer eine Tür zugeht? Wo sind wir hier? In Hogwarts?«

»Du hast sie schließlich auch so geöffnet«, sagte er nur. Aber endlich ließ er meine Hand los.

»Gardyloo!«

»Ich denke, wir sind hier fertig«, sagte Finn und nahm meine Hand erneut in seine. Dieses Mal allerdings, um mich aus dem Raum wieder ans Tageslicht zu ziehen.

Nachgehakt

Finn hatte uns an den Touristengruppen vorbeigeschmuggelt und einen anderen Ausgang genommen. Als wir wieder auf die Straße traten, standen wir mitten auf der Highstreet. Wie immer quäkte irgendwo ein Dudelsack und es hatte zu nieseln begonnen. Der Wind hatte zugenommen, es wurde kälter. Die Touristen suchten Unterschlupf in den Cafés und Restaurants, weshalb die Straße für diese Uhrzeit ungewöhnlich leer war. Finn hatte kein Wort mehr gesagt. Mir war auch nicht nach Reden zumute, denn das Bild der armen, verendeten Ratte geisterte ständig durch meine Gedanken. Seit wir die Gewölbe verlassen hatten, war mir mulmig. Ich hatte die Pforte nicht wieder verschließen können, ich war jetzt unwichtig. Unnütz. Vielmehr stellte ich eine Gefährdung dar, so wie Ean sich ausgedrückt hatte, und demnach wäre es besser, mich … Hatte er vielleicht einen Scherz gemacht? Ich beantwortete die Frage sofort selbst: Garantiert nicht. Der Typ war so humorvoll wie ein ölbeschmierter Pelikan.

Der Dudelsack rief mich in die Gegenwart zurück.

»Kannst du mir sagen, was genau da vorhin mit der Ratte passiert ist?«, fragte ich und zog schützend die Aufschläge meines Blazers zusammen.

»Nein.«

Ich sah zu Finn auf. Seltsamerweise wurde er nicht nass, während sich meine roten Locken vom leichten Regen so sehr kräuselten, dass ich sie aus den Augenwinkeln sehen konnte.

»Nein, du kannst es nicht, oder nein, du weißt es nicht?«

»Nein, ich weiß nicht, was mit der Ratte geschehen ist. Und mit all den anderen Tieren.«

Er sah meinen erschrockenen Blick. »Du hast doch die anderen Aschehaufen gesehen, oder? Irgendwas ist in diesem Hof, was die Ratten, Katzen, Waschbären, Füchse und anderen wilden Tiere auch anlockt. Vor ein paar Tagen war es diese Touristin, die überall gesucht wird, heute Morgen sind dort zwei Männer gestorben – wahrscheinlich waren es Obdachlose. Das macht insgesamt drei tote Menschen. Und jetzt auch noch die Botin.« Er starrte finster die Straße hinab.

Ich erstarrte. Menschen waren gestorben? So wie diese arme Ratte?

Finn hatte mich beobachtet und nickte.

»Wir hatten sie nicht aufhalten können. Bei der Elfe hat der Todeskampf noch länger gedauert.«

Mir zitterten die Knie und ich lehnte mich an die kalte, feuchte Hauswand hinter mir.

»Deshalb hast du mich also aus dem Unterricht geholt«, überlegte ich laut. Meine Stimme zitterte ebenso sehr wie meine Knie. Menschen waren in Gefahr! »Aber wie kamen die überhaupt dahin? Ich meine, es liegt noch tiefer als die Besucherräume und in die kommt man auch nur mit einem Guide.«

»Du wolltest auch durch die Pforte«, erinnerte er mich.

Tatsächlich wäre ich, ohne zu zögern, hineingegangen – allerdings ehe ich den Tod der Ratte miterleben musste.

»Ich weiß nicht, ob du bemerkt hast, wo die anderen Aschehäufchen lagen, aber der Dunstkreis weitet sich aus.«

»Wie ist das möglich?«

»Mir kommt es so vor, als würde sich der Innenhof mitsamt seiner Atmosphäre mehr Platz erobern wollen.«

Das klang, als würde der Innenraum ein Eigenleben führen. Wie der außerirdische, menschenfressende Schleim in diesem alten Horrorfilm.

»Könnte sich diese Atmosphäre bis hier hochziehen? In die Straßen aufsteigen?«

»Das kann ich nicht beantworten. Aber wenn es sich in diesem Tempo weiter ausbreitet, können wir heute Abend den Raum mit der magischen Pforte nicht mehr betreten. Damit ist dann auch …« Er stockte.

»Damit ist was?«, fragte ich erschrocken.

»Nichts.«

»Nichts?«

»Ich kann es dir nicht sagen, sonst muss ich dich doch noch umbringen«, meinte er und ging einfach weiter.

»Das war ein Scherz, oder?«, sagte ich, wenn auch nicht ganz überzeugt. Er reagierte auch darauf nicht.

Vier Aschehäufchen. Drei Menschen, ein Elf. Mich schauderte noch immer, doch Finn war bereits einige Meter vorausgeeilt. Ich bemühte mich ihn einzuholen und dabei fiel mir etwas auf.

Während mir meine nassen Locken ins Gesicht hingen, war er noch immer trocken.

»Du wirst ja gar nicht nass!«, sagte ich.

»Lotuseffekt«, antwortete er knapp. »Gehört zum Elfenschutz.«

Lotuseffekt? Noch ein Punkt mehr auf meiner Liste des Fragenkatalogs über Elfen und magische Wesen und wo sie zu finden waren.

»Und dieser Lotuseffekt konnte den Boten nicht schützen?«

»Nein«, sagte er düster.

»Ich frag gar nicht weiter. Zumindest nicht im Moment«, sagte ich betroffen. Doch eines musste ich noch wissen: »Avalon? Es gibt wirklich einen Ort, der so heißt?«

»Warum fragst du?«

»Ich kenne Avalon aus der Artussaga. Reden wir hier von … von … ich meine, immerhin bist du ein Elf.«

»Von welchem Avalon reden wir denn?«, fragte er und zum ersten Mal klang er eine Spur belustigt.

»Na von *dem* Avalon. Lass dir doch nicht jeden Wurm aus der Nase ziehen!« Gleich würde ich mit dem Fuß aufstampfen.

»Bezieht sich dein Wissen über die Artussaga auf den Mist mit Lancelot, Percival und der Suche nach einer Terrine?«, fragte er und klang wieder verdammt herablassend.

»Terrine? So bezeichnet ihr den Heiligen Gral? Aber ja, dieses Avalon meinte ich.«

»Dann muss ich dich enttäuschen. Ich rede von der Insel, auf der sich die Lehranstalt für Elfen, Halbelfen und Druiden befindet und der Kronrat zu regelmäßigen Konferenzen mit den Nichtelfen zusammenkommt, weil Personen mit Menschenblut der Zugang zur Anderwelt verwehrt ist.«

Das war der mit Abstand längste Satz, den er je in meiner Gegenwart von sich gegeben hatte. Ich hatte zwar jedes Wort gehört, doch blieben meine Gedanken nur an ein paar hängen: Halbelfen und Druiden. Er sah meinen Blick.

»Halbelf erklärt sich wohl von selbst: Halb Elf, halb Mensch. Druiden sind Menschen mit einem Tropfen Elfenblut in den Adern. Manche merken es nie, andere fühlen ihn recht deutlich, indem sie Visionen haben oder die Zukunft sehen oder Gegenstände mit den Gedanken bewegen können. Zugegeben, Letzteres ist sehr selten. Druiden sind Kinder von Kindern von Halbelfen – oft geht es noch viel weiter zurück. Es gibt viele Menschen, die Visionen haben oder manchmal einen Gedanken erraten können, aber Druiden können mehr. Sie sind in der Lage, diese Fähigkeiten weiter auszubilden, und haben einen hohen Intellekt, der der Anderwelt sehr von Nutzen ist«, erklärte er weiter. »Lass uns gehen. Dir ist kalt.«

Inzwischen regnete es stärker. Meine Locken hingen sich aus, und nun, wo er es ansprach, spürte ich, dass ich durch und durch nass war und zitterte. Sogar der Dudelsack war verstummt. Finn hatte wieder meine Hand genommen und setzte sich in Bewegung in Richtung des Schlosses.

»Ich darf mit? Nach Avalon?«, quiekte ich aufgeregt und versuchte mit ihm Schritt zu halten. Das war nicht ganz so einfach wegen unserer unterschiedlichen Körpergröße. Ich musste drei Schritte für einen von ihm machen. Doch seine lauwarme Hand, die die meine festhielt, beflügelte mich.

»Nein. Ich bringe dich zurück zu deiner Schule.«

Ich blieb stehen. Finn tat es mir gleich und sah mich an.

»Ich will nicht. Ich muss doch erst um sieben heute Abend wieder da sein. Warum kannst du mich nicht mitnehmen?«

»Weil ich den Tod eines Elfenboten melden muss und nicht weiß, wie man darauf reagiert. Ich habe versprochen dich heil und gesund wieder zurückzubringen. Dafür kann ich nicht garantieren, wenn man vom aktuellen Stand der Dinge erfährt.«

Ich zuckte zusammen. Als er sich wieder in Bewegung setzte, wehrte ich mich nicht.

Ausgequetscht

»Wie wars?«

War ja klar, dass Valérie diese Frage stellte, ehe Emma und Camilla auch nur den Mund öffnen konnten. Finn hatte mich am Tor der Schule abgesetzt mit dem Hinweis, ich dürfe kein Wort darüber verlieren, wo ich gewesen war, und über das, was ich gesehen und erfahren hatte.

Er war dann auch einfach losgefahren, sobald ich auf dem Gehweg stand. Ohne *Tschüss*, ohne *Mach's gut*, ohne einen weiteren Blick. Super! Ich wusste nicht, ob ich ihn je wiedersah, ob ich weiterhin Angst vor Ean und den Elfen haben musste. Ich wusste gar nichts. Und ich war nicht wenig sauer darüber. Dabei hatte ich gedacht, wir hätten diese Phase endlich hinter uns. So konnte man sich täuschen.

Meine Rückkehr zum Abendessen hatte sich als eine kleine Sensation erwiesen. Von einem Hottie aus dem Unterricht geholt zu werden war anscheinend genauso aufregend, wie wenn Jack Sparrow ein Kinderhospital besucht – nur ohne Presserummel. Ich wurde mit Fragen bombardiert – wo wir gewesen waren, was er gewollt hatte, wie ausgerechnet ich ihm hatte helfen können, und so weiter und so fort. Doch das war nichts gegen meine

Freundinnen am nächsten Tag. Emma und Camilla hatten von anderen erfahren, dass ich zu spät zum Abendessen gekommen war, und direkt richtig gemutmaßt, Finn habe mich wieder abgeholt. Ohne Handy hatten sie mich nicht mehr erreicht und Facebook hatte ich gemieden. Das nahmen sie mir übel. Trotzdem waren sie mehr als wissbegierig darauf, alle Details zu erfahren. Am hartnäckigsten war Valérie. Sie wich nicht von meiner Seite und rückte ständig näher, wo sie doch sonst immer auf Abstand bedacht war. Ich wollte, sie würde wieder Abstand halten.

»Erzähl, wie wars?«, wiederholte sie.

»Surreal«, sagte ich.

»Was isch denke: *Wie* war er?«, korrigierte sie sich ungeduldig.

»Unhöflich«, gab ich zur Antwort.

Valérie funkelte mich wütend an. »Was 'at er mit dir gebracht?«

»*Wohin* hat er Allison gebracht«, korrigierte nun Emma wie gewohnt.

»Nein, mit ihr gebracht!«, beharrte Valérie.

»Oh, du meinst *mit ihr gemacht.*« Emma war die Ruhe selbst.

Wir saßen in der Mittagspause zusammen und Emma und Camilla hingen genauso fasziniert an meinen Lippen wie Valérie, was ich äußerst irritierend fand.

»Er hat nichts mit mir gemacht. Er wollte wissen, was wir im Mary Kings Close gesagt und angefasst hatten, weil es wohl zu einer Störung kam«, sagte ich genervt.

Ich dachte, das sei eine ungefährliche Version des Ganzen.

»Das isch 'ätte auch ihm sagen können.« Valérie war wirklich beleidigt. »Warum du? Isch wäre viel ... praktischer gewesen.«

Ich legte meine Gabel ab und sah sie aus zusammengekniffenen Augen an. »Deswegen hat er dich auch wieder zurückgebracht«, erinnerte ich sie in einem zuckersüßen Ton.

»Dabei würde die niemand vermissen, wenn sie verschwände. Zumindest nicht in Schottland«, raunte Camilla Emma zu. Blöderweise sagte sie das im Camilla-Flüsterton, den beinahe jeder in der Cafeteria verstand. Auch Valérie.

Das saß. Schnucki hielt zum ersten Mal ihre hochnäsige Klappe.

Sie nahm ihren Teller, stand auf und setzte sich an den Tisch zu Lucy Grumper.

»Okay, die sind wir endlich los«, sagte Camilla und ignorierte Emmas frustrierten Blick. »Du kannst sie nachher wieder betüddeln, Emma, aber jetzt will ich alles erfahren. Also los, Allie, du kannst reden. Erzähl uns, wohin er dich gebracht hat und was er mit dir gemacht hat.«

»Gemacht hat?«, wiederholte ich ungläubig. »Er hat mir nichts getan. Ich hoffe, du bist nicht zu enttäuscht.«

»O Gott, Allie!«, rief Emma entsetzt. »Das meinte sie bestimmt nicht.«

»Natürlich nicht«, Camilla klang nicht überzeugend.

»Aber es muss doch einen besonderen Grund geben, warum er hierhergekommen ist. Liebe auf den ersten Blick oder so was.«

»Ich weiß ja nicht, welchen Barbarenstamm du vor Augen hast, aber in Schottland ist es normalerweise üblich, erst um ein Date zu bitten und die Erwählte nicht über die Schulter zu werfen und fortzuschleifen.« Emma schüttelte fassungslos den Kopf.

Camilla gab nicht auf. »Also, kein Kuss? Nicht mal der Versuch?«

»Nein«, sagte ich bestimmt. »Im Gegenteil. Er ist ein regelrechter Jon Snow.«

»Jon Snow ist aber …«

»Unser Codewort für nervig, wenn du dich erinnerst«, fiel ich Camilla ins Wort. »Finn ist der arroganteste, herablassendste, anmaßendste und überheblichste Mensch, der mir je begegnet ist. Einschließlich meiner Eltern.«

Emma sah mich ungerührt an. »Das waren jetzt vier Adjektive für ein und dieselbe Bedeutung. Bisschen viel, meinst du nicht auch?«

Camilla grinste.

»Eigentlich nicht annähernd genug«, grummelte ich und fühlte mich ertappt, obwohl es überhaupt keinen Grund dafür gab. Ich erklärte kurz und knapp, er habe mich erneut ins Mary Kings Close geführt und – nachdem ich ihm nicht hatte weiterhelfen können – wieder zurückgebracht. Ean, die Ratte und den sonnigen Innenhof ließ ich wohlweislich aus meiner Erzählung raus.

»Und er hat dich wirklich nicht geküsst? Oder es wenigstens versucht?« Camilla hatte anscheinend überhaupt nicht zugehört oder zumindest nur auf ein Stichwort in Richtung Romantik gewartet.

»Wenn er das versucht hätte, dann hätte ich ihm eine saftige Ohrfeige verpasst«, sagte ich und meinte es auch so.

Emma schmunzelte. »Damit ist die Wahrscheinlichkeit, dass du ihn wiedersiehst, wohl recht gering.«

»Ich denke schon. Ich glaube nicht, dass er noch einmal meine Hilfe benötigt.« Ich hoffte es zumindest nicht. Eans Worte hinsichtlich »Schlüssel vernichten« schwebten noch immer unheilvoll über mir. Und die Tatsache, dass Elfen meine Schlafzimmerfenster jederzeit öffnen konnten, würde mir wohl ein paar unruhige Nächte bereiten.

»Ich hatte gehofft, wir könnten ihn auch kennenlernen«, seufzte Camilla sehnsüchtig und stützte ihr Kinn in die Hand. Sie merkte gar nicht, dass sie dabei den Ellbogen in ihren Teller tunkte. »Ist er wirklich so schrecklich?«

»Na ja«, sagte ich gedehnt. »Vielleicht nicht ganz so schrecklich. Er hat mir für meine Hilfe Konzertkarten versprochen.«

Allerdings fragte ich mich, wie und wo ich die einfordern sollte, wenn es so weit wäre. Musste ich dafür etwa noch einmal dieses Gruselhaus in Murrayfield betreten?

Hoffentlich nicht.

»Was für Konzertkarten? Für Ed Sheeran?«

Die Mädchen von den Nachbartischen sahen alle neugierig zu uns rüber bei Emmas freudigem Ausbruch.

»Sei leise!«, zischte Camilla. »Sonst verlängert Schnucki noch ihren Aufenthalt hier.«

»Huch. Die denkt vermutlich, ich fand es gut, dass sie sich weggesetzt hat.« Emma wirkte mit einem Mal zerknirscht. Sie wandte sich zu ihr um, und als sie ihren Blick einfing, warf sie ihr ein entschuldigendes Lächeln zu. Valérie drehte sich beleidigt weg.

»Das Konzert darf ich mir aussuchen und ihr dürft mit. Ich habe drei Karten ausgehandelt.« Beide klatschten aufgeregt in die Hände. Schnucki war augenblicklich vergessen.

Ich griff nach meinem Wasserglas. Gerade als ich einen Schluck trinken wollte, sah ich im Wasser einen Fischschwanz. Er schwappte über die Oberfläche wie ein abtauchender Wal. Doch dieser Schwanz war leuchtend grün.

Ich ließ das Glas fallen. Es zerschellte auf dem Boden, und halbwegs fürchtete ich, in der Lache einen zappelnden Fisch vorzufinden.

Doch da war nichts. Emma eilte schon davon, um Lappen und Handfeger zu besorgen. Mir war übel. Da hatte sich etwas im Glas bewegt, ich war mir ganz sicher.

»Du bist ganz blass, Allie«, sagte Camilla und beäugte mich kritisch. »Soll ich dich zu deinem Zimmer bringen? Und bist du dir sicher, dass er nichts mit dir angestellt hat?«

»Ganz sicher«, sagte ich und hörte das Zittern in meiner Stimme. »Aber ich würde mich wirklich gern etwas hinlegen. Mir ist schlecht.«

Ich getraute mich nicht mal mehr den leckeren Yorkshire-Pudding anzusehen. Wer weiß, was ich darin sehen würde.

Schul-Nichtalltag

Das Abendessen war auch an diesem Abend eine Herausforderung. Die Übernachtungsschüler aßen zusammen im Gemeinschaftsraum des Internatsbereichs.

Ich bediente mich ebenfalls am Büfett und setzte mich ein wenig abseits. Die meisten Schülerinnen waren jünger und die anderen gehörten zur Clique von Lucy Grumper. Ein Dorn mehr, den mir meine Eltern zumuteten. Ich würde mich wohl nie ganz daran gewöhnen, aber ich musste es auch nur noch ein Dreivierteljahr ertragen. Dann war meine Schulzeit beendet. Sosehr ich es hasste, von meinen Eltern ins Internat abgeschoben worden zu sein, die Schule bot mir wenigstens ein immer gleich gutes Essen ohne Maden oder Käfer und ein warmes Zimmer.

Normalerweise trank ich immer Wasser zum Abendessen, doch heute Abend griff ich lieber zum Tee. Erstens war die Tasse aus weißem Porzellan und zweitens würde in dem kochend heißen Wasser wohl kein Fischschwanz herumschwimmen. Mich schauderte noch immer, wenn ich daran dachte. Giftgrün. Das Schlimme war, dieser Fischschwanz hatte so echt gewirkt wie das Glas in meiner Hand. Genauso echt wie die Vision mit dem Drachen vor meinem Fenster. Ich hatte die Bewegung der Flosse gespürt. So langsam hatte ich Angst, überzuschnappen. Was war nur los mit mir?

Den ganzen Nachmittag über hatte ich auf meinem Laptop im Internet gesurft. An Schlaf war nicht zu denken gewesen. Google bot eine Reihe von Seiten über Elfen und die Anderwelt. Die meisten davon handelten von J.R.R. Tolkiens *Mittelerde*. Und diese Elfen hatten so gar nichts mit denen gemein, die ich getroffen hatte. Die schottischen Elfen erinnerten mich eher an die Vampire von *Twilight* – ohne deren Blutdurst. Obwohl ich den bei Ean nicht ausschloss. Ich hatte auch »Magische Pforte« gegoogelt und nur Hinweise auf *Harry Potter* und Stonehenge erhalten. Alles in allem war das Internet keine verlässliche und eine höchst unzureichende Quelle.Vielleicht sollte ich bei nächster Gelegenheit mit George die Universitätsbibliothek aufsuchen.

»Hey, Rotschopf!«

Lucy Grumpers Stimme hallte durch den Raum. Alle Gespräche verstummten augenblicklich. Sie hatte immerhin bis heute ihre Neugierde zügeln können. Vermutlich hielt sie es nun nicht länger aus.

»Hey, Rotschopf!« Lucy gab keine Ruhe. »Wer war der Typ gestern? Ein Filmstar? Haben deine berühmten Eltern gedacht, dass der direkt auf dich abfährt, sobald er dich sieht? Wollten sie die große Story eurer Liebe auf die Leinwand bringen? War die Story eine Ente?«

»Und wennschon«, gab ich zurück. »Ich hätte da auch noch ein Wörtchen mitzureden, denkst du nicht?«

»Ach komm, du wärst doch überglücklich, wenn so ein Adonis um dich werben würde. Bis jetzt konntest du höchstens den kleinen George auf dich aufmerksam machen. Und das nur, weil er glaubt, du seist seine große Schwester.«

Ein paar Mädchen kicherten.

»Bist du eifersüchtig, Lucy?«, fragte ich und sah ihr in die Augen. »Valérie ist es und sie hätte ihm wesentlich mehr zu bieten als du. Auch ohne ausgestopften BH.« Das Gekicher wurde lauter.

Du miese, kleine Schlange. Als ob ein Hobbit wie du von so einem heißen Typen auch nur angesehen werden würde, wenn nicht deine berühmten Eltern ihn geschickt hätten.

Ich erstarrte. Nicht wegen der gehässigen Worte. Sondern weil Lucy nur herablassend lächelte.

SIE HATTE IHREN MUND NICHT BEWEGT!

»Kann ich mir gut vorstellen«, sagte Lucy jetzt stattdessen laut. *Diese Valérie würde nicht mal warten, bis ein Bett in der Nähe wäre, um ihn rumzukriegen. Vermutlich würde ihr eine Klokabine schon reichen. Wie sie mit Mr Scott geflirtet hat. Ekelhaft.*

Ich legte meine Gabel ab. Der Appetit war mir vergangen, denn den letzten Teil hatte Lucy wieder nicht laut gesagt.

Und ich hatte es so deutlich hören können, als hätte sie direkt neben mir gesessen.

»Allison, fühlst du dich nicht wohl?« Mrs Guthrie, unsere Internatsbetreuerin, betrat soeben den Speisesaal und musterte mich besorgt. »Du bist so blass. Vielleicht solltest du dich doch wieder hinlegen.«

»Ich glaube, ich muss raus an die frische Luft«, sagte ich und stand auf.

Ich stellte den halb vollen Teller auf den Geschirrwagen und verließ fluchtartig das Gebäude.

Die frische Luft tat mir gut. Die Uhr war letztes Wochenende auf Winterzeit umgestellt worden und es wurde bereits dunkel. Ich wusste nicht, was mir lieber war: die langen, hellen Abende im Frühling oder die gemütlichen dunklen im Spätherbst, die einen früher zur Ruhe kommen ließen. Ich mochte irgendwie beides.

Gedankenverloren wanderte ich über den Schulhof.

Ich hatte Lucys Gedanken gehört.

Kein Zweifel. Woher konnte ich das auf einmal? Das musste mit diesem Elf zusammenhängen. Wenn er mir eine Spritze gegeben hätte, wüsste ich doch davon, oder? Hatte er mir etwas verabreicht? War im Brownie doch etwas drin gewesen? Und wennschon, ich hatte ihn nicht angerührt.

Fakt war: Ich hatte die Gedanken eines anderen Menschen lesen können. Hatte ich plötzlich noch mehr sonderbare Fähigkeiten? Konnte ich auf einmal im Dunkeln besser sehen? Oder übernatürlich gut hören?

Tatsächlich nahm ich in diesem Moment ein leises Wispern wahr. O Gott. Hörte ich jetzt etwa auch noch die Bäume flüstern?

Doch das Wispern klang sehr vertraut.

»George?«, fragte ich leise.

»Hier, Allie!«, antwortete er und mir war sofort klar, dass etwas nicht stimmte.

Mist. Ich hatte eigentlich allein sein und in Ruhe nachdenken wollen. Doch ich konnte George nicht im Stich lassen, wenn er so bekümmert klang.

Ich kroch in die Hecke, die unsere Schulen voneinander trennte.

Da saß er und er hielt etwas in der Hand. Als ich mich zu ihm hockte, erkannte ich, was es war. Ein Vögelchen. Ganz klein und zart, aber schon mit einem buschig pastellroten Federflaum. Es ziepte angstvoll. Seine Augen waren schreckgeweitet, und obwohl es bereits dunkel wurde, schien es George direkt anzusehen.

»Was ist passiert?«, fragte ich leise.

»Es ist wohl aus dem Nest gefallen. Sein Herz pocht ganz schnell, und ich kann fühlen, wie ängstlich es ist«, sagte George bedrückt. »Warum fällt ein Vogel einfach so aus dem Nest? Sieh nur, wie klein und hilflos er ist.«

Das war er. Wesentlich hilfloser als ich. Was waren schon Gedankenlesen und ein paar Visionen gegen den Verlust der Familie?

»Was willst du mit dem Kleinen machen?«, fragte ich.

George hielt es so vorsichtig zwischen den Händen, als könne es bei der geringsten Bewegung zerbrechen. »Ich wollte ihn zurück in sein Nest setzen, aber ich komme nicht dran. Ich kann nicht klettern und gleichzeitig den Vogel halten.«

»Lass es uns gemeinsam probieren«, sagte ich und folgte George aus der Hecke zu einer Gruppe von Bäumen. Das Nest war nur noch schwach im funzeligen Licht auszumachen. Und viel zu hoch.

Ich wollte George nicht entmutigen. Also versuchte ich, mich an dem nächstbesten Ast hochzuziehen. Als ich oben war, nahm ich das Vögelchen entgegen. Dann kletterte George an mir vorbei. Ich übergab es ihm wieder. Das machten wir zweimal, bis wir das Nest erreicht hatten.

George glühte mittlerweile vor Eifer. Unermüdlich redete er auf das Tier ein. »Dir geschieht nichts. Allie und ich helfen dir. Gleich bist du wieder bei deinen Geschwistern. Deine Mama wird schon auf dich warten.«

Es war ein wenig unheimlich, diese Sätze mit Georges hellem Stimmchen zu hören, der ja selber noch so klein war. Endlich legte er den kleinen Vogel in sein Nest. Erleichtert kletterten wir beide nach unten. George lächelte.

Und dann fiel etwas neben ihn auf den Boden.

Es war der kleine Vogel. George sank neben ihm auf die Knie, hob ihn hoch, doch sogar im Halbdunkel konnte man den feuchten Schatten erkennen, wo das Vögelchen aufgeschlagen war.

»NEIN!« George schüttelte fassungslos den Kopf. »Nein! Nein! *Nein!*«

Das Vögelchen atmete noch einmal, dann blieb es still.

»Nein! Allie, tu was. Hol Hilfe!«

Ich saß neben ihm und mir blutete das Herz. So hatte ich George noch nie gesehen.

»Wieso bleibst du sitzen? Du musst Hilfe holen!«

»Ach George. Das arme Kerlchen braucht keine Hilfe mehr«, sagte ich leise.

George begann zu schluchzen. Seine Schultern bebten und seine Hände zitterten. Er legte das Vögelchen unbeholfen auf den Boden. Ich nahm George in den Arm und er vergrub sein Gesicht an meinem Hals und weinte. Ich konnte nicht sagen, wie lange wir so dasaßen, es war inzwischen ganz dunkel geworden. George klammerte lange an mir, auch als längst keine Tränen mehr kamen.

Irgendwann wurde uns beiden kalt und wir begannen zu zittern. Erst da löste er sich. Wir buddelten mit unseren Händen ein Loch und vergruben den toten Vogel. Durch die Bewegung wurde uns ein wenig wärmer. George sah betrübt auf das kleine Grab.

»Warum ist er wieder rausgeflogen, Allie? Wollten ihn seine Eltern nicht? So wie unsere Eltern uns nicht wollten?«

»George, so darfst du nicht denken«, mahnte ich ihn, obwohl ich genauso empfand. Die Vernunft konnte noch so logische Erklärungen liefern, mein Herz sah es wie George.

»Wie soll ich denn sonst denken? Du und ich, wir wurden hierher abgeschoben. Alle anderen Jungs haben sich auf die Schule gefreut. Ich hatte Vater angefleht mich zu Hause auf eine Schule zu schicken. Aber er war der Meinung, es sei Tradition. Ich solle ein Mann werden. Ich sei kein Baby mehr. Allie, soll ich dir was gestehen? In der Nacht hab ich mir in die Hose gemacht. Ich werde nie wie mein Vater sein. Ich will einfach nur heim. Ich wollte da nie weg.«

Er begann wieder zu weinen und ich wiegte ihn noch ein wenig.

Ich wusste genau, wie er sich fühlte. Und auch wenn ich die Beweggründe meiner Eltern ein Stück weit nachvollziehen konnte, wollte ich sie doch nicht akzeptieren.

Es dauerte noch eine Weile, bis George sich so weit beruhigt hatte, um zurück in sein Zimmer zu gehen. Noch immer ein wenig schniefend sah er zu mir auf. Sein Gesicht war fleckig und seine roten Locken verschwitzt.

»Allie?«

»Ja, George?«

»Ich hab das Gefühl, alles verändert sich.«

»Das ist doch normal, George. Du wirst älter, ich werde älter.«

George schüttelte den Kopf. »Das meine ich nicht. Ich habe das Gefühl, es liegt eine große Veränderung in der Luft. Dass der kleine Vogel wieder aus dem Nest gefallen ist, war ein Zeichen. Er war schon in Sicherheit und musste trotzdem sterben. Seine Eltern haben ihn sterben lassen.«

Die letzten Worte presste er hervor. Ich hielt den Atem an. George konnte nicht ahnen, wie sehr er mit seiner Vermutung über große Veränderungen richtiglag. Konnte er doch nicht, oder? Ein kalter Schauer lief mir den Rücken hinunter. Ich räusperte mich.

»Weißt du, George, du darfst den Vogel nicht auf dein

Leben projizieren. Du glaubst doch nicht im Ernst, dass dich deine Eltern umbringen wollen?«

Er schwieg.

»George«, mahnte ich.

»Nein«, murmelte er leise. »Danke. Ich bin so froh, dass wir uns gefunden haben. Du fühlst immer, wenn was ist. Du hast es auch heute Abend gespürt, warum sonst wärst du auf einmal hier aufgetaucht? Du bist immer da, wenn ich dich brauche. Ich hoffe, das wird immer so bleiben, Allie.«

»Das hoffe ich auch«, sagte ich und bekam augenblicklich ein schlechtes Gewissen. Denn einerseits wusste ich, dass ich nur noch dieses Schuljahr in seiner Nähe sein würde, und andererseits brachte er mir den Grund für meine Flucht aus dem Speisesaal in Erinnerung. Ich hatte Lucys Gedanken lesen können. Wieso nicht die von George?

Ich sah ihm nach, als er mit hängendem Kopf in Richtung Schulgebäude verschwand.

Der ungewöhnliche Geburtstag

Es klopfte laut an meine Zimmertür.

»Allison! Du hast verschlafen!«

»Verdammt«, murmelte ich. Ich hatte verschlafen! Kein Wunder, denn ich hatte noch ewig lange wach gelegen. Wie schon in den vergangenen Nächten, seit Finn mich aus ebendiesem Zimmer mitgenommen hatte, und George und ich das Vögelchen begraben hatten.

»O Gott, schon halb zehn?«, rief ich erschrocken. »Ich komme, Mrs Guthrie.«

»Ehrlich, Allison, so schlimm ist das auch nicht. Es ist ja Samstag. Aber du bist heute in der Kochgruppe«, rief Mrs Guthrie. Jedes Wochenende gab es eine Mahlzeit, die von fünf Schülerinnen zusammengestellt und gekocht wurde. Da ein paar meiner Mitschülerinnen aus Hongkong, Dubai, Südamerika und Griechenland kamen, war das Essen oft sehr exotisch – und manchmal auch ungenießbar für meinen Geschmack.

»Geben Sie mir eine Viertelstunde!«, rief ich zurück und war mit einem Mal hellwach. Ich hatte wieder von dieser ungewöhnlichen Pforte geträumt, von dem freundlichen Licht und den angenehmen Gerüchen. Tatsächlich hatte ich auch jetzt noch den Duft von Thymian in der Nase, was doch sehr ungewöhnlich war in meinem Zimmer. Allerdings … da war noch was anderes in meinem Traum gewesen. Ich hielt inne, während ich mich anzog. Ja, genau. Die Sonne hatte sich für einen Moment verflüchtigt und dann war ein großer Vogel mit riesigen Flügeln aufgetaucht. Ein enorm großer Vogel. Sein Schatten hatte einen verzerrten Schwanz auf die Pflastersteine geworfen, länger und spitzer, als ich gemeinhin von Vögeln kannte. Die Insekten waren ganz plötzlich verstummt. Ebenso das Vogelgezwitscher. Und die Eidechsen hatten sich versteckt.

Für einen so seltsamen Traum hatte ich sehr lange und tief geschlafen. Und im Nachhinein wunderte ich mich, dass ich nicht von der armen Ratte geträumt hatte. Das wäre logischer gewesen, denn die Erinnerung daran war noch immer haarsträubend. Wie auch die Tatsache, dass es wirklich Elfen gab. Ich hatte noch immer keine Ahnung, wie ich diese Erkenntnis verdauen sollte. Wie würde ich das in einem Brief an meine Eltern erzählen? Auf alle Fälle nicht so reißerisch, wie sie immer ihre Briefe schrieben.

»Hey Mum und Dad, hier in Edinburgh ist alles wie immer. Die Schule ist toll und ich habe einen Jungen kennengelernt. Der ist ein Elf und hat mich mit in ein paar unbekannte Tunnel genommen. Nächste Woche schreiben wir eine Mathearbeit. Keine Sorge, ich kann alles. Solltet ihr noch immer in Brasilien sein, würdet ihr mir bitte etwas Maisbrot mitbringen? Das war echt lecker. Bis dann, eure Allison.«

Ich bezweifelte, dass sie den Brief richtig lesen würden, um die Sache mit dem Elf zu kapieren. Das mit »unbekannten Tunneln« würde ihnen eher ins Auge stechen. Ob Finn und sein Kollege Ean die Pforte wieder hatten schließen können? In den Nachrichten war mittlerweile ein Aufruf zur Suche nach der vermissten Touristin gesendet worden. Hatte es nach den beiden Obdachlosen noch mehr Todesfälle gegeben?

Ich war so sehr in meine Gedanken vertieft, dass ich zu spät merkte die kaputte Strumpfhose angezogen zu haben. Wieso hatte ich die nicht gleich weggeworfen? Ich sollte wirklich mal wieder aufräumen.

»Geht es dir gut?«, fragte Mrs Guthrie, als ich ein paar Minuten später in den Speisesaal gehetzt kam, wo bereits die vier anderen Schülerinnen aus der Kochgruppe saßen.

Alle sahen mich groß an und begannen dann zu kichern. Hatte ich erneut den Rock in der Strumpfhose hängen?

»Du musst keine Uniform am Wochenende tragen. Das weißt du doch«, sagte Mrs Guthrie und runzelte die Stirn.

Mir wurde schlagartig heiß.

»Äh …«

»Wie auch immer: Herzlichen Glückwunsch zum Geburtstag, Allison!«

Ach herrje. Den hatte ich komplett vergessen. Der lautstarke Chor, der gerade ein ›Happy Birthday‹ anstimmte, machte mich nun vollends wach.

Es wurde eine recht vergnügliche Planung des Menüs

und auch das gemeinsame Frühstück und das Mittagessen waren nett.

Während mich die anderen mit Glückwünschen überhäuften, versuchte ich die Gedanken der Mädchen zu lesen, doch es funktionierte nicht. Lucy Grumper und ihre beiden besten Freundinnen ignorierten mich, aber das war voll okay, denn ob ich Lucys gehässige Worte hören wollte – da war ich mir selbst nicht sicher. Auf alle Fälle verlief der Vormittag herrlich normal und ohne Zwischenfälle und ich genoss es.

Noch schöner war allerdings der Nachmittag, als ich mit gepacktem Rucksack von Emma und ihrem Vater abgeholt wurde. Valérie war natürlich auch im Wagen. Doch sie saß auf dem Beifahrersitz und unterhielt sich mit Mr Campbell, während Emma und ich es uns auf der breiten Rückbank gemütlich machten. Emma war ebenso aufgeregt wie ich. Camilla hatte ihr per WhatsApp mitgeteilt, dass ihr großer Bruder Thomas an diesem Wochenende zu Hause sei und einen Freund mitgebracht hatte. Vermutlich hätte sie mir diese Nachricht auch geschickt, aber ich hatte mein kaputtes Handy noch nicht ersetzt. Das musste ich unbedingt in den Brief an meine Eltern schreiben und sie um Ersatz bitten!

Mr Campbell fuhr uns zu Camillas Wohnsitz, der eine Dreiviertelstunde außerhalb von Edinburgh lag. Ich war jedes Mal ehrfürchtig beeindruckt, wenn wir auf das Gebäude zufuhren. Es sah aus wie eine schottische Clanburg, die man im neunzehnten Jahrhundert modernisiert hatte.

Ein paar künstlich hinzugefügte Türmchen und Zinnen konnten die uralten Mauern nicht täuschen. Und oben vom großen quadratischen Turm aus hatte man eine sagenhafte Aussicht auf das Meer. Wenn es einen Geist in einem schottischen Schloss gab, dann hier, denn die Quelle im Keller machte es aufregender als das Königsschloss in Edinburgh.

Camilla wartete schon ungeduldig wippend auf der Haustür.

»Happy Birthday, Allie!«, schrie sie, noch ehe ich ausgestiegen war. »Ich hab eine Überraschung! Mein Bruder ist auch da und er hat einen Freund mitgebracht!«

Ich nickte nur und Camilla stöhnte auf. »Mensch, Allie, du bist ja gar nicht überrascht. Hat Emma es etwa schon ausgeplaudert? Du Tratschtante!« Sie stupste Emma spielerisch an, was Emma beinahe hinterrücks kippen ließ.

Camilla hatte nicht immer das tolle Verhältnis zu ihrem Bruder. Manchmal zankten sie sich wie die Kesselflicker, manchmal harmonierten sie wie Bonnie und Clyde.

Ich war mir nicht sicher, was ich von Thomas halten sollte. Ich kannte ihn nicht gut genug, um ihn einzuschätzen. Mittlerweile war er charmant und freundlich. Kennengelernt hatte ich ihn vor vielen Jahren als pickeligen Teenager. Damals war er noch brutal ehrlich gewesen und im Begriff, auf die Universität nach Cambridge zu gehen. Die Pickel waren verschwunden – genau wie die ein oder andere Freundin seither. Doch sein Verhalten uns Mädchen gegenüber war bei jedem Zusammenkommen anders. Mal freundlich, mal herablassend. Wenn ich es recht bedachte, könnte er mit Finn verwandt sein. Groß, blond und naserümpfend. Ich musste Camilla bei Gelegenheit mal nach ihrem Stammbaum fragen und ob irgendwo ein Elf darin auftauchte.

Mr Campbell verabschiedete sich und Valérie sah sich um.

Sie rümpfte die Nase. »Isch bin froh, Montag zurück in Frankreisch zu sein. Wir 'aben auch alte 'äuser. Aber die sind aus weißem Stein und 'ell und elegant. Nischt so graue Kästen wie 'ier.« Sie deutete auf die Fassade. »'ier sind die Gebäude wie das Essen: grob und grau und fettich.«

»Valérie!«, rief Emma empört. »Du bist hier zu Gast. Das ist nicht sehr nett.«

»Lass sie. Sie sagt es ja selbst. Montag ist sie wieder zu Hause«, meinte Camilla gleichgültig. Doch ihre Augenbraue zuckte. Ein sicheres Zeichen dafür, dass sie sich ärgerte.

»Hey Allison, hallo Schönheit!«, begrüßte Thomas uns und dann fiel sein Blick auf Valérie. »O hallo! Hallo, *hallo*!«

Valérie lächelte ein wenig und hielt ihm graziös eine Hand hin. »Valérie. Correspondante von Emma.«

Aha. Auf einmal war der graue Kasten vielleicht doch nicht so hässlich.

Thomas nahm ihre Hand und küsste sie.

»Der Schleimbeutel«, murmelte Emma neben mir.

»Ich glaube, dafür fehlt uns noch ein Codewort«, wisperte ich grinsend zurück.

»Unbedingt. Aber ich glaube, das wäre was nur für uns beide, denn ich kenne keinen größeren Süßholzraspler als den ehrenwerten Thomas Claridge.«

»Ach komm, du stehst auf ihn, seit du ihn kennst. Dabei fällt mir ein: Was ist aus Callum geworden?«

Emma sah mich aus zusammengekniffenen Augen an. »Nur weil du einen Tag lang in Begleitung eines Supermodels unterwegs warst, brauchst du nicht so herablassend zu sein.«

»Es war mir durchaus ernst, als ich sagte, ich will ihn nicht wiedersehen«, gab ich postwendend zurück.

Emma grinste breit. »Wiedersehen würde ich ihn schon gern. Mich mit ihm unterhalten … man muss ja nicht mit ihm reden, wenn man ihn nur anschauen kann.«

»Was flüstert ihr zwei Hübschen denn hier?«

Der ehrenwehrte Thomas hatte sich zu uns gewandt.

»Wir reden über Allies Verehrer«, sagte Emma. Ich schnitt ihr hinter Thomas' Rücken eine Grimasse.

»Du hast einen Verehrer?«, fragte er überrascht. »Ah, lass mich raten: der kleine George Spencer.«

»Nein, er heißt Finn, und wenn Chris Hemsworth der Prototyp ist, ist er das Vorzeigemodell, eine limitierte Auflage, ein Unikat. Um in den Metaphern von Jungs zu sprechen«, erklärte Emma trocken und streckte mir die Zunge raus, während Thomas ihr den Rücken zuwandte und mich mit hochgezogenen Brauen musterte.

»Aber Jungs reden dann von schnellen Autos«, gab Thomas zu bedenken.

»Ist das nicht auf derselben Ebene wie scharfe Typen?«, entgegnete Emma. Egal was Callum in ihr bewegte, Thomas Claridge hatte noch immer große Chancen.

»Kommt mit«, rief Camilla. »Ihr könnt eure Sachen in meinem Zimmer ablegen. Wir schlafen alle dort.«

»Wir auch?«, fragte Thomas und warf Valérie einen anzüglichen Blick zu.

»Quatsch nicht«, gab Camilla zurück und schob ihn zur Seite.

Wir folgten ihr, legten alle Sachen in ihrem riesigen Zimmer ab, in dem sie drei zusätzliche Matratzen bettfertig bereitgestellt hatte. Anschließend führte sie uns in den Wintergarten. Dort stand eine gedeckte Geburtstagstafel mit allem, was man sich nur wünschen konnte: Kuchen, Muffins, Scones, Marmelade, Sandwiches, Clotted Cream und Pfefferminzbonbons. Darüber schwebte ein Luftballon mit einer großen Siebzehn.

»Happy Birthday, Allison! Überraschung!« Camilla umarmte mich noch einmal stürmisch.

»Ah, ist das toll!«, kreischte ich begeistert. Das war einer der besten Geburtstage, die ich je gehabt hatte. Das stand jetzt schon fest.

»Dürfen wir uns zu euch setzen? Das ist Sean.« Thomas trat ein und mit ihm ein Typ mit roten Haaren. Er sah sportlich aus und gratulierte mir zuerst, ehe er die anderen begrüßte.

Es war ein herrlicher Nachmittag. Wir lachten sehr viel, spielten im Garten Federball und Fußball, durchstreiften den Park und den direkt angrenzenden Wald. Thomas bezirzte Valérie, während Sean sich mit uns dreien unterhielt. Interessanterweise schien er Valérie nicht ganz so attraktiv zu finden wie alle anderen Jungs.

Sean war eine jüngere Ausgabe eines Sam Heughan und genauso charmant wie Jamie Fraser. Er fragte uns über die Schule aus und erzählte ausführlich von der Universität. Thomas berichtete von Seans Versuch, ein Mädchen zu beeindrucken, und dass er dabei das Zimmer verwechselt hätte. Statt der hübschen Angebeteten habe Sean der Dekanin ein Gedicht vorgetragen und er, Thomas, hätte es ihm noch soufflieren müssen. Der Irrtum flog auf, als das Nachbarfenster aufging und die Angebetete verwundert den Kopf herausstreckte. Sean konnte darüber genauso herzhaft lachen wie wir, und er versicherte uns, er würde nie das breit grinsende Gesicht der Dekanin vergessen, als die sich schließlich auch zu erkennen gab. Emma und ich wechselten einen sehnsüchtigen Blick. Welcher Junge sagte denn heute noch Gedichte auf? Egal ob souffliert oder auswendig gelernt. Und wie witzig er die Geschichte vorgetragen hatte! Wir hatten wahnsinnig viel Spaß mit den beiden.

Als es dunkler wurde, war es endlich Zeit zum Versteckspielen. Eine Tradition bei Camilla zu Hause.

Wir zählten aus und Camilla war die Erste, die suchen musste.

»Wir können uns gemeinsam verstecken«, meinte Thomas zu Valérie.

»Eins. Zwei. Drei …«, begann Camilla ohne Vorwarnung zu zählen.

Wir anderen rannten aus dem Wintergarten.

Emma flitzte die Treppe hoch, wo die ehemaligen Dienstbotenquartiere lagen. Thomas nahm Valéries Hand und lief mit ihr in Richtung Bibliothek.

»Wollen wir uns im Keller verstecken?«, fragte Sean, als wir beide planlos den Flur entlangliefen. Camilla zählte extrem laut und war auch in diesem Flügel noch zu hören.

Schon wieder Dunkelheit – unter der Erde?

»Lieber nicht«, sagte ich.

»Ach komm schon. Dort findet sie uns nicht. Ich hab gehört, es gibt da unten einen See. Wie beim *Phantom der Oper.*«

»Willst du dich unter Wasser verstecken? So viele Wechselklamotten hab ich gar nicht dabei.«

»Ihr habt doch eine Pyjamaparty geplant. Du brauchst heute keine Klamotten mehr.«

Na toll. Camilla, das Plaudertäschchen.

»Du hast doch wohl keine Angst im Dunkeln? Immer dran denken, du hast einen Ritter an deiner Seite, der dich beschützt.«

Äh ja. Das war zwar ein wenig gesülzt, doch er lächelte mich dabei so aufmunternd an, dass ich gar nicht anders konnte, als breit zu grinsen.

Er war wirklich süß. Nicht so schön und attraktiv wie Finn, aber der war – wie Emma richtig gesagt hatte – ein Unikat. Doch Sean war real. Ein netter Kerl und er flirtete mit mir, was mir nicht wenig schmeichelte. Und er war ein Mensch mit normalen Ohren, was ihm einen Riesenpluspunkt einbrachte. Ich beschloss, dass ich vor ihm nicht als Feigling dastehen wollte.

»Was ist jetzt?«, fragte er und grinste spitzbübisch.

»Na gut. Gehen wir.«

Und ich folgte ihm in die Dunkelheit. Freiwillig.

Versteckspiel mit Folgen

Mit klopfenden Herzen huschten Sean und ich die Treppe hinunter. Der Keller hatte schon eine unheimliche Faszination, das war nicht zu leugnen. Wer konnte behaupten eine eigene Quelle im Haus zu haben?

»Wow! Die ist ja so groß wie ein Pool!« Sean war ebenfalls beeindruckt. »Was meinst du? Hier könnten wir unbemerkt nackt baden.«

»Wo bleibt denn da der Reiz?«, entgegnete ich augenzwinkernd.

»Du hast recht. Wir lassen die Taschenlampe an.«

Erschrocken sah ich, wie er sein Shirt hob.

»Lass mal stecken, Romeo«, sagte ich schnell. »Das Wasser ist eiskalt. Darin kann man nicht baden, ohne zu erfrieren.«

»Schade.« Er zupfte sein Shirt wieder zurecht.

»Da hinten ist ein guter Platz, um nicht gesehen zu werden.« Ich deutete auf einen Felsvorsprung am anderen Ende des kleinen Sees.

Hier an dieser Stelle konnte man ganz deutlich erkennen, wie alt das ursprüngliche Haus war, denn in diesem Bereich diente der Fels als Fundamentstütze. Camilla sagte immer, es sei von den Wikingern erbaut worden. Das glaubte ich gern. Das erklärte unter anderem auch die Quelle, die sorgte nämlich für nie verendendes Trinkwasser in Belagerungszeiten. Wir hockten uns beide hinter den Fels.

»Solltest du nicht die Taschenlampe ausschalten?«, fragte Sean.

Lieber nicht. So faszinierend ich diesen Keller auch fand, die Dunkelheit war mir nach wie vor nicht geheuer.

»Wir schalten sie aus, sobald wir Schritte hören.«

So saßen wir da. Nach ein paar Sekunden wurde das Schweigen peinlich. Es tropfte irgendwo leise und die Wasseroberfläche schimmerte grünschwarz.

»Was genau willst du mit deinem BWL-Studium denn mal machen?«, sagte ich in die Stille hinein.

»Du willst jetzt hier mit mir über mein Studium und meine Zukunftspläne reden?«, fragte er belustigt.

»Nein, eigentlich interessiert mich das nicht. Ich wollte nur ein bisschen Konversation betreiben, weil es so ruhig ist«, gab ich ungerührt zu.

Sean lachte. »Ich glaube, wir können etwas zu trinken vertragen. Es kann noch ewig dauern, bis wir hier gefunden werden. Ich besorg uns was.«

»Da ist Wasser.« Ich deutete auf den kleinen See hinter uns.

»Ich dachte an was Alkoholisches, um ein bisschen lockerer zu werden«, sagte er augenzwinkernd. »Bin gleich wieder da.« Und schon rannte er die Treppe hinauf.

Ich blieb allein zurück. In einem dunklen, einsamen Keller. Jetzt wurde mir richtig mulmig.

Wie konnte ich die Zeit überbrücken? Er wäre ja bestimmt nicht lange weg, und wenn ich jetzt hinaufrannte, wäre ich ein jämmerlicher Feigling. Singen! Singen hatte schon immer geholfen, wenn ich mich gefürchtet hatte. Es musste etwas Schmissiges sein. Amy McDonald war dafür genau richtig. Ich begann leise *This Is The Life* zu singen.

Die Küche lag im hinteren Teil des Hauses. Ein klein wenig Zeit würde Sean noch benötigen. Also schmetterte ich – jetzt lauter, weil es tatsächlich half – aus voller Brust: »And the boys chase the girls, with curls in their hair.«

Bei der zweiten Strophe geschah es. Nicht Sean kam zurück. Auch Camilla und keiner der anderen tauchte auf.

Nein, es platschte. Da war was im Wasser!

Erschrocken richtete ich den Schein der Taschenlampe auf die Oberfläche. Der Anblick verschlug mir den Atem. An Singen war nicht mehr zu denken. Mein Herz pochte viel zu laut und zu heftig. Denn direkt vor mir, auf der noch vorhin so glatten Wasseroberfläche, schlugen jetzt Wellen.

Doch das war nicht alles: Die Vision aus dem Wasserglas wiederholte sich. Ein giftgrüner Fischschwanz tauchte auf und versank im Schwarz der Tiefe. Eine Flosse, die so groß war, dass sie unmöglich einer Forelle gehören konnte. Sogar ein ausgewachsener Karpfen schied aus. Dieser Schwanz gehörte eher zu einem Delfin. Oder einem Hai. Oder einem grünen Moby Dick.

HILFE!

Ich sprang auf und brachte ein paar Schritte zwischen mich und das Wasser. Sogar der Fels schien nicht mehr sicher. Was für eine bescheuerte Idee, sich hier unten zu verstecken.

Langsam, Schritt für Schritt, umrundete ich das Wasser mit so viel Abstand, wie die Wand hinter mir zuließ. Killerwale kamen sogar bis an den Strand, um sich ihre Beute zu holen. Krokodile konnten ebenfalls meterweit springen, um zuzuschnappen.

Mum und Dad hatten mir schon sehr früh Tiervideos gezeigt. Die erwiesen sich damals schon als echte Gruselschocker. Und dann hatten Emma, Camilla und ich *Deep Blue Sea* geschaut, den Horrorfilm mit den mutierten Haien, und die Erinnerung daran machte die Situation kein bisschen besser. Wie bescheuert war ich, dass ich mir so was ansah?

Bescheuert, bescheuert, bescheuert.

Nie wieder würde ich mir einen Gruselfilm ansehen, schwor ich mir.

Sollte ich hier rauskommen, würde ich mich mit dem größten Vergnügen als Feigling outen, falls noch mal jemand vorschlug sich im Keller zu verstecken.

Die Wellen schwappten noch immer. Wurden sie stärker? Auf alle Fälle war da noch was im Wasser, denn es beruhigte sich nicht. Der Strahl der Taschenlampe kam mir auf einmal viel zu schwach vor. Wo zum Teufel blieb Sean? Wieso hatte ich die Treppe noch nicht erreicht? Mist. Zwischen Treppe und See gab es eine kleine Verengung. Ich musste näher ans Wasser gehen, um die rettenden Stufen zu erreichen. Vorsichtig ging ich weiter. Das Licht der Taschenlampe konnte den Boden des Sees nicht erfassen. Das Wasser war zwar glasklar und am Rand war auch deutlich der Fels unter der Oberfläche zu erkennen, doch in der Mitte musste die Quelle so tief sein wie ein Brunnen. Manche mittelalterlichen Brunnen waren bis zu dreißig Meter tief, hatte uns Mrs Gordon einmal erklärt.

Doch auf einmal war es da unten gar nicht mehr so schwarz. Es wurde heller. Ein winziger Lichtkegel erschien.

Im Wasser!

Was um Himmels willen war das? Ein Anglerfisch? Da kam etwas nach oben! Das war definitiv kein Fisch. Es war wesentlich größer. Hatte es ein Gesicht? Schwamm da ein Mensch im Wasser? Ein Taucher? Wenn ja, hatte er *meine Haare!*

Die roten Locken waren unverkennbar.

Ich! Das war ich, die da durch das Wasser an die Oberfläche trieb. Und ich hatte einen Fischschwanz. Mir war egal, wie nah ich ans Wasser treten musste, um die rettende Treppe zu erreichen. Ich nahm meine Beine in die Hand und rannte los.

»Allison Murray!«

Mitten in der Bewegung hielt ich inne. Dummerweise hatte ich schon zu viel Schwung, strauchelte und stolperte nach vorn. Mit den Händen fing ich den Sturz ab und fühlte sofort, dass ich mir die Handflächen aufgeschürft hatte. Es brannte.

Ein perlendes Lachen erhellte das Kellergewölbe.

Obwohl ich es nicht wollte, wandte ich reflexartig den

Kopf. Ich erkannte sofort meinen Irrtum. Das war nicht ich, die dort aus dem Wasser ragte. Das Mädchen im See war ein wenig älter und von einer engelhaften Schönheit wie Grace Kelly oder Audrey Hepburn – nur mit roten Haaren, die in viel hübscheren Locken bis auf ihre Schultern fielen. Und sie waren trocken!

Sie trug ein trägerloses türkisfarbenes Bikinioberteil, was ihre grünen Augen betonte. In der Hand hielt sie eine Lampe. Die gleiche Lampe aus blauschwarzem Glas, die ich bei Finn gesehen hatte.

Sie leuchtete sogar unter Wasser, stellte ich fest.

»Das ist eine *Clarificus*«, sagte die Meerjungfrau. »Eine Lampe aus Onyxglas. Sie verleiht ein strahlenderes Licht als all eure modernen elektrischen Leuchten.«

Schön und gut. War sie etwa aufgetaucht, um mir das zu sagen?

»Aber nein. Ich wollte unbedingt das Mädchen sehen, von dem die ganze Anderwelt seit einer Woche spricht.«

Die grünen Augen musterten mich von oben bis unten und zurück. Ich konnte nichts sagen. Mein Mund fühlte sich an wie ausgetrocknet. Ich starrte nur auf sie und ihren Fischschwanz.

»Du kannst ihn sehen?«, fragte sie leise. Das Lachen verhallte. Sie klang verwundert.

»Ich bin ja nicht blind«, stieß ich endlich hervor.

»Normalerweise können Menschen meinen Schwanz nicht sehen. Sag mir, was siehst du noch?«

Menschen konnten den Schwanz nicht sehen? Was sahen sie dann, wenn eine Meerjungfrau plötzlich vor ihnen aus dem Wasser auftauchte?

»Beine«, lautete die Antwort der Nixe vor mir. »Und ich bin eine Nymphe, keine Meerjungfrau. Ich könnte zwar auch im Meer auftauchen, aber ich ziehe Süßwasser vor.«

Auf alle Fälle konnte sie auch Gedanken lesen. Und sie dachte gerade: *Das da soll der Schlüssel zur geheimen Pforte sein?*

Ihre Augen weiteten sich.

»Was bist du?«, fragte sie verblüfft.

»Das fragt ausgerechnet eine Nixe?«, platzte es aus mir heraus. Ich war nicht weniger baff.

»Nymphe«, korrigierte sie mich erneut. »Bei mir ist ja ziemlich offensichtlich, was ich bin«, gab sie zurück. »Aber du? Du bist ein Rätsel. Du bist keine Druidin – falls du Elfenblut in deinen Adern hast, ist es sehr verwässert. Du bist auch kein …« Sie stutzte. »Du hast nicht zufällig Warzen auf dem Rücken?«

»Nicht dass ich wüsste«, antwortete ich. Was sollte diese Frage? Warzen? Sah ich vielleicht aus wie eine Hexe? Reichte das seltsame Muttermal nicht?

Die Nixe kam ein wenig näher. Ich wich zurück.

»Keine Angst, kleines Menschenkind. Wenn ich dir was antun wollte, wärst du längst nicht mehr am Leben.«

O Gott. Ich hatte wirklich zu viele Filme gesehen, denn mir fiel soeben *Fluch der Karibik Teil 4* ein. Der mit den Killer-Meerjungfrauen. Ich schluckte.

»Dann ist es also wahr? Die Märchen um die menschenfressenden Seemonster?«

Sie stutzte wiederum und dann lachte sie laut und wirklich erheitert. »Nein«, sagte sie, als sie sich wieder beruhigt hatte. »Ich bin Chloe. Aus deinem Erstaunen schließe ich, dass dir niemand von Nymphen erzählt hat.«

»Na ja, doch. Unsere Literaturlehrerin, und ich glaube, meine Mum …«

»Ich dachte nicht an Märchen und Legenden, die du gehört hast. Ich dachte an Finn.«

Ich staunte. »Du kennst Finn?«

Sie seufzte. »Er hat dir offenbar überhaupt nichts erzählt. Wie hat er dir erklärt, dass er ein Elf ist?«

»Gar nicht, das habe ich selbst herausgefunden«, gab ich zu. Ich dachte an den Moment, als er ohnmächtig mit verrutschter Mähne am Boden gelegen hatte. Doch urplötzlich mischte sich noch eine andere Erinnerung dazu. Wir waren nicht alleine in diesem Gewölbe gewesen. Ich hatte Schritte gehört und es waren drei oder vier Männer aufgetaucht. Ihnen schien die tödliche Atmosphäre nichts auszumachen, denn sie standen im Innenhof hinter der magischen Pforte und sahen mich erstaunt an. Sie waren allesamt ziemlich klein, mit schwarzen Haaren und dunkler Haut. Einer hatte etwas in seinen Händen gehalten, einen Kelch, Krug oder irgendein Tongefäß. Und dann war ich ohnmächtig geworden.

»Kleine Männer?« Die Nymphe starrte mich wieder groß an. »Was für kleine Männer?«

»Die Angreifer«, sagte ich. »Die, die durch die Pforte gegangen sind.«

Mit einem Mal sah die Nixe ganz blass aus. Noch blasser als ohnehin schon.

»Allison?!«

O nein! Camilla!

»Es war nett, dich kennenzulernen, Allison Murray«, sagte die Nymphe. »Wir sehen uns bestimmt bald wieder.«

Sie tauchte ab und im selben Moment hörte ich Schritte am Rand der Treppe.

»Ich hab sie!«, rief Camilla lauthals in den Flur über ihr. »Ehrlich, Allison, meinst du nicht, es wäre schlauer, wenn du die Taschenlampe ausschalten würdest? Hier unten hätte ich dich nie vermutet. Du hast doch sonst Schiss im Dunkeln.«

Wie in Trance stieg ich die Stufen nach oben.

»Okay, ich denke, es ist gut, dass ich dich gefunden habe. Du bist bleich wie ein Grottenolm.« Camilla schüttelte verständnislos den Kopf. »Wie kommst du auf die hirnverbrannte Idee, dich im Keller zu verstecken?«

»Oje, das war meine Schuld«, sagte hinter ihr Sean und sah mich besorgt an. In einer Hand hielt er eine Flasche Sekt und in der anderen zwei Gläser.

»O gut. Was zu trinken«, murmelte ich und nahm ihm ein Glas ab. Er füllte es sofort und ich trank es ex aus.

Ich hatte eine Nymphe getroffen.

»Huch, da hat aber jemand Durst«, hörte ich Sean sagen. Er schenkte mir nach.

Finn hatte mir die Nymphen verschwiegen. Was hatte er noch nicht erwähnt?

Lebten im Wald hinter dem Haus Faune oder Zentauren? Gab es in den Highlands Irrlichter? Existierten Kelpies in den schottischen Seen?

Ich trank auch das zweite Glas in einem Zug aus. Dann wurde es mir aus der Hand gerissen.

»Allie, du bist in Sicherheit, kapiert?« Camilla sah mich eindringlich an. »Wenn du noch weiter so starrst, muss ich dir eine Ohrfeige geben.«

Na toll. Nicht mal Versteck spielen konnte man mehr richtig, seit Elfen in mein Leben getreten waren.

Elfenfrühstück

»Guten Morgen! Ihr habt aber lange geschlafen. Wurde es so spät gestern Abend?« Camillas Mutter sah äußerst gut gelaunt aus, als sie den Kopf zur Zimmertür reinsteckte.

»Sind Thomas und Sean etwa schon auf?«, fragte Camilla und gähnte. Ein Blick auf die Uhr sagte mir, dass es bereits elf Uhr war.

Wir hatten den Rest der Flasche Sekt gemeinsam geleert. Und danach noch eine geöffnet. Camillas Mutter hatte uns Nachos mit Käsesoße bereitgestellt und später gab es Pizza. Danach hatten wir gemeinsam mit den beiden Jungs an der Playstation gezockt und später – nur wir Mädchen – noch *Die Schöne und das Biest* mit Emma Watson angeschaut, bis wir eingeschlafen waren. Ich hatte kurz vorm Einschlafen noch zu Camilla geschaut. Ihre Augen waren halb offen und ich hatte sie denken hören: *Jetzt ist wieder alles gut. Aber das nächste Mal, wenn Allie kommt, werde ich den Keller absperren.*

Das hatte mich noch eine ganze Weile wach gehalten. Ich konnte nicht nur die Gedanken von Lucy Grumper, sondern auch von anderen hören. Ich hatte eine Nymphe kennengelernt und ihre Gedanken ebenfalls lesen können – und sie damit überrascht.

»Wo ist Valérie?«, fragte Emma und sah sich um. Valéries Schlafplatz war leer.

»Sie hat doch wohl nicht bei Thomas geschlafen?«, quiekte Camilla und schlagartig waren wir alle wach.

»O Gott«, hauchte Emma und wurde blass.

»Nein, nein. Valérie sitzt am Frühstückstisch und unterhält unseren Besucher.« Mrs Claridge musterte mich. Das spitzbübische Funkeln in ihren Augen gefiel mir überhaupt nicht.

»Eigentlich wollte er ja zu dir, Allison.«

»Ein fremder Besucher, der zu uns kommt und dich sehen will?« Camilla schwang die Beine aus dem Bett. »Wer außer George weiß denn, dass du hier bist?«

»Deine Eltern!«, rief Emma.

»Nein, es sind nicht deine Eltern, meine Liebe. Aber ich bin mir sicher, du bist nicht allzu enttäuscht. Mach dich fertig, er möchte heute etwas mit dir unternehmen.«

Mrs Claridge zwinkerte mir noch einmal verschwörerisch zu und schloss die Tür.

»Wer soll das sein? Allison, hast du eine Ahnung?« So verstrubbelt Emma noch aussah, so wach waren ihre Augen.

»Es ist Finn Laoghaire«, sagte ich und mir wurde ganz komisch zumute.

»Wie kannst du da so sicher sein?«, wollte Camilla wissen.

Weil die Nymphe garantiert gepetzt hat, dachte ich, sagte aber: »Er wollte sich melden, wenn er meine Hilfe noch mal benötigt. Das scheint der Fall zu sein.«

Ich streifte ein Shirt über und schlüpfte in meine Jeans.

»Allie!«, sagte Emma vorwurfsvoll.

»Was? Ich kann doch nichts dafür. Ich würde viel lieber bei euch bleiben. Vielleicht lässt es sich ganz schnell regeln.« Dabei war ich doch zu neugierig, wie er mir die Nymphe erklären wollte – und was ich heute noch alles in Erfahrung bringen würde.

»Das meine ich nicht. Du kannst ihm doch nicht in diesem Schmuddel-Look gegenübertreten.«

Ich sah an meinen Klamotten herunter. Sie waren sauber. Mehr oder weniger. Da war ein kleiner Käsefleck am Oberschenkel. Der würde nicht weiter auffallen, weil die Jeans ein paar modische Löcher hatte.

»Ich gehe nicht zu einem Date«, stellte ich klar.

Emma schüttelte den Kopf. »Okay, du kannst ihn wirklich nicht leiden. Trotzdem wirst du dich gefälligst manierlich anziehen. Hier. Nimm das und da hinten die Bluse. Ich leihe dir auch meine Mascara.«

Als sie eine Viertelstunde später mit mir fertig war, stand ich vor dem Spiegel. Ich musste zugeben, dass sie ganze Arbeit geleistet hatte. Nach einer intensiven Wäsche und noch genauerem Zähneputzen wäre ich mir bei jedem anderen Anlass wie eine Prinzessin vorgekommen. Doch in dieser Situation fühlte ich mich nicht wohl. Ich wollte nicht auffallen, wo doch meine Haare von Natur aus schon ein kleiner Leuchtturm waren. Ean sollte mich nach Möglichkeit wieder übersehen. Ich nahm an, das war besser für meine Gesundheit.

»Was ist? Warum guckst du so kritisch?«, fragte Emma.

»Wo sind die gläsernen Pantoffeln?«, fragte ich.

»Geh endlich, Aschenputtel, ehe er Valérie doch noch mitnimmt. Wenn ich ihn schon nicht haben kann: Sie soll ihn auf keinen Fall bekommen.«

»Ich sage euch noch einmal: Da läuft nichts zwischen uns«, seufzte ich ergeben.

»Dann sorg dafür, dass auch zwischen ihm und Valérie nichts ins Laufen kommt.« Camilla war unerbittlich und schob mich zur Tür hinaus. »Wir kommen gleich zur Unterstützung nach. Jetzt sind wir dran mit Auftakeln.«

»Worauf du wetten kannst.« Emma nickte und durchwühlte bereits ihre Tasche. »Von dem will ich mir ein eigenes Bild machen.«

»Dann warte ich auf euch«, sagte ich und fügte auf Emmas durchdringenden Blick, den sie mir zuwarf, hinzu: »Die fünf Minuten wird er es aushalten. Und ich fühle mich sicherer mit euch an meiner Seite.«

Die beiden benötigten daraufhin sogar nur drei Minuten.

Natürlich war es Finn, der am Frühstückstisch saß. Valérie hockte daneben und man konnte ihr ansehen, wie sehr sie sich bemühte. Mit ihrem Aussehen stellte sie jeden von uns dreien in den Schatten, egal wie sehr sich Emma und Camilla auf die Schnelle mit ihrem Styling bemüht hatten. Valérie sah aus, als wolle sie einen Oscar in Empfang nehmen. Glamour-Make-up, die Haare besser gestylt, als Prinzessin Eugenie es je könnte, und dazu ein Outfit, das an »skandalös« grenzte. Sogar ihre kleine Narbe an der Oberlippe war betont und bewirkte, dass sie einen hübscheren Schmollmund hatte als Angelina Jolie. Ob es Finn auffiel, wusste ich nicht zu sagen. Er sah noch besser aus als in meiner Erinnerung. Sein Gesichtsausdruck war jedoch wieder undurchsichtig und neutral. Vielleicht stand er ja auf Jungs. Ob Valérie das je in Erwägung gezogen hatte?

Als Finn mich erblickte, bildete ich mir ein, seine Augen würden einen kurzen Moment lang aufleuchten. Der Moment war allerdings so flüchtig, dass es sich vermutlich nur um Einbildung handelte.

Vielleicht aber auch nicht, denn Valérie sah stirnrunzelnd von mir zu ihm und wieder zu mir.

»Guten Morgen, Finn. Ich bin überrascht dich hier zu sehen«, sagte ich betont fröhlich. »Bist du gekommen, um mir nachträglich zum Geburtstag zu gratulieren?«

»Nein, ich brauche noch einmal deine Hilfe. Wenn du so weit bist, könnten wir gehen.« Er erhob sich bereits.

»Ich habe noch nicht gefrühstückt«, erklärte ich und fühlte mich, auch wenn ich es besser wissen müsste, verletzt, weil er meinen Geburtstag einfach so überging. Ich setzte mich auf den Stuhl neben ihm, Valérie gegenüber. Finn atmete tief durch, als wollte er widersprechen.

»Ich muss etwas essen, sonst wird der Mensch in mir ganz empfindlich und verliert das Bewusstsein«, erklärte ich.

Finn setzte sich langsam, lehnte sich zurück und kreuzte angespannt die Arme vor der Brust.

»Nimm noch einen Kaffee. Das sind übrigens Emma und Camilla. Wir befinden uns hier bei Camilla zu Hause«, fuhr ich fort und nahm mir Toast. Camilla und Emma wurden puterrot. Sie setzten sich ebenfalls. Ich sah, wie Camillas Hände zitterten, als sie sich Kaffee einschenkte. Wow, sie war wirklich aufgeregt Finn kennenzulernen.

Schnucki wünschte uns keinen guten Morgen und war sichtlich verärgert, dass wir ihr Tête-à-Tête gestört hatten.

Das ignorierte ich. »Valérie hast du ja schon kennengelernt. Ich hatte wirklich gehofft, ihr würdet euch mal begegnen.«

Valérie wirkte überrascht. »Ehrlisch?«

»O ja«, betonte ich, sah Finn an und dachte: *Sie hat garantiert Elfenblut in den Adern.*

Finn musterte daraufhin Valérie neugierig. Ein paar Sekunden später hörte ich seine Stimme in meinem Kopf: *Nein, wie kommt sie nur darauf?*

Ich blickte schnell auf meinen Teller, ehe er mitbekam, dass sie in meinen Augen genauso unhöflich war wie er.

»Brauchst du noch lange?«

Der herablassende Elf war wieder da.

Ich sah ihm in die Augen und dachte:

Was das Gefragtwerden betrifft, gilt meine Regel noch immer. Und ein bisschen Höflichkeit täte dir auch mal ganz gut.

Sogleich hörte ich die Antwort.

Jetzt zickt sie auch noch.

»Gleich noch viel mehr«, sagte ich und biss genüsslich in eine Scheibe Toast.

»Was?«, fragte Emma.

»Mh?«, machte ich mit vollem Mund.

»Was ist gleich noch mehr?«

»Kaffee«, mampfte ich mit vollem Mund. »Mehr Kaffee.«

Ich warf Finn einen Blick zu. *Den brauche ich, sonst werde ich unleidlich. RICHTIG unleidlich.*

Finn kniff ein wenig die Lippen zusammen, dann wandte er sich mit einem Lächeln an Valérie.

»Ich wollte doch noch mehr von Frankreich erfahren, Valérie. Morgen geht es nach Hause?«

Weil Finn sie direkt ansprach, sah Valérie plötzlich aus wie ein Kleinkind, das ein Pony geschenkt bekommt.

»Oui, aber isch könnte erlangen.«

Wir wussten alle, dass Valérie *verlängern* wollte. »Was denn?«, fragte Emma, statt sie wie sonst zu korrigieren.

Der fiel das gar nicht auf. Sie strahlte Finn an.

»Allison 'at ein seperates Chambre in der Schule. Isch kann wohnen bei ihr. Dann wir können uns öfter sehen.«

»Nur über meine Leiche«, dachte ich.

»Das ist aber nicht sehr höflich«, meinte Mrs Claridge tadelnd. Sie war soeben eingetreten und stellte eine neue Platte Rührei auf den Tisch.

»Hab ich das etwa laut gesagt?«, fragte ich erschrocken.

»Ja«, sagte Valérie sauer.

Ups. Diese Gedankenleserei brachte mich ganz durcheinander.

»Nein, Mama, sie hat schon recht«, sprang mir Camilla zu Hilfe. »Wir sind alle froh, wenn wir nicht mehr ständig zurechtgewiesen werden. In Frankreich ist ja alles so viel besser! Auch die alten Häuser. Dort gibt es keine hässlichen, grauen Kästen wie das hier, sondern prachtvolle Gebäude.«

Valérie wurde bleich. Dann wurde sie rot. Dann wieder bleich. Endlich sprang sie auf und rannte aus dem Raum.

»Camilla!« Mrs Claridge, Emma und ich riefen den Namen alle gleichzeitig. Doch während Emma und ich frohlockten und jubelten, wirkte Mrs Claridge, als wolle sie ihrer Tochter eine Standpauke halten.

»Ich denke, wir können uns so langsam auf den Weg machen.« Finns Geduld war am Ende. Doch er lächelte Mrs Claridge dermaßen gewinnend an, dass ich überlegte, ob der Elf einen Klon geschickt hatte.

»Vielen Dank für die Gastfreundschaft, Lady Claridge. Ich werde Allison wie versprochen heute Abend ins Internat zurückbringen. Sie kann sich bei Ihnen melden, wenn sie wieder auf ihrem Zimmer ist, damit Sie beruhigt sind. Und *ich* finde Ihr Haus ganz bezaubernd.«

Vor allem die Quelle im Keller war sehr hilfreich. Doch das hörte nur ich.

Er deutete eine leichte Verbeugung an und zog mich gleichzeitig am Arm.

Mrs Claridge wurde rot.

»Nur Mrs. Keine Lady«, stellte sie sichtlich geschmeichelt klar. In diesem Moment betraten Thomas und Sean das Frühstückszimmer.

Beim Anblick von Finn blieben sie überrascht stehen.

»Das ist er?«, fragte Thomas.

»Ich hatte dich gewarnt«, lächelte Emma zuckersüß.

Ich setzte mich wieder. Das hier versprach interessant zu werden und ich wollte wirklich noch etwas essen. Zumal ich lieber ein wenig mehr Zeit in der Gesellschaft von Sean verbringen wollte. Ihn würde ich so schnell nicht wiedersehen. Leider.

»Allison, meine Liebe, wärst du dann so weit?«, säuselte Finn. Donnerwetter, was eine Zurechtweisung bewirken konnte. Ich sah Seans gerunzelte Stirn, als er von Finn zu mir blickte.

»Nein, eigentlich …«

»Allison, du musst noch deine Sachen holen«, sagte Emma. »Komm, wir helfen dir beim Packen.«

Emma zog mich unerbittlich vom Stuhl. Mir blieb nur noch Zeit, um schnell einen Schluck Kaffee zu schlürfen.

»Was soll das? Ich hab doch schon gepackt und …«

»Wir müssen mit dir reden«, erklärte Emma. Camilla nickte.

»Allison, weißt du noch, wie du damals in der neunten Klasse den Jungs vom Nachbarcollege beweisen wolltest, wie gut du werfen kannst?«, fragte Emma.

»Ja klar«, sagte ich.

»Mach das nicht.«

»Ich soll nicht werfen?«

»Nein, du sollst nicht versuchen irgendetwas zu beweisen. Das ging noch immer in die Hose.«

»Stimmt«, kam ihr Camilla zu Hilfe. »Ich erinnere mich, wie wir mal gemeinsam reiten waren und du mit mir beim Galopp mithalten wolltest.«

»Nicht die Geschichte«, stöhnte ich.

»Ich erinnere mich noch gut an das riesige Loch an deinem Po. Direkt über der Spalte.« Musste Camilla so grausam sein? Ich hatte das auf ewig aus meinem Gedächtnis verbannen wollen. Der Sturz war schlimm genug gewesen.

»Der Highland-Tanzkurs!«, riefen beide aus einem Munde.

»Sagt mal, müsst ihr jetzt unbedingt meine peinlichsten Erlebnisse zur Sprache bringen?« So langsam reichte es mir.

»Dein Auftritt vor Mr Scott, als du Valérie eins auswischen wolltest. Und mir fällt noch das Theater ein. Du hast als Romeo versucht Lucy Grumper zu küssen.« Sogar Emma war gnadenlos.

»Das habe ich erfolgreich verdrängt. Ehrlich gesagt würgt es mich immer noch, wenn ich daran denke. Dabei war ich so gut in meiner Rolle!«

»Du bist wohl ein bisschen zu tief in die Rolle geschlüpft«, meinte auch Camilla.

»Genau das ist dein Problem, Allie, knie dich nicht zu tief rein. Sei einfach du selbst. Nur nicht übertreiben«, sagte Emma, umarmte mich und gab mir dann einen Schubs in Richtung Finn, der schon neben dem verbeulten alten Sportwagen auf mich wartete.

Na toll. Vermutlich hatte er mit seinen Fledermausohren jedes Wort gehört.

Verhör

»Du hast versucht eine Mitschülerin zu küssen?«

Ich stöhnte. War ja klar, dass er nicht den Anstand besaß, wegzuhören. Im Auto roch es nach Blumen und Leder. Der Geruch, den ich inzwischen unweigerlich mit ihm in Verbindung brachte.

»Ich war in diesem Moment Romeo und sie spielte Julia. Können wir bitte das Thema wechseln?«

»Du hast Chloe kennengelernt.«

Mist. Auch nicht unbedingt das, worüber ich reden wollte.

»Können wir uns über das Wetter unterhalten? Dieses Jahr soll es noch mal Schnee geben.«

»Und ich dachte, du würdest gern etwas über Nymphen und Elfen erfahren. Aber wir können auch sofort zum Punkt kommen. Warum zum Teufel hast du nicht gesagt, dass du gesehen hast, wer uns angegriffen hat?«

Oha. Jetzt war es raus. Und er musste sich wirklich sehr beherrscht haben, denn er kochte. Fehlte nur noch, dass Rauch aus seinen Nasenlöchern austrat.

»Ich hatte es vergessen, okay? Das ist mir erst gestern wieder eingefallen. Mir sind ein paar Sachen erst nach und nach eingefallen. Du hast ja selbst auch eine Woche gebraucht, bis du wieder etwas wusstest«, erinnerte ich ihn, doch das ignorierte er.

»Kannst du sie beschreiben? Wie viele waren es?«

»Wie viele kann ich nicht sagen. Ich habe nur drei gesehen, aber da könnten noch mehr gewesen sein, denn der Nebel hatte sich nur direkt um uns herum gelichtet. Deswegen wusste ich auch, dass du nicht normal bist.«

Sein Blick, den er mir auf das »nicht normal« zuwarf, war eisig.

»Kommen wir auf die Angreifer zurück, ja?«, wies er mich an. »Wie sahen sie aus?«

»Sie waren in etwa so groß wie ich, was ja eher klein ist, und hatten einen olivfarbenen Teint. So bezeichnet man das doch? Auf alle Fälle waren sie braun gebrannt und …« Ich stockte, denn mir kam ein Gedanke. »Waren es Zwerge? Oder Hobbits? Sie trugen keine Bärte. Ich meine, es gibt ja auch Elfen. Gut, Zwerge ist vielleicht übertrieben, ich bin ja auch kein Zwerg.«

»Kommt drauf an, aus welcher Perspektive du das siehst«, knurrte Finn.

Seine Finger umkrallten das Lenkrad so fest, dass die Knöchel weiß waren. Der Ledergeruch nahm zu. Ich warf Emmas Bedenken über Bord. Ich konnte ihn mich doch nicht behandeln lassen wie eine kleine Göre! Er spazierte einfach in die Schule oder bei den Claridges rein, um mich abzuholen, und ich musste den wahren Grund nicht nur verschweigen, sondern meine Freundinnen auch noch anlügen. Ich nannte das Erpressung und ich musste ihm deutlich machen, dass ich mich nicht gern erpressen ließ.

»Weißt du, das Einzige, was ich bis jetzt an dir nett fand, war dein Verhalten Mrs Claridge gegenüber. Du hast also irgendwann mal ein wenig Anstand gelernt und kannst nicht immer der Vollpfosten gewesen sein, den du mir gegenüber raushängen lässt.«

Finn schwieg. Er schwieg so lange, bis wir den Stadtrand von Edinburgh erreicht hatten.

Als der Sportwagen durch die Morningside fuhr, begann es in Strömen zu regnen. Ich weiß nicht, was ich von dem Auto eines Elfen erwartet hatte, aber es hatte keinen Lotuseffekt und der Scheibenwischer war miserabel. Ich konnte kaum etwas sehen. Dann erkannte ich endlich die Tollcross-Kreuzung und befand es an der Zeit, dass das Schweigen peinlich wurde. Vor allem wollte ich wissen, weshalb er mich abgeholt hatte.

»Wie soll ich dir überhaupt helfen können? Ich weiß nicht, wie ich die Pforte wieder verschließen kann. Das haben wir ja schon ausprobiert und bei allem anderen bist du stärker, schneller und hast … hast … tja, ich weiß nicht, was Elfen noch alles können außer Gedanken lesen, aber ihr habt wenigstens einen Regenschutz.«

»Du musst dich an alles erinnern, was du gesehen hast. Dafür gibt es gewisse Methoden. Wir müssen wissen, was die Angreifer hier in Edinburgh wollen, wonach sie suchen, was sie vorhaben, und warum ausgerechnet jetzt zu diesem Zeitpunkt.«

Ich stutzte.

»Aber eure … die Angreifer sind nicht aus der Pforte gekommen«, wandte ich ein.

Jetzt sah er mich wieder durchdringend an. »Woher sollen sie sonst gekommen sein?«

Ich zuckte die Schultern. »Ich habe nur gesehen, dass sie auf diesen Innenhof zugingen. Sie kamen nicht heraus.«

Ich hatte ihn überrascht.

Konnten Elfen blass werden? Es sah so aus. Auf alle Fälle wurden die Knöchel, die vorhin wieder normal das Lenkrad gefasst hatten, erneut weiß.

»Bist du sicher?«, hakte er nach.

»Nicht hundert Prozent«, gestand ich. »Falls du dich erinnerst, es war dank dieses Nebels stockduster. Ist es denn so sehr ausgeschlossen, dass die von woanders herkamen? Ich meine, Edinburgh hat so viele unterirdische Gänge und Räume. So haben wir es zumindest mal im Geschichtsunterricht gelernt. Liege ich falsch?«

Nun seufzte er. »Nein. Du liegst nicht falsch, allerdings haben wir einen viel genaueren Plan über sämtliche Tunnel von Edinburgh als die Universitätsbibliothek. Und auch wenn wir glauben alle Eingänge zu kennen und verzeichnet zu haben, ist es nicht unmöglich, wenn auch äußerst ungewöhnlich, dass ein bislang unentdeckter Zugang existiert. Ich wache seit vielen Jahren da unten und behaupte mich recht gut auszukennen. Ich wüsste gar nicht, wo ich nach einem verborgenen Zugang suchen sollte.«

Es musste Hunderte von Zugängen geben. Allein im

Zweiten Weltkrieg hatte man neue gebaut, um zusätzliche rettende Luftschutzbunker der Bevölkerung zugänglich zu machen. Und Finn kannte sie alle? Doch etwas anderes hallte in mir nach …

»Wenn du sagst, ihr habt gewisse Methoden, damit ich mich an Einzelheiten erinnere …«

»Folter?« Er warf mir einen überlegenen Blick zu. »Nein, die wenden wir nur dann an, wenn es keine andere Möglichkeit mehr gibt.«

Auf einmal hatte ich wieder einen ganz trockenen Mund und musste dennoch schlucken.

»Das war ein Scherz, Allison. Hast du keinen Humor?«

Das fragte ausgerechnet er mich? Ernsthaft?

»Euren Humor weiß ich beim besten Willen nicht einzuschätzen. War Eans Vorschlag darüber, *den Schlüssel zu eliminieren*, etwa auch ein Witz? Habt ihr anschließend herzhaft darüber gelacht?«

Seine krause Nase sagte, dass ich richtiglag. Natürlich machte Ean keine Witze.

»Ean wird dir nicht gefährlich werden, solange kein Befehl erlassen wird. Chloe allerdings … Da sieht die Sache etwas anders aus.«

Ich hatte mich nicht getäuscht gestern Abend.

»Nymphen fressen Menschen?!«

Finn stutzte einen Moment und dann lachte er laut auf.

Ich sah ihn überrascht an. Erschrocken beinahe. Das war so … unerwartet. Es war ein sehr sympathisches Lachen.

Um seine Mundwinkel und neben der Nase bildeten sich niedliche Fältchen. Wirklich – sympathisch.

Mit einem Mal wirkte er richtig jung und viel attraktiver als mit der bitterernsten Miene, die er sonst draufhatte.

»Wenn du wüsstest, wie alt ich wirklich bin«, sagte er und schmunzelte noch immer. Doch ehe ich diesen kuriosen Satz hinterfragen konnte, sagte er, wieder ernst: »Halte dich von Chloe fern. Sie ist zwar kein Kannibale, aber sie ist auch nicht so nett, wie sie aussieht.«

Ich dachte an die ebenmäßige Haut und die glänzenden Locken sowie die weißen Perlenzähne der Nymphe.

»Sie ist wunderschön«, murmelte ich.

»In der Natur werden leuchtende Farben oft als Warnsignal verstanden. Vertrau mir, Chloe mit ihrer auffälligen Schönheit gehört dazu.«

Die Spannung, die kurz nach der Abfahrt zwischen uns aufgekommen war, hatte sich gelegt.

»Würde sie mich ertränken? Nur zum Spaß?«, fragte ich.

»Ja, das würde sie.«

Mir stellten sich alle Härchen auf dem Arm auf. Wo war ich da nur reingeraten?

»Was meinst du mit, wenn ich wüsste, wie alt du wirklich bist? Wie alt bist du denn, wenn nicht neunzehn oder zwanzig?«

»Ich glaube, das erzähle ich dir besser ein anderes Mal. Ich gebe dir lieber noch eine Warnung mit. Halte dich die nächste Zeit von Gewässern fern. Nymphen sind normalerweise Boten für unsere Zeitagenten. Sie können …«

»Du bist ein Zeitagent?«, unterbrach ich ihn. Ich musste in diesem Moment wohl aussehen wie ein Mondkalb. Es gab Agenten für die Zeit!

Was machten die? Wozu gab es sie? Wer befehligte sie?

»Der Oberon natürlich«, las er meine Gedanken. »Nein, ich bin kein Zeitagent.« Wieso hatte er dabei so gezögert? Doch ehe ich nachhaken konnte, fuhr er fort: »Aber das Thema ist etwas komplexer und muss warten, denn wir sind gleich da. Also noch mal: Nymphen. Sie können in jedem Jahrhundert in jedem Gewässer erscheinen, wenn man sie ruft, selbst in einer Pfütze. Sie sollen für Unterstützung und im Notfall für Hilfe sorgen. Chloe hat ihre eigene Art, damit umzugehen. Sie ist mit Abstand die Gefährlichste und Unberechenbarste. Sie weiß nun, wer du bist, und kann dich überall finden, wo es Wasser gibt.«

Wir hatten zwischenzeitlich den Stadtkern von Edinburgh erreicht.

»Wieso ist Chloe etwas Besonderes? Hat sie einen Sonderstatus, weil sie so hübsch ist?«

»So kann nur eine Frau denken.« Er grinste matt und wieder erschienen die Fältchen links und rechts von seinen Mundwinkeln. Das sah ebenfalls niedlich aus.

»Nein. Sie ist anders als die anderen Nymphen, mächtiger. Der Oberon hat keine Macht über sie. Sie dient ihm, wenn und wann sie helfen möchte, nur aus Gefälligkeit.«

»Wieso hat sie dann dir Bescheid gegeben, wo ich bin

und dass ich mich erinnert habe? Wieso nicht dem König, wenn sie sich ihm ebenbürtig sieht?«

»Das hat Gründe, die nur Chloe und mich etwas angehen.« Dieses Mal fiel sein Lächeln ein wenig boshaft aus.

Durch die Schlieren auf der Frontscheibe ragte direkt über uns das Edinburgh Castle auf. Wir hatten die Altstadt erreicht.

»Wo bringst du uns hin? Und was geschieht jetzt mit mir? Weshalb hast du mich bei Camilla geholt?«, wiederholte ich meine Frage konkret.

»Chloe hatte deine Erinnerung an die Angreifer gestern Abend zuerst mit mir geteilt. Doch weil die Situation so prekär ist, wird sie es an die höheren Stellen weitergeben und im Nullkommanix erfahren alle von den Angreifern. Dass du die Pforte geöffnet hast, ist schon eine Sensation, doch mit diesem Aspekt ist sie noch größer geworden.« Er atmete tief durch. »Du bist eine wichtige Zeugin und du bist der Schlüssel. Damit meine ich, du bist die Gezeichnete. Der Merlin will dich kennenlernen.«

Die Gezeichnete? Und das wegen meiner Narben am Bein? Oder wegen des Muttermals auf der Hand?

Darauf antwortete er nicht.

»Ich bringe dich nach Avalon.«

Der (ungewöhnliche) Weg nach Avalon

»Wie kommen wir nach Avalon? Müssen wir nicht zum Hafen? Oder gibt es noch einen unterirdischen Gang, der dorthin führt?«, überlegte ich laut. Ich war ganz aufgeregt. Er wollte mich nach Avalon mitnehmen! Deshalb war es mir dieses Mal komplett egal, dass es regnete. Finn war wieder durch diesen Lotuseffekt geschützt, während sich meine Locken munter kräuselten. Von mir aus durfte es, wie vorhin bei unserer Ankunft in Edinburgh, aus allen Eimern schütten, wenn ich dafür nach Avalon kam. Ich konnte es kaum erwarten. Die Insel der Legenden! Ob es dort den Stein mit dem Schwert Excalibur gab?

Den Wagen hatte Finn unterhalb der Burg geparkt und ich eilte neben ihm über den Grassmarket. Er steuerte die Candlemaker Row an, die auf die Brücke mit den zahlreichen Bushaltestellen führte. Oje.

»Bitte sag nicht, wir müssen so was Profanes wie den Bus nehmen.«

»Nein. Wir gehen ins Museum«, sagte er.

»Das wäre mein nächster Vorschlag gewesen.«

»Bist du immer so sarkastisch?«, fragte Finn.

»Nur wenn ich aufgeregt bin«, antwortete ich.

»Und du musst immer das letzte Wort haben, nicht wahr?«

Darauf erwiderte ich nichts. Von wegen Humor. Er hatte absolut keinen, denn das mit dem Museum war ihm durchaus ernst.

Im letzten Moment hatte ich noch befürchtet, er würde auf den Greyfriars-Friedhof abbiegen und vielleicht noch einen Geist heraufbeschwören. Immerhin wurden dort angeblich 250 000 Menschen begraben. Vermutlich lag auch der eine oder andere Halbelf oder Druide unter der Erde.

Aber nein, Finn führte mich tatsächlich zum schottischen Nationalmuseum. Und er war wieder genauso selbstherrlich und reserviert wie zu Anfang.

Finn ging zielstrebig zur Treppe ins erste Stockwerk. Wegen des schlechten Wetters war es recht voll. Auf der großen Galerie mit den umlaufenden Korridoren aus weißem Eisengeländer hallte das Gemurmel der Besucher und Kindergeschrei wider. Das Museum strahlte immer eine ganz besondere Atmosphäre auf mich aus. Von außen dominierte der moderne Komplex das Straßenbild, doch hier in der großen, weißen Galerie, die aussah wie ein Überbleibsel aus der viktorianischen Ära, vermischte sich alles.

Heute allerdings machte die immense Lautstärke diese Stimmung zunichte. Ganz Edinburgh hatte sich offenbar vor dem Regen hierher geflüchtet. Im nächsten Raum, wo die ausgestopften Tiere standen, herrschte der meiste Krach. Dieser Saal hatte mich immer fasziniert, denn er war voll mit präparierten, exotischen oder ausgestorbenen

Tieren, Tafeln, um sein Wissen zu erforschen, zum Ausprobieren und Raten und – natürlich dem großen Highlight: ein echtes Skelett des Tyrannosaurus Rex.

O Gott!

»Bitte sag mir, dass der Dinosaurier nachts nicht lebendig wird«, stöhnte ich.

»Weshalb sollte ein Skelett lebendig werden?«, fragte er irritiert, doch dann schien ihm ein Licht aufzugehen. »Du hast eindeutig zu viele Filme gesehen. Ich kann dir versprechen, sie haben nichts mit der Realität zu tun.«

Jetzt war ich baff. »Du kennst *Nachts im Museum*? Elfen schauen fern?«

»Ean und ich wechseln uns mit der Wacharbeit ab. Wenn er an der Reihe ist und die Pforten bewacht, habe ich frei.« Sein Gesicht verdüsterte sich und er fügte hinzu: »Diese Zeiten sind jetzt wohl vorbei.«

Das schien ihm nicht zu gefallen. Verständlich.

Finn schlug nicht den Weg zu den ausgestopften Tieren ein. Er betrat den Gang, der zum schottischen Erbe führte. Hinter dem unscheinbaren Durchgang befand sich ein ebenso großes, wenn nicht noch größeres Museum als der Bereich mit den ausländischen Artefakten und Präparaten. Hier war es deutlich ruhiger. Die Kinder interessierten sich nicht so sehr für die kleinen, eingemauerten Vitrinen. Dabei konnte man darin sogar die berühmten Lewis-Schachfiguren besichtigen, die als Vorlage für das Zauberschach bei Harry Potter dienten.

Ich rechnete damit, dass wir hinter einer der Türen mit

der Aufschrift »Nur für Personal« verschwinden mussten oder einen Brandfluchtweg oder so was nutzten. Doch Finn marschierte zielsicher in einen Gang, in dem der marmorne Sarkophag von Maria Stuart stand. Der war recht gruselig, denn die Statue der Königin lag darauf und man konnte exakt jede Falte des Kleides und jede Haarlocke, ja sogar die Rillen an den gefalteten Händen erkennen. Ich war mit einem Elf unterwegs – wer wusste schon, ob sie sich nicht bei Einbruch der Dunkelheit erhob und kopflos durch die Gänge stolperte?

Wo sollte sich hier ein Weg nach Avalon befinden? Außer dem Marmorsarg mit der liegenden Königin gab es keine besonderen Exponate. An den Wänden standen zwei alte Schränke, deren Holz genauso aufwendig verziert war wie das Kissen und der Mantelaufschlag der Marmorstatue vor uns. Allerdings mit keltischen Schnörkeln statt mit Eichenlaub.

»O bitte! Wir gehen doch nicht durch einen Schrank nach Avalon?«, sagte ich. »Das wäre ja voll das Klischee.«

Finn drehte sich zu mir. »Ich kann dir einfach nicht folgen. Wir sprechen dieselbe Sprache und ich verstehe kein Wort.«

Ich seufzte. Narnia hatte bislang nicht auf seiner Filmliste gestanden. »Müssen wir uns im Schrank verstecken, bis das Museum schließt, und gehen dann durch den Personaleingang …«

»Das wäre zu spät. Du musst spätestens um sieben wieder in der Schule sein«, erinnerte er mich. »Davon abgesehen:

Die Zeiten, in denen ich mich in einem Kleiderschrank versteckt habe, sind ebenfalls vorbei.«

»Hast du als Kind etwa auch gerne Verstecken gespielt?«, wollte ich wissen. »Nur deswegen konnte Chloe mich finden. Wir spielen bei Camilla immer Verstecken, das ist in diesem Herrenhaus so cool! Und kein bisschen kindisch. Sogar Thomas hat mitgemacht. Und Sean auch.«

Finn warf mir einen missbilligenden Blick zu. Wir waren wohl zu kindisch für ihn.

Nicht dass ich das als Kind gespielt hätte. Meine Eltern waren mit mir durch so abgelegene Gegenden gestreift, dort gab es keine anderen Kinder, ja manchmal nicht mal andere Menschen. Meine Gedanken waren abgeschweift und wurden von zwei jungen Besucherinnen unterbrochen, die soeben den Raum betraten. Beide waren extrem hübsch. Außerdem waren sie nicht nass vom Regen und wirkten wie aus dem Ei gepellt. Groß, schlank, mit einem perfekten Teint, der unmöglich natürlich sein konnte, genau wie ihre langen, dunklen Wimpern. Die beiden unterschieden sich eigentlich nur in der Haarfarbe. Die eine war blond, die andere brünett. Als sie uns entdeckten, lächelten sie aufreizend und klimperten mit den langen Wimpern. Ich wunderte mich, dass der Luftzug nicht bis hierher zu spüren war. Natürlich lächelten sie nicht mir zu.

Ich sah zu Finn auf. Er sah aus, als hätte er die kalifornische Sonne genossen, während mir noch immer Tropfen aus den Haaren den Nacken hinabrannen. Es war nicht verwunderlich, dass er auf Mädchen und Frauen so anziehend wirkte. Mit dem athletischen Körper, der stylischen Frisur und mit einem Gesicht, das Botticelli nicht hätte malen können.

Für jeden, der nichts von seinem wirklichen Wesen wusste, musste er wie auf Valérie wirken. Wie ein Halbgott. Kein Wunder, dass er die Blicke von solchen Models auf sich zog.

Ich musste ihm zugutehalten, dass er nichts davon registrierte, ja sogar äußerst ungehalten wirkte, und seine Andeutung vom Versteckspielen im Schrank bekam eine völlig neue und sehr schlüpfrige Bedeutung. Wie naiv ich doch manchmal war. *Versteckspielen.* Pah. Zumindest musste sein Versteckspiel schlecht ausgegangen sein. Er machte ein sehr finsteres Gesicht in Richtung der Mädchen.

Das aufreizende Lächeln der beiden Schönheiten erlosch und sie verdrückten sich schnell. Allerdings nicht, ohne mir einen fassungslosen Blick zuzuwerfen.

Nun ja, das musste ja auch seltsam aussehen. Der Elf, der einen Hobbit an der Seite hatte und Cara Delavigne und Lindsey Stirling ignorierte.

»Sind sie weg?«, fragte er mich.

Ich hob die Schultern. »Du bist der Elf. Solltest du nicht durch Wände sehen können?«

»Elfen können nicht durch Wände sehen. Leider.«

Er trat vor ein einzelnes Türblatt, das an der Wand lehnte.

Finn wartete noch ein paar Sekunden, wohl um sicherzugehen, dass niemand Weiteres im Anmarsch war. Dann griff er in seine Hosentasche, entnahm ihr einen sperrigen langen Schlüssel und schloss die Holztür auf. Ich staunte. Für ein Türblatt ohne Rahmen, ja ohne Scharniere, ließ sie sich erstaunlich leise und behände öffnen.

Hinter der Tür, die vorhin nur angelehnt gewesen war (ich hatte ganz deutlich durch den Schlitz zwischen Wand und Tür sehen können), befand sich ein Gang. Ein Gang, in dem zehn Meter weiter eine Laterne strahlte.

»Nicht schon wieder unterirdisch«, maulte ich. Doch Finn gab mir einen Schubs. »Schnell. Rein mit dir.«

Er schlüpfte hinterher und schloss die Tür wieder ab.

Das Gemurmel der anderen Besucher verstummte augenblicklich, als hätten wir einen schalldichten Raum betreten.

Finn zwängte sich an mir vorbei und ging vor. Ich folgte ihm und sah mich staunend um. Der Boden war mit den gleichen Steinen gepflastert wie im Mary Kings Close, nur die Wände wiesen unverputzte alte Quadersteine auf. Dabei hätte ich schwören können, dass hinter der Wand, an der die Tür gelehnt hatte, eine Vitrine mit anderen Exponaten gestanden hatte. Das war so unwirklich!

Ich musste träumen. Vor allem, weil ich mich schon wieder freiwillig in einem Tunnel befand.

»Habe ich eigentlich mal erwähnt, dass ich dunkle Gänge hasse?«, flüsterte ich. »Und dass ich gefragt werden möchte, ehe man mich dorthin bugsiert?«

»Ich dachte, du wolltest mitkommen nach Avalon.« Finn flüsterte nicht, sondern redete in normaler Lautstärke. »Wir sind auf dem Weg dorthin.«

»Was macht ihr, wenn ihr nachts nach Avalon müsst?«, fragte ich. »Das Museum schließt um zwanzig Uhr.«

»Dann nehmen wir einen anderen Zugang, aber der ist für dich nicht begehbar.«

»Es gibt noch mehr Wege dorthin? Mal davon abgesehen, dass ich immer dachte, es sei eine Insel.«

»Es ist eine Insel. Nur im Gegensatz zu Mallorca besitzt sie Elfenmagie. Eingeweihte, die die Zugänge kennen, können sie auch ohne ein Schiff erreichen.«

»Und wer sie nicht kennt, kann eine Kreuzfahrt buchen und einfach am Hafen anlegen?«

Gedanklich hörte ich den Kapitän allen Passagieren einen schönen Aufenthalt auf Avalon wünschen, gefolgt von der Mahnung, nicht auf die überteuerten Apfelpreise reinzufallen.

»Dafür muss man es mal erst durch den Nebel schaffen. Avalon ist umschlossen von Nebeln.«

»Okay, damit wäre eine Frage auf meiner Liste schon mal beantwortet.«

Ich stellte fest, dass nicht alle Quadersteine unbehandelt waren. Direkt neben mir war ein Muster zu erkennen. Ein gravierter Stein! Die Gravur hatte die Form eines keltischen Knotens. Als ich den Kopf wandte, erkannte ich dort eine Triskele. Wieder einige Meter weiter hatte ein Stein ein paar Linien, die aussahen wie das weiße Pferd von Uffington, und gegenüber war …

»Ist das ein Drachenkopf?«, fragte ich verwundert.

Finn warf nur einen flüchtigen Blick zurück.

»Ja, ist es.«

»Kannst du vielleicht noch ein bisschen mehr dazu sagen? Deine knappen Antworten sind schlimmer als die Ansprachen der Queen. Fehlt nur noch, dass du sie abliest.«

Er blieb so abrupt stehen, dass ich in ihn hineinlief. Damit ich nicht zurückprallte, schnellte sein Arm hervor und umfasste mich.

Mich umfing der Duft nach Blumen und Leder. Das war im Auto nicht so intensiv gewesen.

»Nur um eines klarzustellen«, sagte er und beugte den Kopf ein wenig zu mir herab. Sein Blick war eindringlich, doch in diesem Licht hätte ich nicht seine Augenfarbe ausmachen können.

»Ich habe dir heute schon viel mehr erzählt, als je ein Mensch, der nicht in unsere Welt eingeweiht ist, wissen darf. Und du willst nicht alles wissen, was unsere Welt anbelangt. Es reicht, dass du über Elfen und Nymphen Bescheid weißt, vertrau mir.«

Damit ließ er mich wieder los und lief weiter.

Benommen schüttelte ich den Kopf. Sein Geruch war wirklich sehr durchdringend, ein wenig berauschend.

In meinem Magen machte sich ein seltsames Gefühl breit. Es flatterte ganz komisch. Vielleicht war ich etwas unterzuckert, immerhin hatte ich nicht genug gefrühstückt, weil Finn es so eilig gehabt hatte. Schnell suchte ich meine Hosentaschen nach einem Bonbon ab und wurde fündig.

Weil ich so damit beschäftigt war, das komische Gefühl

aus meinem Magen zu vertreiben und das Bonbon aus dem Papier zu pfriemeln, verpasste ich das Ende des Ganges – bis Finn eine weitere Tür aufstieß und wir auf Sand traten. Sanfte Wellen wurden an den Strand gespült.

Mein Mund stand so weit offen, dass das Bonbon wieder herausfiel.

Das Paradies

Ich stand an einem Strand. Dem feinsten Sandstrand, den man sich nur vorstellen konnte. Wir waren aus dem nassen, herbstlichen Edinburgh gekommen, doch hier herrschte Frühling. Es war warm, es war sonnig. Ein Hauch von Sommer lag in der Luft.

Meine Eltern hatten mich oft zu entlegenen Gegenden in der ganzen Welt mitgenommen. Ich hatte mit ihnen Gebirge, Steppen und auch Seen erkundet, immer auf der Suche nach seltenen, vom Aussterben bedrohten Tieren.

Doch so einen wunderschönen Ort wie diesen hatte ich noch nie gesehen. Diese Mischung aus blühenden englischen Obstgärten und den Seychellen war traumhaft. Die Apfelhaine, so groß wie Plantagen, waren ein Meer aus weiß-rosa Blüten, der angrenzende Berg war bis zur Mitte von einem Mischwald bewachsen, und auf dem Gipfel konnte man einen Steinkreis erkennen. Einen intakten Steinkreis mit quer liegenden Megalithen, wie Stonehenge sie einst gehabt hatte. Ein Kamm führte vom Berg zu dem Fels unmittelbar vor uns am Meer. Darauf thronte eine Festung à la Windsor Castle.

Es war viel malerischer als jeder Südseestrand, lieblicher und zauberhafter dank der Bauwerke, die sich perfekt in die Natur einschmiegten. So schön hätte ich mir Avalon nicht mal in meinen Träumen vorstellen können.

Finn sagte etwas, doch ich verstand ihn nicht. Ich genoss diesen Anblick und wollte mir jedes Detail einprägen.

Ich wollte nie wieder zurück nach Schottland oder in die Schule. In diesem Moment wurde mir bewusst, wie klein und eng mein Zimmer im Internat war. Einzelzimmer hin oder her. Hier hatte ich das Gefühl von Freiheit. Hier war das Paradies. Hier wollte ich bleiben. Für immer.

»Allison!«

Nur unter größter Anstrengung wandte ich mich von der Aussicht ab und begegnete Finns sauertöpfischem Blick.

»Mh?«, machte ich.

»Wir müssen zum Merlin«, sagte er ungehalten. Er war so oft ungehalten, dass es mittlerweile komplett an mir abprallte.

»Geh schon mal vor. Ich bleib noch ein wenig«, murmelte ich und schlüpfte aus meinen Schuhen.

»Was tust du da?«

»Ich will den Sand an meinen Füßen spüren«, erwiderte ich und zog eine Socke aus.

»Allison! Hör auf mit dem Unsinn.« Finn hatte die Zähne zusammengebissen und baute sich vor mir auf.

Ich schwankte, stützte mich, um nicht umzukippen, an ihm ab und hatte endlich beide Socken aus. Der Sand war genauso weich, wie er aussah. Ich grub alle Zehen tief hinein und konnte ein wohliges Seufzen nicht unterdrücken.

»Allison, der Merlin erwartet uns. Ich muss wieder zu meinem Wachposten zurück. Ean übernimmt gerade meinen Dienst und hat seit vierundzwanzig Stunden nicht geschlafen. Wie soll ich dem Merlin erklären, dass ich so lange meinen Posten verlassen habe? Ich musste dich ja auch noch abholen.«

»Du kannst alle Schuld auf mich schieben«, sagte ich und atmete tief durch.

Die Luft schmeckte hier anders. Auch nach Salzwasser wie in Edinburgh, aber frischer, ohne die Abgase und den toten Fisch. Ein wenig blumig roch es ebenfalls. Sogar Finn roch hier intensiver. Aber es war nicht der Lederduft, der im Auto dominiert hatte, sondern dieser andere, aromatische mit dem Hauch von Parfüm. Ich setzte mich, krempelte die Hosenbeine so hoch, wie es ging, und ließ den Sand durch meine Finger rinnen. Wundervoll!

»Du solltest deine Füße auch mal in den Sand stecken. Das tut so gut«, schlug ich ihm vor.

»Ich sollte dich über die Schulter werfen und zur Schule schleifen«, grummelte er.

»Mach dich mal locker«, sagte ich und blinzelte zu ihm empor. »Es wird ja wohl keinen umbringen, wenn wir zehn Minuten später kommen. Wissen sie überhaupt, dass wir auf dem Weg sind? Es könnte ja auch sein, dass du mich nicht gefunden hast, immerhin war ich bei Camilla.«

»Daran merkt man, dass du dich in unserer Welt überhaupt nicht auskennst«, sagte er trocken und blickte zu ein paar Raben, die über der Burganlage kreisten. Allerdings ging er neben mir in die Hocke.

»Können wir vielleicht nachher noch durch die Apfelhaine spazieren? Du könntest mir ein wenig mehr von der Insel zeigen. Das sieht alles so herrlich aus«, sagte ich. »Ich muss erst heute Abend wieder im College sein. Hast du selber zu Mrs Claridge gesagt.«

»So was tue ich nie wieder«, murmelte er und ließ ein wenig Sand durch seine Hand rieseln.

»Wenn deine Lügen gegenüber Mrs Claridge und unserer Schulleiterin Ausflüge hierher beinhalten, darfst du ihnen gern jede Woche eine andere Geschichte erzählen«, sagte ich und holte noch einmal tief Luft. Ein Zitronenfalterpärchen flatterte vor meiner Nase vorbei. »Wollen wir uns schon was für nächsten Samstag überlegen? Sag unserer Schulleiterin, ich müsse dir helfen Schmetterlinge zu zählen.«

»Weshalb sollte jemand Schmetterlinge zählen wollen?«, fragte Finn und klang fassungslos.

»Da musst du meine Eltern fragen. Die machen so was ständig.«

Es war traumhaft. Der Sand war traumhaft. Das Meer war traumhaft. So türkis, so klar, ich konnte sogar aus einigen Metern Entfernung kleine Riffe erkennen. Und wenn ich mich umwandte, waren da die Apfelhaine, so weit das Auge reichte. In dem weiß-rosa Blütenmeer summte und brummte es und ich konnte noch mehr Schmetterlinge erkennen. Vögel flatterten zwischen und über die Baumkronen. Bunte, braune, schwarze – alle Arten. Ein paar Möwen waren auch dabei. Nur die Raben hatten sich auf einer Turmspitze niedergelassen.

»Du hast kein besonders gutes Verhältnis zu deinen Eltern, nicht wahr?«, mutmaßte er.

»Was läuft da zwischen dir und Chloe?«, überging ich die Frage.

»Das ist kompliziert und geht nur Chloe und mich etwas an.«

»Du willst alles wissen und antwortest selber immer so kurz angebunden«, sagte ich und sah zu ihm auf. In der Sonne funkelten seine Haare ein wenig golden und seine Augen schimmerten in demselben Türkis wie das Meer. Wenn die beiden Models aus dem Museum ihn jetzt sehen könnten. Natürlich war er noch immer angespannt, aber sein Mund wirkte nicht mehr ganz so verkniffen wie vorhin. Ich konnte sogar wieder ein kleines Grübchen am Mundwinkel erkennen.

»Vorsicht, Finn, gleich lächelst du. Und dann wirkst du so menschlich«, neckte ich ihn.

Er zupfte an einer meiner roten Locken. »Vorsicht, Allison, treib es lieber nicht zu weit, sonst muss ich unseren kleinen Ausflug ziemlich schnell beenden.«

Ich grinste. Vielleicht war er doch nicht ganz so bierernst, wie er sich immer gab.

»Woher hast du die Narben?«, fragte er und blickte auf mein lädiertes Schienbein.

»Von einem Unfall«, sagte ich meine Standardantwort

auf die Frage. Meist wurde noch gefragt, ob es ein Autounfall gewesen war. Das bejahte ich, weil es am einfachsten war.

»Wer ist jetzt kurz angebunden?«, fragte er. »Ich kann Gedanken lesen, wenn du mir in die Augen schaust. Vergessen?«

Mein Mund klappte auf. »Nur wenn ich dir in die Augen sehe?«

»Hatte ich das nicht erwähnt?« Er runzelte die Stirn.

»Nein. Genauso wenig wie die Nymphen, als ich dich nach anderen Wesen gefragt habe. Du bist offenbar ziemlich vergesslich.«

Er zuckte unbekümmert die Schultern. »Ich habe dir schon einmal erklärt, es ist gesünder, wenn man nicht so viel weiß. Vor allem, was unsere Welt betrifft.«

Das hatte er. Was mochte noch so schrecklich sein, dass kein Außenstehender davon erfahren durfte? War das wie bei der Mafia? Wenn man einmal drin war, kam man nicht mehr raus?

»So ähnlich«, sagte Finn, der mir in die Augen gesehen hatte. »Also? Was war das für ein Unfall?«

Ich erzählte ihm von meinem Sturz in die Schlucht und dass man zwei Tage benötigt hatte, um mich zu bergen.

»Du hättest sterben können«, sagte er mitfühlend. Ich hasste es nach wie vor, darüber zu reden, und versuchte endlich das Thema zu wechseln.

»Was ist das für eine Burganlage da oben?« Ich deutete zu dem Kastell auf dem Felsen.

Zu meiner Erleichterung ging er darauf ein.

»Das ist die Schule«, erklärte Finn.

»Und der Steinkreis? Ich bin überrascht, dass der noch intakt ist. Oder ist er nicht so alt?«

»Er ist wesentlich älter als Stonehenge«, gab Finn freiwillig Auskunft. »Nur wurde er nie zerstört. Er ist Teil unseres Lehrplans. Du hast bestimmt schon gehört, dass Stonehenge nach der Sonne und der Tag-und-Nacht-Gleiche ausgerichtet ist. Da du keine Druidin bist, darf ich dir keine Einzelheiten zur Verwendung nennen, aber er ist wichtig für die Astronomie, Astrologie und dergleichen.«

»Astrologie? Pendelt ihr die Himmelsrichtung aus, oder was?« Ich konnte den ironischen Unterton nicht vermeiden.

Weder Emma noch Camilla waren esoterisch angehaucht. Allerdings wäre Bonnie McReady, eine Mitschülerin aus dem Literaturkurs, hellauf begeistert. Sie hatte immer irgendwelche Heilsteine in der Tasche und besaß sogar ein Pendel. Spaßeshalber hatte Camilla sie immer mal wieder nach der Zeugnisnote gefragt und die auspendeln lassen. Es hatte sich nie bewahrheitet.

Finn überging meinen Einwurf und kam stattdessen zu meinem unliebsten Thema zurück.

»Wie konnte ein kleiner Mensch wie du einen solchen Sturz überleben?«, fragte er. »Hast du deshalb solche Angst im Dunkeln?«

Er betrachtete mich und ich glaubte in seinen Augen Mitleid zu lesen.

»Ich glaube eher, das kommt davon, dass ich zu lange im Dunkeln verharren und auf Raubtiere warten musste«, sagte ich nüchtern.

Jetzt sah er mich richtig mitfühlend an.

Seine grünen Augen hatten viele blaue Sprenkel. Deshalb wirkten sie so türkis! Das war faszinierend.

»Macht das einem Mädchen wie dir Angst?«

Ich seufzte. »Ehrlich gesagt liegt es wohl mehr an was anderem. Als ich nach dem Unfall wach wurde, war es stockduster und ich war allein. Mir hat alles wehgetan, ich wusste weder, wo ich war, noch, was geschehen ist, und niemand war da, um meine Schmerzen zu lindern. Das passierte mir in der ersten Zeit nach dem Unfall ein paarmal. Ich wurde immer nachts im Dunkeln wach.«

»Die Dunkelheit ist nicht dein Feind, weißt du.«

»Sagt jemand, der seit zig Jahren in der Unterwelt von Edinburgh lebt?«, stichelte ich und knuffte ihn in die Seite. Er zuckte zusammen, und mir fiel wieder ein, wie er mich fallen gelassen hatte, als ich ihn beim letzten Mal dort gezwickt hatte.

»Lass das«, knurrte er, sein Blick war jedoch sanft. »Ja, mag sein, dass ich zu viel Zeit da unten verbracht habe. Das hat mir allerdings nur gezeigt, dass man sich davor nicht fürchten muss. Du hattest keine Angst vor Chloe. Oder mir.«

»Hätte ich vor dir Angst haben sollen?«, fragte ich und erinnerte mich, dass ich mir bei der Entführung beinahe in die Hose gemacht hätte.

»Du solltest vor unsereins Angst haben«, sagte er schlicht. »Wir sind Elfen.«

Elfen mit türkisblauen Augen und niedlichen Grübchen an den Nasenwinkeln.

Und hübsch geschwungenen Lippen. Ob Finn küssen konnte? Mit Sicherheit. Dieser Mund war einfach dafür gemacht. Nicht mal Liam Hemsworth hatte solche Lippen. Wie mochte es sich anfühlen, wenn man die Lippen eines anderen auf den seinen spürte? Ich hatte wohl schon darüber gelesen, doch ich war noch nie geküsst worden.

Ganz unerwartet richtete Finn sich wieder auf und klatschte die Hände aneinander, um die Sandkörner abzuschütteln.

»Lass uns gehen.«

Ich stieß frustriert die Luft aus. Warum wirkte er nur so verbittert? Früher hatte er sich in Schränken versteckt und jetzt konnte er nicht mal mehr ein paar Minuten in der prallen Sonne sitzen?

»Warum willst du schon gehen? Ich mag es hier. Noch fünf Minuten.«

»Keine dreißig Sekunden mehr. Da du ja der pragmatische Typ bist, brauche ich dir nicht mehr von dem Lehrplan unserer Schule zu berichten.«

War der schnell eingeschnappt. Und das nur, weil ich nicht an Pendel und die Kraft der Steine glaubte? Notiz an mich: Beim Denken den Blick abwenden! Allerdings blieb er ruhig neben mir stehen. So eilig schien er es auch nicht mehr zu haben.

Ich erinnerte mich zum Glück wieder rechtzeitig an seinen Spruch, immer das letzte Wort haben zu müssen. Ich sagte einfach nichts. Sollte er denken, was er wollte.

Das Meer rauschte beruhigend. Ich hörte ein Summen und Brummen von den Insekten in den Blüten hinter uns und das muntere Vogelgezwitscher. Die Raben krächzten und irgendwo schrie eine Möwe. Aber ansonsten war es hier … still. Mir war nie zuvor aufgefallen, wie laut die Stadt war. Wie deutlich der Motorenlärm der Autos, Züge und Flugzeuge doch immer unterschwellig zu hören war. Hier war es zwar auch nicht ganz still, aber doch ruhig. Idyllisch.

Finn schien es auch zu genießen. Er war wieder in die Hocke gegangen und mit dem Blick aufs Meer ließ er erneut Sand durch seine Hände rieseln.

»Was ist das?«, sagte er und hielt die Hand hoch. Mein Bonbon, sandumrundet, klebte daran.

»Okay, gehen wir«, sagte ich schnell und erhob mich. Finn spülte sich die Hände am Ufer ab.

Es dauerte eine Weile, bis ich den Sand von meinen Füßen befreit hatte, um wieder Strümpfe und Schuhe anziehen zu können, und auch dann drückte und zwickte es noch. Ich hielt mich an Finn fest, als ein besonders hartnäckiges Sandkorn an meiner Ferse zu reiben begann.

»Ich muss sie noch einmal ausziehen«, sagte ich und setzte mich wieder. Finn stöhnte, kniete vor mir nieder und half mir. Schnell und sorgsam wischte er über meine Füße. Seine Hände waren ein wenig schwielig, aber nicht unangenehm und wieder nicht richtig warm. Vielleicht lag es dieses Mal am Meerwasser. Als er über die Fußballen fuhr, musste ich unwillkürlich kichern.

Er sah auf und jetzt endlich lächelte er. »Du bist also doch kitzelig?«

»Wer ist da nicht kitzelig?«, fragte ich. »Obwohl … Camilla ist am Knie kitzelig. Wenn du sie ärgern willst, musst du ihr nur ans Knie fassen. Dann fällt sie fast vom Stuhl.«

Finn streifte mir die Socken und anschließend die Schuhe über.

»Bist du jetzt endlich so weit?«, fragte er und reichte mir die Hand. Ein leichter Stromschlag durchzuckte mich. Allerdings nicht so fest, dass ich losgelassen hätte. Mit Schwung zog er mich in die Höhe und ich prallte gegen seine Brust.

Meine Augen waren damit auf Höhe dieser sinnlichen Lippen. Wenn ich mich auf die Zehenspitzen stellte, könnte ich sie erreichen. Finn müsste auch einfach nur den Kopf etwas beugen. Dieses kleine Kräuseln war wirklich sehr niedlich. Wie mochte es wohl sein, einen Elf zu küssen?

Entschlossen schob er mich von sich und brachte Abstand zwischen uns. Der kurze vertraute Moment war endgültig vorbei.

»Können wir?« Seine Stimme klang ungewöhnlich barsch, so als ärgerte er sich. Vermutlich über mich, weil ich ihn so viel Zeit kostete.

»Wenn es sein muss«, sagte ich und seufzte. Ich wollte viel lieber hierbleiben. Denn ich hatte das dumpfe Gefühl, dies könnte der letzte friedliche Moment für eine lange Zeit gewesen sein.

In der Halle der Druiden

»Finn? Fionngall Laoghaire, bist du es wirklich?«

Erschrocken zuckte ich zusammen. Wir waren zu der Festung aufgestiegen und standen vor einem Eingangstor, das so groß war, als erwarte man regelmäßig Besuch von Elefanten.

Urplötzlich hatte sich an diesem Tor eine kleine Guckluke geöffnet und kurz darauf die eingelassene, mannshohe Pforte. Dabei hatte Finn nur eine Hand gehoben und war noch nicht dazu gekommen, anzuklopfen. Wir waren eingetreten und ein junger Mann mit dunkelblondem, sehr kurz geschnittenem Haar hatte uns begrüßt. Er hatte Ohren, die nicht ganz so spitz waren wie die von Finn, aber auch nicht so rund wie meine. Mein erster Halbelf, schlussfolgerte ich. Und doch war der Halbelf nicht halb so interessant wie der Innenhof, den wir betreten hatten. Der war umrandet von hohen Mauern mit Zinnen und Türmen. Dem Tor direkt gegenüber stand ein riesiges achteckiges Haupthaus mit einer doppelten Turmspitze, Erkern und zwei kleineren eckigen Türmen links und rechts, Wandelgängen, und jeden Turm umschloss kurz vor dem Dachkendel eine gemeißelte Ranke. Ich war mir ganz sicher: Ich musste in Camelot sein, denn diese Burg hätte König Artus alle Ehre gemacht.

»Ich habe dich seit mindestens achtzehn Jahren nicht gesehen!«, begrüßte er Finn. »Was tust du hier? Du bist doch …«

»Ich bringe Allison Murray«, fiel ihm Finn ins Wort.

Das schien den Halbelfen überhaupt nicht zu jucken. Weder mein Name noch meine Anwesenheit. Hatte Chloe nicht behauptet, jedes Wesen in der Anderwelt spräche momentan von mir? Das da zumindest nicht.

»Mag ja sein, dass ich noch immer in der Lehre bin«, sagte der Halbelf verwirrt, »aber mir wurde eingetrichtert, dass die Wächter ihren Posten nicht ohne Erlaubnis verlassen dürfen. Und niemand hat dich mir angekündigt.«

»Der Merlin hat nach ihr geschickt«, sagte Finn und sah ihn eindringlich an. »Dwyn, sie hat die Angreifer gesehen, die Ean und mich niedergestreckt haben. Sie kann sie beschreiben.«

Dwyn – wieder so ein komischer Name – war davon überhaupt nicht beeindruckt.

»Und wenn sie Michael Jackson gesehen hätte, ich kann dich jetzt nicht zum Merlin lassen«, sagte er fest. »Es ist eine Versammlung angekündigt und niemand darf den Merlin oder seine rechte Hand stören. Der Kronrat wird erwartet.«

Mir klappte der Mund auf, und Dwyn, dem das auffiel, nickte. »Jawohl, der Kronrat.«

»Nein, nein, das erstaunt mich nicht«, sagte ich schnell. »Hier kennt man Michael Jackson?«

Dwyn sah jetzt genauso herablassend aus wie Finn.

»Wer, sagtest du, soll die da sein?«, fragte er Finn.

»Du weißt es genau«, gab der zurück. Doch im Gegensatz zu mir war er tatsächlich über die Erwähnung des Kronrats erstaunt. »Hast du eine Ahnung, wieso der Kronrat zusammenkommt?«

Dwyn sah ihn missbilligend an. »Natürlich nicht. Ich bin Schüler und habe Torwache. Nur Merlin ist über die Gründe informiert. Mich hat man lediglich darüber in Kenntnis gesetzt, dass sie in ein paar Minuten eintreffen und ich sie ins Refektorium führen soll.«

»Also ist der Merlin im Refektorium?«, hakte Finn nach.

»Vermutlich. Soll ich dir Bescheid geben, sobald die Versammlung beendet ist?« Dwyn tippelte ungeduldig von einem Fuß auf den anderen. Entweder musste er aufs Klo oder er wollte uns schleunigst wieder loswerden.

»Ich muss nicht aufs Klo«, sagte er schroff. »Bist du sicher, dass sie der Schlüssel ist?«

Doch Finn antwortete nicht. Er hatte meine Hand ergriffen und zog mich entschlossen in Richtung Hauptturm.

»Hey, Moment mal!«, rief Dwyn. Ich warf einen Blick zurück, doch er war verschwunden. Als ich nach vorn sah, hatte er sich uns in den Weg gestellt. Donnerwetter, war der schnell.

»Ich bin *kein* Halbelf und das hier ist nicht Camelot«, sagte er demonstrativ in meine Richtung. »Und ihr werdet den Merlin nicht vor dieser wichtigen Sitzung stören.«

Finn sagte nichts. Er hielt einfach meine Hand hoch, die mit dem Muttermal am Finger.

Dwyn starrte darauf. Lange. Dann trat er wortlos zur Seite und machte uns den Weg frei.

Finn nickte ihm zu, als wir an ihm vorbeigingen.

»Was ist das an meinem Finger? Das musst du mir erklären, immerhin betrifft es mich«, forderte ich ihn auf, als wir das Haus betraten. »Du hast schon mal von einem Beweis gesprochen. Was hat das Muttermal zu bedeuten?«

»Das ist eines von Pans Zeichen«, erklärte er. Ich wartete, doch er hatte seine Plauderstunde beendet.

»Eines von Pans Zeichen? Und weiter? Wieso hab ich das? Wer oder was ist Pan?«

»Bist du dir sicher, dass du es schon immer hattest?«, fragte Finn, statt eine Antwort zu geben.

War ich mir sicher? Ziemlich, obwohl ich natürlich nicht Buch über meine Muttermale führte.

Ich folgte Finn über eine Treppe in die oberen Räume. Das Gebäudeinnere erinnerte an ein mittelalterliches Kloster. Die Wände waren kahl, es gab keine Gemälde oder Wandteppiche, wie man sie in einer Burg vermuten würde.

Stattdessen gab es Säulengänge, gewölbte Decken, und die Wände waren aus ähnlichen Steinen errichtet wie die unterirdischen Gänge, die wir durchstreift hatten. Durch die Butzenfenster konnte ich das Meer sehen. Finn ließ mir nur Zeit für einen flüchtigen Blick. Er führte uns vor eine ovale Doppeltür. Nach einem kurzen Anklopfen wartete er nicht auf das »Herein«, sondern stieß die Tür auf. Der

Raum dahinter war so riesig wie alles hier. Eine Halle, deren Gewölbedecke mit Ornamenten verziert und bemalt war, ähnlich denen auf der Tür im Museum.

Viele Gobelins hingen an den Wänden. Am auffälligsten fand ich einen am Kopfende. Er zeigte einen König mit Krone, rotem Umhang und einem Halsring. In der Hand hielt er ein Schwert.

Direkt davor standen auf einem Podest ein paar Stühle. Es gab außerdem zwei Tische in der Halle, die recht spartanisch aussahen. Einer stand quer zum Wandteppich mit dem Königsmotiv und den Stühlen.

Über diesen Tisch beugten sich drei Männer. Der mittlere war der größte und ganz augenscheinlich der Anführer, denn die anderen schienen ihm Bericht zu erstatten. Sie hielten Papierrollen in den Händen und der rechte hatte zudem einen glitzernden Gegenstand vor sich liegen.

Die drei sahen auf, als wir die Halle betraten. Offensichtlich waren wir nicht willkommen. Das Gesicht des Anführers verfinsterte sich bei Finns Anblick.

»Ist das der König der Elfen?«, fragte ich Finn leise.

»Nein. Das ist der Merlin.«

Ich schluckte. Wow!

Merlin war der mit Abstand schönste Mann, den ich je gesehen hatte. Und er war jung. So alt wie Finn. Obwohl … wie alt war Finn eigentlich? Er sah aus wie neunzehn, höchstens zwanzig. Doch hatte der Torwächter nicht gesagt, er hätte ihn seit achtzehn Jahren nicht mehr gesehen?

»Fionngall Laoghaire! Du hast deinen Wachposten verlassen. Unerlaubt.«

Das war keine Frage. Das war ein Vorwurf.

»Doch nicht, um uns eine neue Schülerin zu bringen? Für die nächsten zwei Jahre ist niemand vorgesehen.«

»Nein, Merlin, ich glaubte deiner Anweisung zu folgen.«

Jetzt wurden die drei Männer hellhörig und waren plötzlich nicht mehr ganz so abweisend.

»Wir erwarten jeden Moment den König. Dies ist der falsche Zeitpunkt.« Die Drohung war unmissverständlich. Am liebsten wäre ich umgedreht und gegangen.

Doch der Linke schien neugieriger als dieser Schönling namens Merlin. »Hat jemand versucht die Anderwelt zu betreten?«, fragte er. Er hatte eine Glatze, dabei schien er nicht älter als der Merlin.

»Nein, nicht die Anderwelt«, sagte Finn.

»Weshalb ist dann dieses Mädchen in deinem Gewahrsam?«, fragte der Merlin.

»Ich glaube, sie ist nicht in seinem Gewahrsam«, meinte der Dritte und sah mit einem süffisanten Grinsen von mir zu Finn und wieder zurück.

Er war ebenfalls blond, hatte eine dichte Mähne und ein schelmisches Grinsen im Gesicht. Seine markanten blauen Augen leuchteten sogar in diesem trüben Licht bis hierher.

Finn räusperte sich. »Sie hat die magische Pforte geöffnet. Und sie hat die Angreifer gesehen, ehe sie ohnmächtig wurde. Sie kann sie beschreiben, sodass wir nun einen Anhaltspunkt haben. Sie ist der Schlüssel, hier ist der Beweis.

Es ist wirklich das Zeichen des Pan, das sie trägt.« Wieder hob Finn meine Hand.

Das schelmische Grinsen war von ihren Gesichtern wie weggewischt.

Ich kam mir nicht wenig blöd vor vorgezeigt zu werden wie ein Objekt. Ein Objekt, das es nicht mal wert war, angesprochen zu werden.

»Was ist sie?«, fragte der Merlin.

»Ein Reptil«, antwortete ich, ehe Finn es konnte. Waren eigentlich alle Elfen so unhöflich? »Ich kann eine giftige Natter sein, wenn es sein muss.«

Der Merlin verzog keine Miene. Finn neben mir versteinerte. Doch der Glatzköpfige neben dem Merlin grinste.

Er kam auf mich zu und lächelte.

»Herzlich willkommen auf Avalon«, sagte er und hielt mir eine Hand hin. »Da du weder Druidin noch Elfe bist, wird das hier alles sehr aufregend und befremdlich für dich sein. Ich bin Fynn, die rechte Hand des Merlin.«

Noch ein Finn, dachte ich und sein Lächeln wurde breiter. »Ja, noch ein Fynn, aber mit Ypsilon, und es ist keine Abkürzung. Wie du heißt, weiß mittlerweile jeder in der Anderwelt. Wurdest du über Avalon informiert?« Er hatte ein einnehmendes Lächeln und warme, blaue Augen.

»Nein, ich weiß nur, dass das hier eine Schule ist«, sagte ich. »Ich weiß auch nichts über die magische Pforte, außer dass ich sie zwei Stockwerke weiter oben geöffnet haben soll. Ich wusste bis letzte Woche nicht mal was von Elfen, Druiden und Einhörnern.«

»Einhörner? Welche Einhörner?«, mischte sich der Merlin ein.

Der Blonde neben ihm grinste. »Das war ein Scherz, Liam«, erklärte er. Na, wenigstens einer, der Humor verstand.

Fynn mit Ypsilon schmunzelte und sagte zu mir gewandt: »Avalon ist eine Schule, aber zugleich ist es auch der Ratssitz des Oberon, sofern Menschen und Druiden der Ratsversammlung beiwohnen sollen.«

»Fynn, das ist jetzt nicht von Belang«, unterbrach ihn der Merlin. Ich hörte den nachsichtigen Tonfall und wunderte mich.

»Liam, sie weiß doch überhaupt nicht, weshalb sie hier ist. Wenn sie wirklich der Schlüssel ist, können wir sie nicht einfach abfertigen. Sie hat das Recht, ein wenig mehr zu erfahren, und wir möchten ja auch noch ein paar Dinge von ihr wissen.«

Da er erneut mit seinem Namen angesprochen wurde, folgerte ich, dass Merlin genau wie Oberon ein Titel war und der rattenscharfe Typ ohne Humor Liam hieß.

»Wir werden den Oberon darüber in Kenntnis setzen«, sagte der Merlin zu Finn – Fionngall. Doch er sah den Elfen neben sich an, der daraufhin den goldenen Gegenstand in die Hand nahm und drehte. Die beiden hatten einen Blick getauscht, und ich war mir sicher, der Elf hatte dabei die Gedanken des Merlin gelesen.

Fynn mit Ypsilon nickte uns zu und gesellte sich wieder zum Merlin. Wir waren damit quasi entlassen. Ich bezweifelte, dass Finns Anliegen den beiden dringlich genug erschien.

»Das war nicht alles, Merlin«, sagte Finn, der meine Gedanken entweder gelesen hatte oder das Gleiche dachte.

»Allison behauptet, die Angreifer seien nicht aus der magischen Pforte gekommen, sondern durch sie hindurchgegangen. Allerdings hat bislang noch niemand überlebt, der vor oder auch nach ihnen in den Dunstkreis der magischen Pforte trat. Jeder zerfiel zu Asche.« Die Männer sahen unbeeindruckt aus. Finn merkte es ebenfalls, denn er fuhr etwas hektischer fort:

»Ich habe Allison mitgebracht, weil sie wohl drei der Angreifer gesehen hat. Sie bildet sich ein, es seien Zwerge gewesen«, sagte Finn. Mir war egal, ob er eingeschüchtert war oder in dieser Umgebung sein angeborenes Elfengehabe die Oberhand fand, ich wurde zunehmend saurer über seine herablassende Art.

»Deine spitzen Ohren hab ich mir auch nicht eingebildet«, sagte ich scharf. »Heb deine Mähne zum Beweis.«

»Jeder hier hat spitze Ohren«, sagte der Elf begütigend.

»Die beiden nicht«, konterte ich und deutete auf den Merlin und Fynn. Zumindest der Blonde neben dem Merlin grinste.

»Diese Unterhaltung führt zu nichts«, sagte der Merlin. »Was tun wir nun mit dir, Fionngall Loaghaire? Und dem Schlüssel? Und vor allem: Wie gehen wir mit der geöffneten Regenpforte um?«

»Die Angreifer müssen einen Spion oder einen Alarm

vor der Pforte platziert haben, sonst hätten sie nicht wissen können, dass die Pforte geöffnet ist«, überlegte Fynn.

»Merlin, wir müssen die Pforte so schnell wie möglich schließen. Die tödliche Atmosphäre, die sich dahinter befand, breitet sich aus. Seit heute Morgen können wir den Vorraum nicht mehr betreten.«

Ich sah, dass der Blonde aufhorchte, so als könne er etwas hören, was wir nicht wahrnahmen.

»Und was hatten sie hinter der Pforte zu suchen? Es schien etwas Wichtiges gewesen zu sein, immerhin mussten sich diese *Zwerge*«, er betonte das Wort sehr ironisch, »mit Elfen anlegen.«

»Das schien für die kein Problem zu sein«, sagte ich trocken und erntete von allen Seiten böse Blicke. Vielleicht sollte ich besser meinen Mund halten. Doch der glatzköpfige Fynn stand mir bei.

»Womit du leider recht hast. Der Oberon muss davon erfahren«, sagte Fynn zu dem Merlin gewandt. »Nur eins noch: Allison, konntest du sehen, ob etwas entwendet wurde?«

Ich wollte gerade etwas dazu sagen, doch ehe ich den Mund auch nur öffnen konnte, flog hinter uns die Tür auf. Beide Türflügel, um genau zu sein.

Der König der Elfen

Erschrocken wandten wir uns alle um.

»Der Oberon«, rief Dwyn durch die Halle hinweg.

Donnerwetter, das ging aber schnell.

»Entweder war das andere doch nicht so wichtig oder wir haben ein Fass aufgemacht«, zischte ich Finn zu. Doch meine Worte drangen gar nicht zu ihm durch. Er stand völlig steif, wie schockgefrostet, neben mir.

Durch die offenen Torflügel betrat ein junger Mann die Halle. Er ging mit sicheren und selbstbewussten Schritten auf den Merlin zu, und ich hatte keine Zweifel daran, dass es sich bei ihm um den Oberon handeln musste.

Mit etwas Abstand folgte ihm ein Pulk von Leuten, Männer und Frauen, die sich rechts und links in der Halle verteilten. Sie waren ähnlich gekleidet wie der Merlin und Fynn mit Ypsilon, in eleganten Anzügen und Kleidern, allerdings in bunten Farben. Der Elf vorhin hatte sogar Hemd und Jeans getragen. Er war in der Menge untergetaucht, und als ich ihn suchte, fiel mir eine kleine Gruppe auf, die graubraune Kutten trug, wie man es von Mönchen kannte. Drei von ihnen hatten auch ihren Kopf rasiert, ein Mädchen war darunter. Sie sah seltsam verträumt aus, als würde sie jeden Moment aufwachen und nicht wissen, wo sie war und was sie hier sollte. Ihr entrückter Blick hing am Oberon.

Alle Anwesenden verneigten sich. Ich wusste nicht genau, wie ich mich verhalten sollte. Es war nicht die Queen und folglich nicht mein Monarch. Bis vor ein paar Tagen hatte ich nicht einmal gewusst, dass es Elfen und Avalon gab, von einem Oberon ganz zu schweigen.

Obwohl die Halle sich mit mindestens zwanzig weiteren Menschen, Elfen oder was auch immer gefüllt hatte, sprach niemand. Kein Gemurmel war zu vernehmen, nur das Rascheln von Gewändern.

Den König der Elfen hatte ich mir irgendwie anders vorgestellt. So ein bisschen wie bei *Herr der Ringe*: mit langen, glatten Haaren in Weißblond und ätherischem Aussehen. Zwar ohne Krönchen, aber mit einem Goldreif auf dem Kopf.

Auf keinen Fall hatte ich einen heißen Typ aus der Aftershave-Werbung erwartet, der aussah, als wolle er gleich sein Shirt abstreifen und ins azurblaue Meer springen. Prinz William würde nie einen so attraktiven König abgeben. *Dieser* König trug keine Krone und wirkte dennoch majestätischer, als wenn er einen Hermelinmantel um die Schultern und die St.-Edwards-Crown auf dem Kopf gehabt hätte. Er unterschied sich von seinem Gefolge nur anhand der Kleidung. Im Gegensatz zu den anderen trug er eine hüftlange Tunika und eine Hose darunter. Die Tunika war außerdem aufwendig mit Gold- und Silberfäden bestickt.

Ich betrachtete neugierig alle Anwesenden. Das Gefolge, das mit dem König die Halle betreten hatte, war aufgetakelt wie bei einer Opernpremiere. Nur ohne Smokings und Ballkleider. Elfen hatten definitiv gute Gene, sogar der kahlköpfige Fynn mit Ypsilon war hübsch – nicht heiß oder superattraktiv, aber hübsch. Ich fühlte mich hier unter all diesen männlichen und weiblichen Supermodels noch unscheinbarer als sonst.

Der König ging zielstrebig auf das Podest und nahm auf dem mittleren Stuhl Platz. Der Merlin war augenblicklich zur Seite gewichen. Mir war klar, wieso. Dieser junge König hatte eine Ausstrahlung, die den ganzen Raum vereinnahmte. Er herrschte über die Halle allein durch seine Anwesenheit. Doch dann machte der Oberon den Mund auf und seine gesamte Anziehungskraft zunichte.

»Wir haben eine Krisensituation, Merlin. Schaff dieses Mädchen raus.« Schon packte einer der Elfen aus seinem Gefolge meinen Oberarm und zerrte mich in Richtung Tür. Sein Griff war fest und sehr schmerzhaft.

»Finger weg!«, rief ich empört und versuchte mich zu befreien. Finn trat wieder in die Mitte der Halle.

»Oberon, das ist Allison Murray«, wandte er ein. Sofort lenkte er damit die Aufmerksamkeit des Königs auf sich. Der Blick, mit dem er Finn durchbohrte, ließ mir einen Schauer über den Rücken laufen. Ich kam zu dem Schluss, dass der König zwar gut aussah, ich aber lieber nicht in seinem Fokus stehen wollte.

»Fionngall Laoghaire«, sagte der König leise. Er sprach

den Nachnamen noch etwas melodischer aus als Finn selbst. »Du wagst es, deinen Posten zu verlassen? Genügt dir die Schande nicht, die du schon einmal verursacht hast?«

Welche Schande? Was meinte er damit?

»Ich musste es tun, Oberon.« Finn sah ihm fest in die Augen. Doch ich sah, dass er seine Hände zu Fäusten ballte. »Die tödliche Atmosphäre, die von der Pforte ausgeht, hat sich ausgebreitet. Eonie ist gestorben.«

Die Männer vor uns tauschten Blicke. Ihre Mienen blieben gleichbleibend versteinert. Hatten sie kapiert, was Finn gerade erklärt hatte?

»Wir alle wissen bereits von dem Verlust Eonies«, sagte ein Mann aus der Menge uns gegenüber. Er schien der Älteste hier zu sein, denn im Gegensatz zu all den jungen Gesichtern hatte er ein paar Falten. Vor allem die Kerbe zwischen seinen Augenbrauen war sehr ausgeprägt. Offensichtlich ein Grübler. »Wir wissen nicht, wieso die Lebewesen sterben müssen, sobald sie diese Pforte durchschreiten«, fügte er hinzu.

Ich dachte unwillkürlich an die schreiende Ratte und mich schauderte. Der Griff an meinem Oberarm wurde noch fester, und dann ging mir auf, dass der Oberon mich ansah.

Er kniff ein wenig die Augen zusammen, wandte sich dann aber wieder an Finn.

Er winkte ab. »Eine tote Ratte ist momentan nebensächlich. Und mit der Regenpforte müssen wir uns ein anderes Mal beschäftigen. Wir haben ein sehr viel ernsteres

Problem. Wesentlich besorgniserregender als der Tod des Andawar. Schafft das Mädchen raus. Das hier ist eine Versammlung des Kronrats. Auch die Schüler müssen die Halle verlassen.«

Die Jungen und das Mädchen in den graubraunen Kutten ließen sich das nicht zweimal sagen und huschten lautlos aus dem Raum.

Finn bewegte sich ebenfalls. Doch er machte keine Anstalten, zu gehen. Stattdessen trat er neben mich und brachte den Elfen, der mich festhielt, dazu, loszulassen.

»Oberon, Allison Murray hat das Zeichen des Pan. Sie hat die Angreifer gesehen. Sie kann uns womöglich Hinweise liefern, wenn ein Druide …«

»Fionngall Laoghaire, widersetzt du dich dem Befehl deines Königs?« Der blonde Ältere funkelte Finn zornig an. »Schon wieder? Du weißt, welche Konsequenzen das nach sich zieht. Und beim nächsten Mal wird es nicht nur eine Degradierung zum Wächter sein.«

»Ich würde es nicht tun, wenn es nicht wichtig wäre«, sagte Finn leise und ich bewunderte ihn für seinen Mut. Ich wollte nämlich freiwillig aus dieser Halle hinaus, die voller feindlich gesinnter Gestalten war.

»Wenn du von Angreifern sprichst«, mischte sich der Ältere wieder ein, »waren es etwa …«

»Nein!«, fiel Finn dem Älteren ins Wort. »Nein, sie waren klein und dunkel und … Allison kann bestimmt mehr über sie erzählen oder sie sogar zeichnen, wenn ein Druide …«

»Es reicht!«, donnerte der junge König. Er hatte alle Geduld endgültig verloren. »Geh zurück auf deinen Posten, Fionngall Laoghaire, und wage es nicht, mir noch einmal unangemeldet unter die Augen zu treten. Dein Platz ist in Edinburgh, am Zugang der magischen Pforte. Die Kinder des Fafnir sind seit jeher darauf aus, die Anderwelt für sich zu erobern, und jetzt, wo ihr Anführer tot ist, haben sie sich gesammelt und uns entgegengestellt. Sie stellen Forderungen, die wir so keinesfalls akzeptieren können. Der Kronrat kommt heute hier zusammen, um über ein paar dieser Forderungen zu beraten. Und dann ist das Unmögliche eingetreten.«

Der König wandte sich an den Merlin.

»In der Anderwelt welken die Bäume.«

Scharfes Luftholen war zu vernehmen und dann schien jeder den Atem anzuhalten. Ich konnte sogar von draußen die Wellen brechen hören. Auch die Fliege, die immer wieder gegen die Fensterscheiben prallte, war überdeutlich laut.

»Es ist Herbst. Ist das nicht normal?«, fragte ich in die Stille hinein.

Sämtliche Augenpaare schienen mich zu erdolchen.

Schließlich sprach der Oberon. Er betonte jedes Wort. »Nein. Das ist nicht normal.« Er funkelte Finn an. »Raus mit ihr. Und dir, ehe ich es mir anders überlege.«

Finn zögerte keine weitere Sekunde. Er verneigte sich und ging – mit mir im Klammergriff.

Guter Rat ist gefragt

Sobald die Tür zur Halle hinter uns ins Schloss fiel, blieb Finn stehen. Er sah mich an und in diesem Moment konnte ich seine Gedanken lesen.

Die Anderwelt welkt, dachte er und es klang nicht wenig panisch.

Seine Augen weiteten sich. »Du kannst meine Gedanken lesen?«

»Äh … hat dir das Chloe nicht gesagt?«

»Das hat sie wohl vergessen zu erwähnen«, knirschte er mit den Zähnen.

»Ich kann es auch nicht immer. Nur manchmal, aber ich habe so eine Vermutung, dass es funktioniert, wenn derjenige …«

»Allison«, unterbrach er mich. »Das spielt jetzt keine Rolle. Es gibt dringlichere Probleme als das.«

Gedanken lesen war also, wenn ich es konnte, ein Problem?

»Ja. Nein!«, stöhnte er und schloss für einen Moment die Augen. »Wir befassen uns später damit, in Ordnung?«

Er ging einfach los, ohne mir weiter Beachtung zu schenken. Da ich keinesfalls noch einmal dem Elfenkönig gegenübertreten wollte, eilte ich ihm hinterher.

»Wieso ist es besonders, dass in der Anderwelt die Blätter fallen?«

»In der Anderwelt gibt es keine Jahreszeiten«, antwortete er. »Das bedeutet, die Anderwelt ist krank. Die Elfen dort sind nur Sommer gewohnt, nichts anderes.«

»Lauft ihr dort nackt herum oder was ist das Problem?«, fragte ich. »Wenn die alle so aussehen wie du, würde ich mir das gerne anschauen …«

Huch! Was redete ich denn da! *Allison, halt deinen Mund!*, wies ich mich zurecht.

Finn konnte darüber auch nicht lachen. Nicht mal ein angedeutetes Schmunzeln war zu erkennen. Die Sache schien durchaus ernst zu sein.

»Nun ja«, räusperte ich mich, »fassen wir mal zusammen. Die Elfenwelt kennt keine Jahreszeiten, ähnlich wie die Tropenregionen am Äquator. Wenn es auf einmal kühler wird und die Blätter fallen und es Winter wird …«

»… heißt das, dass die Elfenwelt stirbt. Unser Schutz, unser Rückzugsort, unsere Magie gehen verloren.«

»Wer sagt denn so was?«

»Ich glaube mich zu erinnern, darüber in den Annalen des Pan gelesen zu haben.«

Mir kam ein Gedanke.

»Finn, liegt es am Öffnen der Pforte, dass sich in der Anderwelt plötzlich die Jahreszeiten ändern?«

Er warf mir einen warnenden Blick zu. »Genau das möchte ich versuchen herauszufinden. Wenn ja …«

Er beendete den Satz nicht.

»Ich muss etwas nachforschen. Die Frage ist nur, bringe ich dich besser zuerst nach Hause?«

»Warum darf ich dir nicht bei deinen Nachforschungen helfen?«, wollte ich wissen.

»Weil du in Gefahr sein könntest, wenn man dich noch länger hier auf Avalon sieht. Ich hatte dir versprochen, dass dir nichts geschieht. Aber ich weiß nicht, ob ich das einhalten kann, sollten der Oberon oder der Merlin dich hier später noch vorfinden.«

Reizende Aussichten. Der König wurde mir immer unsympathischer. Doch ich wollte noch nicht zurück. Ich wollte ein wenig länger auf Avalon bleiben.

»Wenn du mich nicht mitnimmst, erkläre ich Mrs Bell bei meiner Rückkehr, dass du dich mir gegenüber ungehörig verhalten hast. Dann kannst du nicht mehr so einfach in meinen Unterricht spazieren.«

Finn war stehen geblieben während meiner Ansprache und funkelte mich wütend an.

»Ich lasse mich nicht erpressen«, zischte er.

»Ich nenne das nicht Erpressung. Ich nenne das einen Kompromiss. Du brauchst mich, ich helfe dir. Ansonsten gehen wir getrennte Wege. Du kannst es dir aussuchen.«

Er starrte mich noch ein paar Sekunden lang an und ich sah seine hübschen grünen Augen, die mich fixierten, als überlege er mir den Hals umzudrehen. Unter seinem intensiven Blick wurde mir ganz warm. Ich räusperte mich.

»Was wirst du jetzt als Nächstes tun? Der Oberon scheint

ja nicht sonderlich gut auf … äh, ich meine, an der Pforte oder einer Schließung derselben interessiert zu sein.« Ich hatte beinahe gesagt *nicht sonderlich gut auf dich zu sprechen zu sein*. Das verkniff ich mir im letzten Moment. Dabei wüsste ich zu gern, welche Schande er bereitet hatte. Er war zum Wächter degradiert worden?

»Wir müssen ein paar Informationen einholen«, sagte er nur. Wir! Er hatte *wir* gesagt. Ich durfte also mit!

»Okay. Wohin gehen wir? Gibt es hier so was wie eine alte, weise Frau, die in eine Kristallkugel blickt?«

»Nein, es gibt eine Bibliothek – und das Internet.«

»Das Internet? Ist nicht dein Ernst.« Wie langweilig. Ich war ehrlich enttäuscht. Wenn Emma das Internet vorgeschlagen hätte oder George die Bibliothek, ja, das wäre verständlich. Aber an einem Ort wie diesem erwartete ich etwas mehr … mehr …

»Mystischeres?« Finns Stimme klang höhnisch. »Einen sprechenden Spiegel oder Ähnliches?«

»Gibt es so was?«, fragte ich verblüfft.

»Nein. Komm jetzt.«

In diesem Moment trat der ältere Blonde aus einer Tür. Anscheinend gab es mehrere Zugänge zur Halle.

»Fionngall. Hast du zufällig meinen Sohn gesehen? Er sollte bei der Besprechung des Kronrats anwesend sein. Ich habe das Gefühl, er geht den unangenehmen Dingen aus dem Weg.« Seine Augen fielen auf mich. »Noch immer hier? Eamon hat doch ausdrücklich gesagt, sie soll von Avalon fortgebracht werden.«

»Sie ist ein Mensch, Kanzler. Sie braucht etwas länger dafür«, antwortete Finn.

»Sie kann euch beide hören«, murrte ich empört.

Der Kanzler sah mich an wie ein ekliges Insekt. »Schaff sie hier fort. Sie hat hier nichts zu suchen.«

Ich mochte ihn noch weniger als den König.

Der Kanzler warf mir einen letzten überheblichen Blick zu und ging zurück in Richtung Refektorium – oder Thronsaal.

»Ich würde sagen, wir beeilen uns besser. Wenn Meilyr dem Oberon mitteilt, dass du noch hier bist, sind wir beide geliefert.« Finn nahm meine Hand und zog mich mit sich. Wir durchschritten einen Kaskadengang. Es gab keine Fenster und die Zugluft zerrte an meinen Locken. Ich konnte mir gut vorstellen, dass es im Winter hier bitterkalt war, womöglich fror. Wurde es hier überhaupt Winter?

»Wer ist Eamon?«, fragte ich.

»Das ist der richtige Namen des Oberon. Oberon ist nur ein Titel.«

Aha. Andere Worte des Oberon kamen mir in den Sinn. »Wer sind Fafnirs Kinder?«

»Das gehört definitiv zu den Dingen, die du nicht wirklich wissen willst«, wich Finn aus.

»Darf ich denn erfahren, ob es zumindest auf Avalon Jahreszeiten gibt?«, fragte ich Finn.

»Draußen hast du doch die Apfelbäume blühen sehen«, gab er zurück.

Die Demütigungen des Oberon und des unsympathischen Kanzlers schienen ihn noch immer zu wurmen, denn er klang abweisend und nachdenklich. Ihm war gewiss nicht mehr bewusst, dass er meine Hand hielt.

Abrupt hielt er an der nächsten Ecke inne. Mit einem Finger an seinen Lippen signalisierte er mir, dass ich keinen Mucks von mir geben sollte. Ich nickte und lugte, ohne auch nur das geringste Geräusch zu machen, um die Ecke.

Da stand ein Pärchen und unterhielt sich. Ich korrigierte mich: Nein, das da war keine Unterhaltung. Ich erkannte den jungen Mann. Es war der Elf, der vorhin noch mit dem Merlin und dem anderen Fynn im Refektorium gestanden hatte.

Wann hatte der sich davongeschlichen?

Das Warum war zumindest eindeutig. Er flirtete mit dem Mädchen in ebenjener graubraunen Kutte, wie die Schüler sie trugen. Das war deutlich an der Pose zu erkennen, die er eingenommen hatte. Eine Hand an der Mauer neben dem Kopf des Mädchens abgestützt, vornübergebeugt, sah er ihr tief in die Augen. Entweder war er kein Mitglied des Kronrates oder er war der Sohn des Kanzlers, der sich gerne drückte.

Das Mädchen war wunderschön und garantiert eine Elfe. Sie hatte langes, blondes Haar und eine sehr zarte Figur, egal wie sackartig die Kutte war, die sie trug. Ich konnte wieder das verschmitzte Lächeln des Elfs erkennen. Das war wirklich anziehend und mir schoss durch den Kopf, dass ich mit diesem Typen auch gern flirten würde. Es juckte geradezu, die Finger in seinem dunkelblonden, verwuschelten Haar zu versenken. Ob er wirklich ein Elf war?

Er war zu groß, hatte eine durchtrainierte Figur und zu viel Spaß am Flirten, um ein Elf zu sein. Finn sah zwar besser aus, allerdings war Finn ein Miesepeter. Ich konnte mir nicht vorstellen, dass er einmal so gelacht hatte, wie dieser heiße Typ da hinten es gerade tat. Vermutlich hatte noch kein Elf je so gelacht.

Wer ist das? Ich stellte die Frage in Gedanken und sah Finn dabei in die Augen.

Er kam nicht zum Antworten, denn hinter uns erschien eine junge Frau.

»Hey Finn! Sag bloß, sie haben dich endlich aus den Katakomben von Edinburgh rausgelassen. Ein Wunder muss geschehen sein, dass Eamon mal Einsicht zeigt.«

Eamon? Sie sprach vom König der Elfen, als würde sie ihn so gut kennen, wie ich George kannte. Dabei sah sie nicht aus, als wäre sie seine Schwester.

»Hey, Felicity.«

Erstaunt wandte ich mich um. Die Stimme war so ungewohnt freundlich und fröhlich, dass ich sie beinahe nicht erkannte, und tatsächlich: Finn hatte mit einem Mal ein genauso bezauberndes Lächeln aufgelegt wie der Typ da hinter uns. Ich starrte ihn verblüfft an. Er ignorierte mich und veränderte seine Position. Stellte er sich ihr in den Weg?

»Tja, es ist wohl kein Wunder, sondern tatsächlich so was wie eine Krise eingetreten. Deshalb bin ich hier. Darf ich dir Allison Murray vorstellen?«

Er packte mich an den Schultern und schob mich direkt vor sich, zwischen ihn und die junge Frau. Sie war definitiv keine Elfe. Ihre Haare hatten einen sehr mausfarbenen Blondton, sie wirkte ebenfalls durchtrainiert, doch das Fragile, Zarte, das alle Elfen an sich hatten, fehlte ihr komplett. Dafür hatten ihre Augen einen wachen Blick.

»Äh, nein«, sagte sie, genauso überrumpelt wie ich. »Ist sie eine neue Schülerin?«

»Nein. Zumindest noch nicht. Ich weiß nicht, ob sie irgendwann mal nach Avalon zugelassen wird, wir sind uns noch nicht sicher, was sie ist …«

WAS SIE IST?

Anstatt empört den Kopf umzuwenden, trat ich ihm voller Kraft auf den Fuß.

Seine Hände krallten sich schmerzhaft in meine Schultern. Felicity grinste.

»Fein! Ich sehe, ihr versteht euch.« Sie streckte mir eine Hand hin. »Felicity Morgan. Nett dich kennenzulernen. Und mach dir keine Gedanken über das, *was* du bist. Ich bin denen seit fünf Jahren ein Rätsel.«

Sie war mir sofort sympathisch und ich schüttelte ihre Hand.

»Da ich sämtliche Elfen mittlerweile kenne, gehe ich davon aus, dass du genauso unwissend bist, wie ich es war. Wir sollten mal einen Kaffee trinken gehen.«

»Ich wohne in einem Internat in Edinburgh. Kommst du auch aus Schottland?«

»Nein, aus London. Aber dank der Elfenmagie ist das

ja keine Entfernung.« Sie lächelte Finn verschmitzt an. »Glaubst du, Lee ist fertig mit der Flirterei? Ich würde ihn gerne mitnehmen. Wir müssen nämlich weiter.«

Finns Hände gruben sich noch tiefer in meine Schultern.

»Finn, du tust mir weh«, sagte ich jetzt laut. Sofort ließ er mich los.

»Das bedeutet wohl, dass ich mit Lee wieder richtigliege«, sagte Felicity fröhlich und drängte sich an uns vorbei.

Ich linste um die Ecke und konnte sehen, wie der junge Mann bei ihrem Anblick sofort Abstand zwischen sich und die Elfe brachte und Felicity ein strahlendes Lächeln schenkte. Noch strahlender, als Finn sie angelächelt hatte.

»Ich sehe, dass du es nicht in die Bibliothek geschafft hast. Lässt deine Anziehungskraft nach, FitzMor?«

»Hoffentlich nicht auf dich«, entgegnete er, und die Elfe neben ihm sah aus, als hätte er ihr eine Ohrfeige verpasst. Felicity nickte dem Elfenmädchen freundlich zu. »Hast du in Erfahrung gebracht, was du wissen wolltest? Ich hab rausgefunden, weshalb Eamon den Kronrat einberufen hat. Ich erzähle es dir unterwegs. Mildred wartet bestimmt schon. Machs gut, Fiannon, grüß Ruby, ja? Ich vermisse sie. Können wir, Lee?«

Lee ließ seine Hand in ihre gleiten, als gehöre sie dorthin – und nur dorthin. Die bildhübsche Elfe neben ihm war vergessen.

»Immer!«, sagte er und folgte ihr, ohne sich noch einmal umzuwenden.

Wie beneidenswert! Hatte sie irgendeinen Zauber an sich? Sogar Finn hatte bei ihrem Anblick gestrahlt.

Wieso lächelte er sie dermaßen an und ich bekam nicht mal ein müdes Lippenzucken?

Ablenkungsmanöver

Finn hatte mich hinter Felicity und ihrem Freund hinaus in den vorigen Gang gezogen.

Was ist? Warum folgen wir ihnen?, dachte ich und sah ihm in die Augen.

Er bedeutete mir, mich zu gedulden, bis die beiden außer Hörweite waren. Elfenhörweite.

»Die blonde Schülerin, mit der Lee flirtete, ist garantiert noch in der Bibliothek. Die Schüler müssen dort abwechselnd für Ordnung sorgen. Solange sie da ist, können wir nicht hinein. Mich würde interessieren, weshalb der Cousin des Königs ohne sie in die Bibliothek wollte. Nur deshalb wollte er sie um den Finger wickeln. Er würde Felicity Morgan nie betrügen. Niemand würde Felicity betrügen.«

Das klang, als sei Finn eifersüchtig auf diesen Lee. Schon wieder machte sich das unbehagliche Gefühl in mir breit, das ich schon vorhin bei seinem strahlenden Lächeln gehabt hatte.

Wenn Lee der Cousin des Oberon war, war mir klar, weshalb Felicity so familiär vom König sprach.

»Wie kommen wir an der Schülerin vorbei, ohne dass sie uns sieht?«, überlegte Finn leise.

»Versuch doch das Gleiche, was Lee vorhin gemacht hat. Flirte mit ihr.«

»Das wäre wohl zu auffällig, meinst du nicht?«

»Nein. Was der kann, kannst du auch«, sagte ich und meinte es auch so. Immerhin war Finn hübscher.

Doch der schnaubte skeptisch. »Was das angeht, kann niemand Lee FitzMor das Wasser reichen. Außer seiner zukünftigen Frau vielleicht.«

»Felicity und er sind verlobt?«

»Sie werden in acht Wochen heiraten. Lass mich kurz überlegen.«

»Wozu? Du lenkst die hübsche kleine Elfe ab und ich husche schon mal an euch vorbei in die Bibliothek.«

»Sie ist keine Elfe. Sie ist ein Mensch.«

Ein Mensch? Mit dem Aussehen? War sie eine Tochter von Angelina Jolie und Brad Pitt?

»Wo ist der Unterschied? Oh, wenn du Angst hast, ich könnte eifersüchtig sein, keine Sorge. Ich heiße nicht Valérie.« Ich stutzte in Erinnerung an die soeben erlebte Szene. »Felicity anscheinend auch nicht, wenn ihr Verlobter fremdflirtet.«

»Fiannon hat ihm verraten, wann das Buch der Prophezeiung sich zum letzten Mal korrigiert hat. Darauf war Lee aus.«

»Na siehst du. Sie ist beeinflussbar. Genau das, was wir brauchen. Stell dich nicht so an und bezirze sie ein wenig.«

»Das geht nicht«, sagte er und hatte dabei wieder diesen

Gesichtsausdruck, als wenn er in eine saure Zitrone gebissen hätte.

»Meine Güte, ich verlange ja nicht, dass du ihr einen Antrag machst. Du sollst nur schöne Augen machen. Für einen Typ wie dich ist das doch ein Kinderspiel.«

Zumindest bei Lee sah es danach aus.

»Nein.«

Herrgott, war er stur!

»Ich flirte nicht, und Lee lässt es auch bleiben, seit er Felicity hat.«

Jetzt verschränkte er auch noch die Arme vor der Brust, so als hätte er Angst, ich wolle ihm gleich einen Dolch in sein Herz rammen. Als ob ich durch diese gestählten Muskeln durchkäme.

»Das war ein Scherz, ja?«

»Nein. Was das Thema anbelangt, scherze ich nie.«

Das glaubte ich ihm aufs Wort. »Ich dachte eher an deine Aussage mit Lee. Der hat auf Teufel komm raus mit dem Mädchen geflirtet.«

»Das war Mittel zum Zweck«, entgegnete Finn verschlossen.

»Aber darum geht es doch!«, rief ich leicht genervt über so viel Unverstand. »Wenn du sie ein wenig verführst, würde sie dir garantiert auch noch verraten, wo diese Annalen liegen, und wir müssen nicht lange suchen«, erklärte ich. »Du musst ja nicht gleich mit ihr ins Bett steigen, aber ein Kuss wäre bestimmt drin, und vielleicht darf sie mal unter dein T-Shirt fassen …«

»Ich sagte NEIN!«, blaffte er.

»Ich würde nicht zögern dich zu küssen, um in die Bibliothek zu kommen«, erklärte ich ein wenig eingeschnappt.

Finn sah mich an. Seine Augen verengten sich ein wenig und seine Haltung lockerte sich. Oh. Moment mal!

»Ich … ich meine … ich wäre nicht so stur. Ich würde küssen, um … also, jeden x-Beliebigen. Obwohl, vielleicht nicht gerade unseren Sportlehrer oder Lucy Grumper … Vergiss es.«

Und dann verstand ich. »Ach, das ist es!«

»Was ist was?«, fragte Finn.

»Du kannst sie nicht ausstehen. Habt ihr Elfen irgendeinen besonderen Geruchssinn? Müffelt sie? Kannst du so was auf eine große Entfernung hin riechen? Ich meine, immerhin kann ich dich aus einer Menge Menschen herausriechen.«

»Das kannst du?«

»Ja klar«, antwortete ich prompt. »Du riechst nach einer Frühlingsblume. Flieder! Und Leder.«

»Leder? Das ist nicht sehr schmeichelhaft.« Er nahm wieder seine reservierte Haltung ein.

»Ich mag den Geruch von Leder«, sagte ich. »Das erinnert mich an meine Reitstunden vor ein paar Jahren. Was hatten wir einen Spaß in der Sattelkammer beim Einfetten der Geschirre.« Ehrlich gesagt hatten wir vermutlich das nervtötende Mädchengekicher von uns gegeben, aus dem niemand schlau wurde, der nicht Mädchen und in diesem bestimmten Augenblick daran beteiligt war. Emma, Camilla und ich hatten diese Phasen auch jetzt noch. Zeitweise!

Finger schnipsten vor meinen Augen.

»Kommst du endlich wieder zu dir? Wir müssen uns überlegen, wie wir an die Annalen kommen.« Finn war wieder der alte Griesgram.

»*Ich* hab mir was überlegt«, entgegnete ich. »Du bist gegen meinen Vorschlag. Also bist du jetzt dran mit Ideen.«

Dieses Mal verschränkte ich meine Arme vor der Brust.

Er rollte die Augen.

»Komm mit.« Ohne mich zu fragen, ergriff er meine Hand und zog mich hinter sich her. Schon wieder.

Als wir uns dem Gang näherten, hörte ich erneut seine Gedanken.

Sie ist weg. Pan sei Dank.

»Das war viel zu einfach«, maulte ich.

Finn warf mir einen rätselhaften Blick zu. »Wolltest du wirklich sehen, wie ich mit ihr knutsche?«

»Ich glaube, in erster Linie wollte ich noch mal das Lächeln an dir sehen, das du Felicity geschenkt hast«, gestand ich.

Finn blieb stehen und sah mich nachdenklich an. Ich versuchte angestrengt zu hören, was er dachte, aber es waren nur Bruchstücke: *unmöglich, anders, nicht erwartet.*

Bezog sich das auf mich?

»Hoffen wir, dass die Annalen nicht ausgeliehen sind«, murmelte Finn und ging weiter. Meine Hand hielt er noch immer fest.

Die Bibliothek von Avalon

Sobald wir die Bibliothek betraten, waren Elfen, Könige, Pforten, tödliche Innenhöfe, Kamikazeratten, ja sogar Emma, Camilla und George vergessen. Ich kam aus dem Staunen nicht mehr raus, denn so etwas wie diese Bibliothek hatte ich noch nie gesehen. Warum wunderte ich mich? Ich war auf Avalon, in einer Burganlage, die Camelot zum Vorbild gedient hatte, und sah die erstaunlichste Buchsammlung, die sich ein Mensch so nie hätte vorstellen können.

Der massive Arbeitstisch in der Mitte des Raumes stach nur kurz ins Auge, denn dahinter befanden sich unzählige Regale an den Wänden. Der Raum war auch nicht eckig, sondern hatte viele Nischen, Durchgänge und Rundungen. Und alles war voll mit Büchern. Jedes Regal war gefüllt, es gab keine freie Lücke. Überall reihten sich sämtliche Ausgaben, bunter und unterschiedlicher als in jeder Buchhandlung oder einem Antiquariat.

In diesem Gemäuer hätte ich Lederrücken und Pergamentrollen erwartet. Die gab es auch, doch sie teilten sich die Regalbretter mit modernen Taschenbüchern und glänzenden Ausgaben von Hardcovern.

In den Durchgängen waren ebenfalls Nischen eingelassen, in denen sich weitere Bücher und Pergamente befanden. Mir schwante, dass diese Bibliothek ein regelrechtes Labyrinth darstellte.

»Wie willst du hier finden, wonach du suchst, wenn du nicht mal genau weißt, wonach du suchen musst?«, fragte ich.

»Ich suche die Annalen, ist doch logisch«, lautete die Antwort.

Er verschwand in einem Durchgang und ich ging – völlig fasziniert von einer mittelalterlichen Bibel – in die entgegengesetzte Richtung.

Die Bücher waren nach Themen sortiert. Es gab eine Rubrik mit Elfen, eine für Kochbücher, Abteilungen für Architektur, Religion, Atlanten, Comics. Daneben gab es weitere Regale über Schlachten. Fünf davon allein über den Zweiten Weltkrieg. Und es handelte sich nicht um die kleinen Regale, wie man sie aus dem schwedischen Möbelhaus kannte. Die hier waren so hoch, die hätten gerade so ins Refektorium gepasst.

»Was hat das hier denn mit Elfen zu tun?«, flüsterte ich und nahm ein Buch mit dem Titel *Lady Di, die Königin der Herzen* in die Hand.

Ich bekam keine Antwort. »Finn?«, fragte ich etwas lauter, und als immer noch keine Antwort kam: »Finn!«

»Ich bin hier!«, tönte es aus einer Nische.

Eine verschnörkelte Holztreppe führte von der Nische zu einem Absatz. Von dort gab es eine weitere freitragende Treppe und überall waren Bücher oder Schriftrollen an den Wänden. In Regalen, in Aussparungen der Wände und ab und an gab es auch Schranktüren.

Neugierig öffnete ich eine und fand dahinter nur noch mehr ledergebundene Bücher und Pergamentrollen. Ich nahm eines heraus und schlug es auf. Augenscheinlich handelte es sich um ein Lexikon von Piktogrammen. Ich erkannte den Drachen wieder, den wir im Tunnel vom schottischen Museum gesehen hatten.

Die Schlangenzeichnung und das Doppelrad hatten wir einmal im Unterricht behandelt. Doch was mich tatsächlich stutzig machte, war das Symbol, das aussah wie ein asymmetrisches W, dem man die unteren Verbindungen abgehackt hatte.

Ich kannte dieses Symbol. Ich wusste genau, dass ich es schon einmal gesehen hatte. Ebenfalls im Tunnel hierher? Nein, nein, das war woanders gewesen. Irgendwie brachte ich meine Eltern damit in Verbindung. Als Kind war ich mit ihnen in vielen Höhlen gewesen. Dort vielleicht? Immerhin hatte ich unzählige steinzeitliche Malereien gesehen, Handabdrücke, Jäger, Tiere, und das nur auf der Suche nach einem Grottenolm oder einer besonderen Spinnenart. Aber dieses Symbol war untypisch für Höhlenmalereien, das wusste ich auf Anhieb, denn es war … Ich fühlte mich wie jemand, dem ein Wort auf der Zunge lag, es aber nicht aussprechen konnte. Ein kleines Detail fehlte, ein winziges. Es war zum Greifen nah.

»Allison? Bist du noch da?«

Finns Stimme unterbrach meine Überlegungen. Wenn ich kurz davor gewesen war, auf die Bedeutung des Symbols zu kommen, so war ich jetzt wieder meilenweit davon entfernt.

»Ja«, rief ich leicht genervt, legte das Buch zurück an seinen Platz und machte mich auf die Suche nach Finn.

Ich fand ihn über ein dunkles, von vielen Händen schon speckig poliertes Lesepult gebeugt.

Wie viele Schüler mochten dort schon gesessen haben? Alles hier wirkte, als sei es älter als Eton und Oxford zusammen.

»Konntest du schon etwas über die Zwerge rausfinden?«

»Die *Herr der Ringe*-Trilogie steht in der Abteilung Fantasy«, lautete die trockene Antwort.

»Haha«, machte ich und ging trotzdem zu den Regalen, auf die er wies. Er hatte nicht gelogen. *Herr der Ringe*, Terry Pratchetts *Scheibenwelt*-Romane, *Die Nebel von Avalon* und sämtliche Bände der *Gilde der Schwarzen Magier* waren nur ein paar, die ich auf Anhieb erkannte. Ich griff nach einem Band mit dem Titel: *Sagen und Legenden in Britannien.*

»Wie wird man eigentlich Schüler auf Avalon?«, fragte ich. Ich würde hier gerne studieren. Lesen, spazieren, Kräuter sammeln, die Insel erforschen …

»Man wird berufen«, erklärte Finn. »Die Seher auf Avalon wissen, welche Kinder Elfenblut in sich tragen. Je nachdem, wie groß der Anteil ist, erhältst du mit siebzehn oder achtzehn – meistens nach der Secondary School – einen Brief.«

Mein Herz begann ein wenig schneller zu schlagen. Erst mit dem Abschluss einer englischen Schule? Dann könnte es ja sein, dass ich …

»Du wirst keinen Brief bekommen«, sagte Finn. Puff. Das saß.

»Woher … Ich meine, wieso nicht?«, fragte ich enttäuscht. Da ich immer noch nicht wusste, was ich nach der Schule studieren sollte, wäre das eine wunderbare Lösung gewesen.

»Dieses Zeichen reicht nicht dafür?«, hakte ich noch einmal nach und hielt ihm meinen Finger mit dem Punkte-Muttermal unter die Nase.

Finn lächelte flüchtig und griff nach einer Pergamentrolle neben sich.

»Da, siehst du?« Er entrollte sie und deutete auf ein Zeichen, genau genommen mein Zeichen, das dort abgebildet war. Auf diesem Leder waren die Punkte des umgedrehten Dreiecks wie eintätowiert. Es gab noch zwei weitere Zeichen. Eines sah beinahe so aus wie ein dreieckiger Pfeil mit Widerhaken. Die rote Farbe, mit der es ins Leder gestanzt war, war zwar blass, aber noch zu erkennen.

Das andere Symbol war eine Triskele, drei Spiralen, die sich in der Mitte trafen.

»Das sind die Zeichen des Pan, deines siehst du ja. Sie stehen für ein paar Eigenschaften, die nur ihm vorbehalten waren. Du hast eine Quelle zum Versiegen gebracht. Pan konnte Quellen entstehen lassen. Es ist also genau umgekehrt und wird keinesfalls ausreichen, um auf die Schule gehen zu können. Du hast, wenn überhaupt, zu wenig Elfenblut. Der Merlin hat es gesagt. In den nächsten zwei Jahren sind keine neuen Schüler vorgesehen.«

»Aber ich habe die regnerische Pforte geöffnet!«, widersprach ich.

»Regenpforte«, verbesserte er mich. »Selbst wenn du einen Tropfen Elfenblut in dir hast, hat das sicher nicht die magische Pforte beeinflusst. Sonst hätten wir sie vor Jahren bereits geöffnet. Ich bin seit ...« Er stockte kurz und sagte dann: »Ewigkeiten Wächter der Pforte und meine Eltern sind Elfen. Und trotzdem habe ich nie etwas bewirkt. Du musst etwas anderes an oder in dir tragen, das die Pforte geöffnet hat.«

Etwas anderes ... War das jetzt gut oder nicht? Auf alle Fälle war es enttäuschend. Ich hätte wirklich gern auf Avalon studiert.

Die Annalen des Pan

Finn hatte sich wieder über seine ursprüngliche Lektüre gebeugt.

»Welche Abteilung ist das hier? Avalonische Tischler und ihre Kunstwerke?«, lenkte ich ab.

Finn sah nicht mal auf. »Trias.«

»Was meinst du mit Trias?«

»Ein Buch von den Anfängen. Ich hatte gehofft hier die Annalen zu finden.«

Ich trat näher und betrachtete mir die aufgeschlagene Seite genauer.

Sie sah aus wie ein Stück Holz, ich konnte darauf keine Schrift erkennen, nur eine Maserung.

Doch Finn hing darüber, als wäre es ein Dan-Brown-Thriller. Mit dem Finger fuhr er an der Maserung entlang, wie George es auch beim Lesen tat. Ich für meinen Teil konnte jedoch rein gar nichts erkennen. »Steht da, wie der Baum getötet wurde?«

»Wieso sollte so was da stehen?«

»Steht denn da überhaupt was?«

»Würde ich es sonst lesen?«

Ich erwiderte nichts. Im Moment war es unmöglich, mit ihm eine normale Unterhaltung zu führen.

»Was steht denn nun da?«, fragte ich, nachdem ich ein paar Minuten danebengestanden hatte.

Finn seufzte und lehnte sich zurück. Er sah mich an.

»Nichts, das uns weiterhelfen könnte. Es ist die Rede von einem Herz der Anderwelt, aber ehrlich gesagt habe ich davon noch nie zuvor gehört. Diese Trias-Folianten sind nicht immer klar zu deuten.«

Ich beugte mich über ihn und betrachtete erneut das Holz auf dem Tisch.

»Siehst du das hier?« Finn deutete auf eine kleine Schleife in der Maserung. »Das steht für Herz. Es könnte allerdings auch für Beginn stehen und für Erhalt. Diese Bibliothek beinhaltet zwar sämtliche Schriften aus allen erdenklichen Epochen, aber leider nicht immer die Übersetzung dazu.«

»Und wie kommst du dann auf ein Herz?«, fragte ich. »Es könnte ja tatsächlich von der Entstehung der Anderwelt erzählen.«

Er zuckte die Achseln. »Möglich. Es ist nur ein Gefühl, weil der weitere Text von Sterben und Ableben handelt. Von einem Herz war aber in den zwanzig Jahren, die man hier unterrichtet wird, nie die Rede gewesen. Die Anfänge und Pans Bemühungen werden dafür haarklein durchgekaut.«

»Pan war der Erbauer von Avalon?«, fragte ich neugierig.

»Pan war der Gründer der Elfenwelt, der erste König. Wenn es tatsächlich ein Herz der Anderwelt gäbe, wäre das in seinen Aufzeichnungen, also den Annalen, vermerkt. Oder auch im Buch der Prophezeiung.«

Er deutete auf einen anderen Tisch, auf dem ein aufgeschlagenes Buch lag. »Darin habe ich schon geblättert. Nichts. Nicht einmal etwas über den Überfall. Nur das Welken wurde kürzlich erwähnt.«

Er griff nach einem anderen uralten Buch, dessen Einband aus Holz gefertigt war.

»Das hier gehört auf alle Fälle zur Geschichte Pans. Aber welche dieser Hunderte von Manuskripten die richtigen Annalen sind, weiß kein Elf mehr.«

Er schlug den Holzdeckel auf und blätterte vorsichtig das vergilbte Papier um. Ich konnte auch diese Schrift nicht entziffern. Sie war weder mittelalterlich noch lateinisch oder arabisch oder in einem sonst mir bekannten Schriftbild verfasst. Sogar Runen schieden aus, denn dafür waren die Buchstaben zu rund und ineinandergreifend.

»Das sieht aus wie ein Herz«, sagte ich und deutete auf den entsprechenden Buchstaben oder das entsprechende Wort.

»Du hast recht. Herz der Anderwelt steht dort«, las Finn gedankenverloren. »Wieso weiß niemand davon? Ein Gefäß. Das Herz ist wohl ein Gefäß, das Pflanzen welken lassen kann. Ergibt das irgendeinen Sinn?«

»Nein«, antwortete ich.

»Und dann das hier …«

»Was?«, fragte ich und kam wieder näher. Finn roch wirklich gut. Ich mochte seinen blumigen Duft.

»Ich kann es nicht entziffern«, murmelte er. »Dieses Schriftzeichen könnte Pfeil oder Rhyll heißen. Es könnte allerdings auch ein Name sein, den es heute nicht mehr gibt.«

»Pwyll?«, riet ich ins Blaue hinein.

Finn sah mich an. »Wie kommst du darauf? Das wäre tatsächlich möglich.«

Ich lächelte und fühlte mich mit einem Mal nicht ganz so nutzlos. »Es gibt doch diese alte walisische Sage über den Prinzen Pwyll, der die Jagd des Elfenkönigs stört.«

»Woher weißt du davon?«

»Von meiner Zeit in diesem Krankenhaus in Caernarfon. Als ich wieder bei Bewusstsein war, langweilte ich mich ganz schrecklich. Also habe ich sämtliche Bücher verschlungen, die mir die Pfleger brachten. Darunter war auch das von diesem Prinzen und dem verschollenen Königreich.«

»Du hattest deinen Unfall in Wales?«, fragte Finn und klang dabei recht hellhörig, als hätte ich ihm ein Staatsgeheimnis verschwiegen.

»Jep«, machte ich und atmete tief durch. »Meine Eltern waren in diesem Gebirge im Nordosten, um einen Merlin zu beobachten. Das ist eine Falkenart.«

»Ich weiß. In Wales sagst du?«, wiederholte er noch einmal.

»Ist das wichtig?«, fragte ich.

»Ich weiß nicht. Vielleicht …«

Wieder verstummte er und beugte sich über die Lektüre.

»Gehört das auch zu den Dingen, die ich nicht wissen

darf?«, stöhnte ich genervt. Allein die Erinnerung an die Berge in Wales war schauderhaft.

»Es ist besser so. Glaub mir«, sagte Finn, ohne aufzuschauen, und murmelte weiter: »Aber Pwyll … da könnte was dran sein, wenn ich nur wüsste, wo ich suchen sollte.«

Ich ließ meinen Blick noch einmal über all die uralten Regale und Bücher schweifen. Wenn sie erzählen könnten: von ihren Autoren, von den Druckern und Gehilfen, von allen Lesern, die sie in den Händen gehalten hatten … das würde eine weitere Bibliothek wie diese füllen. Und wie viele Schriften mussten wohl schon verloren gegangen sein?

Wie gern würde ich die Zeit zurückdrehen und sehen, was diese Annalen so besonders machte. Oder das Stück Holz, von dem Finn vorhin noch gelesen hatte. Es sah alt aus. Trias hatte Finn gesagt? Wenn es stimmte, dann hatte es Dinosaurier gesehen. Ich wollte, ich könnte sie auch sehen! Oder wenigstens lesen, was Finn dort gelesen hatte! Sehnsüchtig starrte ich auf die Holzscheibe.

»Würdest du nicht auch manchmal gern in der Zeit reisen?«, fragte ich und wagte es, einen Finger an die Rinde zu legen. Sie war rau und fühlte sich trotzdem nicht unangenehm an.

Finn antwortete nicht und ich sah auf. Ich schaute ihm in die Augen. Das Lächeln, das er mir schenkte, stand dem für Felicity in nichts nach.

»Was tut ihr hier?«

Ich machte vor Schreck einen Satz in die Luft. Mein Herz hämmerte.

Hinter uns stand einer der Elfensoldaten, die mit dem König die Halle betreten hatten. Und er sah verdammt wütend aus.

»Fionngall Laoghaire, du bist ja immer noch hier! Und sie ebenso! In der Bibliothek!«

Finn hatte sich erhoben – wenn auch nicht so hastig, wie man erwarten sollte, sobald man erwischt wurde. Er stellte sich wieder schützend vor mich, aber ich bezweifelte, dass es irgendwas brachte, sollte dieser Elf gesonnen sein gegen mich vorzugehen.

Und er sah sehr danach aus. Er zog sein Schwert und rief:

»Hiermit verhafte ich dich wegen …«

»Bei Pans Vermächtnis, krieg dich wieder ein, Maedoc. Wir sind schon weg.«

»… Missachtung von Befehlen im Namen des Kanzlers Meylir.« Der Elf stellte sich uns entschlossen in den Weg.

Mein Herz klopfte weiterhin unkontrolliert. Was nun? Würde er mich umbringen?

»Maedoc, ich wollte nur etwas nachlesen, das ist ja wohl noch gestattet«, redete Finn unbekümmert weiter. Doch ich konnte an seinen angespannten Armmuskeln sehen, dass es ihm auch nicht gleichgültig war.

»Es ging um das Zeichen auf Allisons Hand. Wir sind jetzt weg.«

»Ich kann euch nicht gehen lassen. Ihr solltet unverzüglich Avalon verlassen und ihr habt nicht gehorcht. Du hast nicht gehorcht und du hast als Wächter Ermittlungen geführt. Ich sehe, was du da auf dem Pult liegen hast, Finn. Und du weißt genau, dass solche Ermittlungen nur den Agenten gestattet sind. Alle anderen machen sich strafbar. Ich bin gezwungen dich festzunehmen und das Mädchen den Carnifex zu übergeben.«

»Nein!«, rief Finn und jetzt schob er mich so weit hinter sich, dass ich nichts mehr erkennen konnte. »Maedoc, du darfst sie nicht den Scharfrichtern übergeben. Sie ist der Schlüssel zur magischen Regenpforte. Sie muss sie wieder schließen. Ich verspreche dir, wir gehen. Jetzt auf der Stelle. Du kannst uns zum Übergang begleiten.«

»Ich muss dich melden, Finn, das weißt du ganz genau«, sagte Maedoc wieder.

Ich fühlte, wie sich Finns Finger in meine Arme krallten.

»Nein, das musst du nicht. Sogar Chloe ist der Meinung, dass sie wichtig ist, und du willst sie den Carnifex übergeben?«

Daraufhin herrschte erst einmal ein angespanntes Schweigen. Ich wagte einen Blick an Finns breiter Schulter vorbei.

Man konnte dem Elf nicht ansehen, ob er schwankte oder noch entschlossen war. Er hatte eine steinerne Miene. Doch dann sagte er: »Chloe? Chloe hat sie getroffen?«

Finn nickte.

»Macht, dass ihr zurück nach Edinburgh kommt. Ich werde dieses Mal meinen Mund halten, aber solltet ihr weitere Nachforschungen anstellen, werde ich das melden.

Und dann wird sie niemand vor den Carnifex schützen. Und du weißt, was dich erwartet.«

Finn nickte nicht einmal. Er zerrte mich hinter sich aus der Bibliothek. Ohne Pause und in einem Tempo, bei dem ich schon nach der ersten Treppe am Schwitzen war, führte er mich durch den Hof. Der Wächter öffnete uns finster die Tür und ich hörte sie hinter uns erheblich lauter zuknallen als bei unserer Ankunft. Finn hechtete an dem wunderschönen Strand vorbei, ohne ihn mit einem letzten Blick zu würdigen. Seine Gedanken waren woanders. Vermutlich bei seiner Heimat, die gerade welkte und starb. Und dabei, dass wir in der Bibliothek nichts Entscheidendes hatten finden können, was auf den Ursprung hindeutete. Oder bei der magischen Pforte. Oder den Angreifern. Die Angreifer … Moment mal!

»Finn«, sagte ich, als er mich in den Tunnel zog, der im Nationalmuseum endete. »Mir fällt gerade etwas ein. »Hast du vorhin nicht gesagt, das Herz der Anderwelt könnte ein Gefäß sein? Würde ein Krug oder ein Kelch als Gefäß durchgehen?«

»Natürlich«, sagte Finn ein wenig unwirsch.

»Dann hatten eure Angreifer so was im Arm«, erklärte ich ihm.

Er blieb abrupt stehen. Mitten im Tunnel, der uns zum Nationalmuseum nach Edinburgh führte. Ich konnte wieder den eingeritzten Drachen auf dem Stein erkennen. Die Fackel flackerte unstet, aber sie war hell genug, um Finns Blick zu erkennen, der sich bohrend auf mich richtete.

»Sie hielten einen Krug im Arm?«, wiederholte er schließlich meine Worte.

»Es war ziemlich klein, könnte auch ein Kelch gewesen sein. Glaubst du, das war das Herz der Anderwelt? Der Heilige Gral sozusagen?«

»Ja, Allison, genau das glaube ich«, sagte Finn, allerdings war er schon wieder mit den Gedanken woanders. »Die Frage ist nur: Wie können wir das beweisen? Und was machen wir jetzt?«

Ich konnte ihn nicht mehr darauf hinweisen, dass das genau genommen zwei Fragen waren, denn schon war er weiter, hatte die Tür zum öffentlichen Teil des Museums geöffnet und hinter mir den Zugang zu Avalon wieder versperrt.

Teil 2

FINN

Seit so vielen Jahren bewachte ich die beiden Pforten in der Unterwelt Edinburghs nun schon. Auch wenn ich dazu degradiert worden war, ich hatte mich mehr als daran gewöhnt. Ich hatte es verdient. Und ich mochte die Stille. Dabei konnte ich nachdenken, an sie *denken. Doch seit ein paar Tagen wurden meine Gedanken ständig von einem kleinen rothaarigen Kobold unterbrochen, der viel zu viel redete. Sie hatte nicht nur Mut bei der Entführung gezeigt, nein, sie hatte alles versucht, um freizukommen. Sie hatte mich gezwickt! Woher konnte sie wissen, dass ich nur an dieser Stelle kitzelig bin? Niemand hatte das gewusst. Niemand außer …* ihr.

Allison hatte mich wieder daran erinnert. Und furchtlos hatte sie sich Chloe gestellt. Ausgerechnet Chloe. Dass wir einer Verhaftung entgangen waren, war letztendlich auf Chloes Ruf zurückzuführen. Sie hatte mich aufgesucht, mit einem zufriedenen Lächeln in ihrem bezaubernden Gesicht, und über Allisons »vergessene« Erinnerung in Kenntnis gesetzt. Doch auch sie konnte mit der Beschreibung der Angreifer nichts anfangen, obwohl sie zu den ältesten Wesen gehört, die in Britannien leben. Dummerweise hatte uns Maedoc in der Bibliothek erwischt, ehe ich etwas finden konnte. Doch Allison hatte mich auf eine Idee gebracht. Zwischen all ihrem Geplapper und ihren verwirrten Gedanken, denen ich selten folgen konnte, musste ich zugeben, dass sie alles andere als dumm war.

Die Idee mit der Zeitreise beispielsweise war eine gute. Obwohl es mir seit dem Vorfall verboten war, in die Vergangenheit zu reisen, suchte ich den Palast von Holyroodhouse auf.

Ich wartete, bis es dunkel wurde. Über den Zaun zum Garten zu klettern war ein Klacks für mich. Auch wenn ich nur noch Wächter war, die körperliche Verfassung gepaart mit ein wenig Magie ließ bei Elfen zum Glück nie nach.

Es war nach wie vor ein Segen, dass die alte Abtei nur noch aus Ruinen bestand. Das ersparte mir den Einbruch ins Holyroodhouse, der als Königsresidenz verdammt gut gesichert war.

Doch mein Ziel lag in den Ruinen des Klosters dahinter. An der Wand zum Schloss standen noch alte Säulen mit eingemeißelten Kapitellbögen. Vor einer dieser Säulen lag der Stein. Die Besucher der Abtei glaubten immer, er sei nur dort abgelegt worden, wie so manch andere behauene Steine und leere Särge. Doch tatsächlich hatte dieser Stein schon immer hier gestanden, sogar schon vor dem Bau des Klosters.

Die Touristen glaubten einen Mönch mit einem Adler über einem Wappen zu erkennen. Doch der angebliche Adler war ein Drache und der Mönch eine Figur aus Zeiten, da die Steinkreise errichtet worden waren. Dass es sich nicht um einen Elfen handelte, verriet die Kleidung, aber das war nebensächlich.

Ich ging vor dem Stein in die Hocke und legte beide Hände darauf. Sofort durchströmte mich die Energie, die ich hier zu finden gehofft hatte.

Es war so lange hier, seit ich das letzte Mal in der Zeit gereist war. Hoffentlich … Ich schloss die Augen und konzentrierte mich. Noch ehe ich die Augen öffnete, wusste ich, dass ich es noch konnte. Ich roch Weihrauch und die Geräusche der Stadt waren mit einem Schlag verstummt.

Ich stand in einer Kirche und neben dem Altar brannte eine Kerze. Das ewige Licht.

Jetzt konnte ich nur hoffen, dass ich im richtigen Jahr gelandet war. Und sie noch lebte.

Einladung mit Beigeschmack

»Haltet euch den Freitag nächste Woche frei!«

Camilla verstaute schnell ihr Smartphone in der Jackentasche und kramte nach ihrem Englischbuch. »Ich hab eine Überraschung für euch. Und wir müssen noch den Termin für die Ballkleider vereinbaren.«

»Jetzt schon? Aber der Reiterball ist doch erst im Advent«, sagte Emma erstaunt.

Doch ehe Camilla weitere Erklärungen abgeben konnte, betrat Miss Christie den Klassenraum. Sofort kehrte Ruhe ein und alle nahmen eine aufrechte Haltung an.

Wenn man bei Miss Christie auch nur am Bleistift nuckelte, konnte das schon einen unvorhergesehenen Test auslösen. Von Gammeln auf dem Stuhl und Tuscheln ganz zu schweigen. Deshalb wurde sie von allen Schülerinnen *der Drache* genannt.

Wir waren bis jetzt noch nicht dahintergekommen, weshalb man als junge Lehrerin so verbiestert sein konnte. Dabei sah sie überhaupt nicht aus wie ein Blaustrumpf. Sie trug hübsche Röcke und elegante Blusen und hatte eine Kurzhaarfrisur, die ihr wirklich gut stand.

»Stutenbissig«, hatte Camilla Miss Christies Art mal bezeichnet.

Emma saß mit glänzenden Augen da und wiederholte lautlos: »Überraschung!«

Doch ich ging nicht darauf ein. Der nächste Freitag war so weit weg und juckte mich im Moment nicht. Genau genommen juckte mich nichts seit Sonntag. Nichts, außer meinem Erlebnis auf Avalon – und dass es unter Elfen Scharfrichter gab, ganz gleich wie sie die nannten.

Dass ich in den unerwartetsten Momenten auch die Gedanken meiner Mitmenschen und Elfen lesen konnte, machte meine Gemütsverfassung nicht im Geringsten besser.

In der Bibliothek auf Avalon hatte ich seine, *Finns* Gedanken lesen können: *Sie hat recht. Allison hat recht.*

Womit ich recht hatte, war mir allerdings schleierhaft. Dieser dämliche Wächter war uns dazwischengekommen und um ja kein Risiko einzugehen, hatte Finn mich wenig später vor dem Schultor abgesetzt und war verschwunden, ohne sich zu verabschieden.

Nun wartete ich seit drei Tagen darauf, dass er sich meldete und mir erklärte, was Sache war, und mir mitteilte, dass uns keine Gefahr drohte. Dass der hübsche, aber unsympathische Oberon mich einfach vergaß.

Aber Finn hatte mir nicht einmal gesagt, ob wir uns überhaupt wiedersehen würden. Was, wenn hier auf einmal eine Schar Elfenkrieger auftauchte und mich mit sich schleifte, um … um …

Verdammt. Diese Ungewissheit und Unwissenheit machte mich zu einem wandelnden Nervenbündel. Emma und Camilla hatten mich am Montagmorgen mit Fragen bombardiert. Valérie war ganz sauer gewesen, weil wir sie zwischen Tür und Angel verabschiedet hatten.

(*»Tja, dann, alles Gute. Vielleicht sehen wir uns mal wieder, vielleicht auch nicht. Allison, erzähl noch, was Finn genau von dir wollte und wo ihr wart. Tschüss, Valérie, gute Fahrt«* – um Emma zu zitieren.)

Vielleicht war sie aber auch enttäuscht, weil sie Finn nicht mehr gesehen hatte. Egal, Schnucki waren wir ein für alle Mal los.

Ich wollte, wir wären Miss Christie auch los. Ihre Erklärung über John Lockes Theorie zum Christentum war schlicht und einfach ermüdend.

Als Miss Christie nach ihrem Englischbuch kramte, flog ein Zettel an meiner Nase vorbei.

Der Zettel landete direkt zu den Füßen von Lucy Grumper. Emmas erschrockenes Gesicht verriet alles. Sie wollte bestimmt Details über die Überraschung für den Reiterball erfahren, und weil sie nicht zielen konnte, hatte Lucy die Nachricht jetzt. Verdammt.

Leider war Lucy nicht blöd. Sie stellte sofort einen ihrer polierten Marc-Jacobs-Treter auf das Zettelchen und brachte es damit außer Reichweite. Wir konnten beobachten, wie sie mit ihren rot lackierten Fingernägeln das Stück Papier bei der nächstbesten Gelegenheit aufhob und las.

Camilla zog mit ihrem Finger eine Linie am Hals entlang. In meine Richtung. Hey, Augenblick mal! Sie dachte, ich hätte den Zettel geworfen?

Lucy warf uns einen siegessicheren Blick zu.

»Hatschi!«, nieste sie sehr unecht und unterbrach damit Miss Christie, die soeben ein Schaubild mit Marker ans Smartboard malte.

Wenn jetzt noch jemand dachte, ich hätte den Zettel geworfen, dann gute Nacht. In diesem Moment hatte ich vor lauter Luftanhalten garantiert eine Taille in Größe 36.

Miss Christie wandte sich langsam um und suchte den Unruhestifter.

»Entschuldigung, Miss«, sagte Lucy schnell und lächelte unschuldig.

Miss Christie fixierte sie noch einen Moment lang scharf, ehe sie sich wieder dem Smartboard zuwandte.

Lucy kritzelte etwas auf das Blatt vor ihr und hielt es hoch, damit ich es lesen konnte.

»Ich will auch auf den Ball!« stand da.

Natürlich wollte sie dahin. Wenn auch nur ansatzweise eine Chance bestand, einem Mitglied der königlichen Familie zu begegnen, würde sie dafür sogar einen Mord begehen.

Camilla zeigte ihr einen Vogel.

»Miss Christie! Ich glaube, Allison Murray wirft mit Zettelchen um sich.«

Ach du dickes Ei!

Unsere Lehrerin drehte sich um und jetzt war ich im Fokus ihres Argusblickes.

»Miss Murray, nächste Woche erwarte ich von Ihnen einen sechs Seiten langen Aufsatz über John Locke.«

Scheibenkleister.

»Ich glaube, sie wurde von Miss Claridge und Miss Campbell angestachelt«, fügte Lucy gehässig hinzu. Dieses Miststück!

»Fein, dann werden uns Miss Claridge, Miss Campbell und Miss Murray einen Vortrag inklusive PowerPoint-Präsentation über John Locke halten.«

Lucy musste sterben.

Ich suchte Camillas Blick, immerhin waren wir Leidensgenossinnen und vollkommen unschuldig in diese Sache reingeraten. Doch von wegen. Sie war auf *mich* sauer. Kaum war die Stunde beendet, fuhr sie mich an.

»Allie! Wie konntest du nur! Ich habe am Wochenende ein Turnier und jetzt soll ich das für den Drachen fertig machen?«

»Ich kann doch nichts dafür!«, verteidigte ich mich. »Lucy hat uns verpfiffen.«

»Aber nur, weil du versucht hast mir einen Zettel zuzuwerfen.«

»Das war nicht Allison, das war ich«, kam mir endlich Emma zu Hilfe. »Du sagst was von Reiterball und dass du eine Riesenüberraschung für nächsten Freitag hast, und das so kurz vor der Stunde? Natürlich musste ich mehr wissen. Allie bestimmt auch!«

Camilla beruhigte sich augenblicklich. »Ich habe gestern nach dem Training die Zusage bekommen, die ich noch als Überraschung für euch geplant hatte.«

Ich warf ihr einen misstrauischen Blick zu. Was Camilla

manchmal als großartig empfand, war für uns noch lange nicht attraktiv. Sie hatte sich einmal riesig über die Exkremente ihres Pferdes gefreut, nur weil es kurz zuvor Koliken gehabt hatte.

»Ich habe uns für Freitag einen Termin zum Probe-Styling bei Etienne ergattert! Denn es gibt eine Kleidungsvorschrift am Reiterball: Abendgarderobe! Haarschmuck ist erwünscht, aber nicht unbedingt nötig, auf alle Fälle muss die Frisur sitzen und es darf geglitzert werden.«

»Bei *Etienne*?« Emma begann auf und ab zu hüpfen. »Wie hast du das geschafft? Er ist *der* Coiffeur von ganz Schottland. Ach, was rede ich, von ganz Großbritannien!«

Meine Begeisterung hielt sich in Grenzen.

»Allie, nun hab dich nicht so. Du musst kein Krönchen aufziehen.«

»Ihr wisst genau, wie dämlich ich in einem Kleid aussehe. Sogar der Zweiteiler hier sieht an mir dämlich aus.« Ich deutete auf unsere Uniform.

»Hier drin sieht jeder dämlich aus«, meinte ausgerechnet Emma, obwohl sie als Model für Schuluniformen durchgehen könnte.

Camilla wischte das mit einer energischen Geste fort und sagte: »Keine Ausrede, Allie, wir gehen zu Etienne und du wirst uns begleiten! Emma und ich passen schon auf, dass du ein Kleid bekommst, in dem du wundervoll aussiehst. Deine Eltern haben dir doch Geld zum Geburtstag geschickt. Dafür finden wir was Schickes für dich.«

»Das war für ein neues Handy bestimmt«, widersprach

ich. Allerdings nur halbherzig. »Müssen wir wirklich in Abendkleidern zum Reiterball kommen?«

»Ja genau, lasst uns zum Reiterball gehen.« Lucy hatte sich von hinten unbemerkt genähert.

»Du«, zischte Camilla, »kommst garantiert nicht dorthin. Dank dir haben wir Zusatzaufgaben auf. Und das beim Drachen.«

»Vielen Dank«, sagte Lucy und zückte ihr Handy. Sie tippte darauf. »Das hab ich aufgenommen, und wenn du nicht willst, dass Miss Christie hört, wie du sie nennst, bin ich doch beim Reiterball dabei.«

Wir starrten sie entgeistert an.

Jede von uns mit offenem Mund.

»Das ist nicht dein Ernst«, fand ich endlich meine Sprache wieder.

»Voll und ganz«, sagte Lucy. »Ich gehe mit auf den Reiterball oder …« Sie drückte auf das Display ihres Handys und Camillas Stimme war klar und deutlich zu hören: *»Zusatzaufgaben auf. Und das beim Drachen.«*

Ich hatte sie noch nie ausstehen können, diese vorlaute, besserwisserische …

»Entweder ich komme mit oder ihr erlebt den Rest eurer Schulzeit die Hölle auf Erden bei Miss Christie«, unterbrach Lucy meine Gedanken. *Schluckt das, ihr dummen Gänse. Ich will Prinz Harry kennenlernen*, hörte ich sie denken.

Sie zeigte zum Abschied ihre perlweißen, geraden Zähne und verschwand.

»Ich glaub's nicht«, stöhnte Camilla.

»Wenn die dort auftaucht, dann komme ich nicht«, sagte ich.

»Du spinnst«, sagte Emma und klang schlagartig gefasst. »Du kommst mit. Und wir lassen keine Ausrede gelten. Auch kein Date mit dem Traumprinz namens Finn.«

»Dabei wäre die Ausrede wirklich gut«, sinnierte Camilla.

Da ich nicht wusste, ob ich ihren Traumprinz jemals wiedersah, stellte sich der Vorwand erst gar nicht.

Warum war mir bei dem Gedanken so seltsam, ja, fast schon wehmütig zumute? Ich konnte ja froh sein, wenn ich nichts mehr mit Elfen wie Ean oder dem Oberon oder dem dämlichen Kanzler zu tun hatte. Finn war ja auch nicht wirklich ein Gentleman oder überhaupt sonderlich aufmerksam. Aber es war aufregend mit ihm. Und er schuldete mir noch ein paar Antworten. Und ich wollte wissen, was er herausgefunden hatte. Und ...

»Was hast du?«, fragte Emma.

Ich folgte ihrem Blick. Ohne es zu merken, hatte ich mir wieder das Muttermal an meiner Hand aufgekratzt. Es begann erneut zu bluten. Ich kramte in der Tasche meines Blazers nach einem Taschentuch und drückte es drauf.

»Allie, du kannst doch nicht wegen der Kleidervorschrift kneifen. Wir werden viel Spaß haben. Auch deshalb, weil wir uns überlegen, wie wir Lucy Grumper den schlimmsten Abend ihres Lebens gestalten können. Juckpulver im Ausschnitt oder eine Sprühsahnedose getarnt als

Haarspray auf der Toilette … Du bist darin noch kreativer als ich.«

»Manchmal habe ich das Gefühl, ihr haltet mich für einen schlechten Menschen«, grummelte ich.

Camilla schüttelte den Kopf. »Natürlich nicht, aber ohne dich sind wir nun mal wie Terence Hill ohne Bud Spencer oder Beauty ohne Beast.«

»Ehrlich, Camilla, das war ein blöder Vergleich«, sagte jetzt auch Emma. Doch Camilla winkte ungeduldig ab und sah mich eindringlich an. »Du weißt, was ich meine, nicht wahr, Allie? Wir lassen dich doch am Ballabend nicht hier in diesem langweiligen Gemäuer! Und falls du noch immer nicht überzeugt bist: Dein kleiner Freund George ist auch dabei!«

Ich starrte Camilla groß an. »George? Wieso das?«

»Seine Eltern finanzieren den Ball dieses Jahr, was glaubst du, weshalb sich die königliche Familie blicken lässt. Also?«

Ich konnte nicht anders. Ich musste breit grinsen. »Ich bin ja so was von dabei! Ich will Lucy Grumper kochen sehen. Dafür ziehe ich, wenn es sein muss, sogar ein rosa Taftkleid an.«

Emma schüttelte sich, als würde sie sich ekeln. »*Ich* suche dein Kleid aus. Keine Widerrede.«

Meine Freundinnen waren die besten.

Erwischt

Ich hatte mit dem Aufsatz angefangen – und wieder abgebrochen. Zum fünften Mal seit dem Abendessen. Meine Mitschüler saßen alle im Gemeinschaftsraum, sahen fern, fragten sich gegenseitig Vokabeln ab oder spielten Brettspiele. Ich hätte gern *Doctor Who* geschaut, aber ich musste dank Lucy Grumper John Locke näher kennenlernen, als ich wollte. Und nach zwei Stunden konnte ich noch immer nichts über ihn sagen, außer, dass er irgendein Philosoph gewesen war.

Mir wurde bewusst, dass ich schon wieder auf das Poster von *One Direction* starrte. Mein Zimmer kam mir so eng und klein und bedrückend vor. Als ich endlich ein Einzelzimmer bekommen hatte, war es mir wie ein Saal erschienen. Doch nach meinem Besuch auf Avalon kam mir ganz Edinburgh eng und klein und bedrückend vor. Und dreckig. Richtig dreckig, nicht nur die Nebenstraßen, die oft voller Plastikmüll lagen, sondern auch die Luft. Sollte nach dem Kleiderkauf und dem neuen Handy noch Geld übrig bleiben, würde ich mir ein riesiges Poster mit Meer und Strand darauf kaufen.

Ich seufzte. Nein. Ich wollte keine Palmen auf dem Poster. Ich wollte Apfelbäume. Blühende Apfelbäume.

Draußen im Gang kicherten ein paar Mädchen. Türen knallten. Die ersten hatten den Gemeinschaftsraum verlassen. Ich hielt es in meiner Kammer nicht mehr aus. Ich würde jetzt auch in den Gemeinschaftsraum gehen.

Also zog ich meine Schuhe an und verließ mein Zimmer. Eine Handvoll Zwölfjährige begegneten mir und starrten mich mit großen Augen an. Mein Ausflug mit Finn hatte sich rumgesprochen. Seit er mich aus dem Unterricht geholt hatte, war ich nicht selten so angeschaut worden. Leider auch von manchen recht feindselig. Die unscheinbare Allison Murray war auf einmal in den Fokus der Aufmerksamkeit gerückt. Das war kein angenehmes Gefühl.

Aus dem Gemeinschaftsraum drangen Stimmen zu mir.

»Er hat Allison bei Camilla abgeholt?« Die Stimme gehörte Bonny Buchan, einer weiteren Klassenkameradin. »Wusste Mrs Bell davon?«

»Davon ist auszugehen, immerhin hat sie ihn zu ihr geführt«, mutmaßte Davida Keith.

»Sie war stundenlang mit ihm verschwunden«, hörte ich Mary McDonald verschwörerisch sagen. »Und dann kommt sie zurück mit diesem verträumten Lächeln.«

Da Mary eine enge Freundin von Lucy war, überraschte es mich nicht, dass ausgerechnet sie fragte: »Du glaubst, Allison hat … mit ihm …?«

Das kollektive Luftholen war schon hier vor der Tür so laut, da drin musste es die Wirkung eines Staubsaugers haben.

Und dann hörte ich Lucy wieder: *Mir wäre egal, ob sie das von mir denken würden, wenn mich so jemand aus dem Unterricht holt.*

Sofort war mir klar, dass sie diesen letzten Satz nicht laut ausgesprochen hatte. Den hatte sie gedacht. Und schon hörte ich Bonnie denken: *Ich möchte auch von so einem Mann abgeholt werden. Wieso hab ich dumme Kuh dem pickeligen Ronny einen Zungenkuss gegeben? So jemanden wie Allisons Begleiter würde ich viel lieber küssen.*

Ich schluckte. Und dann zog ich mich zurück. Ich hatte genug gehört. Mehr sogar, als mir lieb war. Dass Bonnie mit Finn gerne knutschen würde, war keine Überraschung. Das würden wohl viele Mädchen gern.

Aber dass ich ihre und Lucys Gedanken durch die geschlossene Tür hörte … Hatte Finn nicht gesagt, man könne nur Gedanken lesen, wenn man demjenigen in die Augen sah? Wieso konnte ich überhaupt Gedanken von anderen lesen? Das hatte erst angefangen, nachdem ich Finn begegnet war.

Ich brauchte frische Luft. Dringend!

Kurzerhand ging ich auf den Schulhof. Die Tür würde erst in einer halben Stunde abgeschlossen werden. So lange wollte ich im Freien sein und nicht in meinem kleinen Zimmer.

Offenbar wurden meine Sinne schärfer. Ich konnte die Sterne am Himmel heller und besser erkennen. Ich konnte die Gedanken meiner Mitschüler lesen und außerdem war meine Nase plötzlich sehr empfindlich. Ich roch Qualm.

Brannte es irgendwo in der Stadt? Doch es roch nicht nach Feuer, es roch nach … Moment mal!

»George Spencer!« Ich schob die Zweige der Hecke auseinander. Da hockte er. Nicht allein, doch sein Kumpel, den ich nicht kannte und der älter aussah, flüchtete sofort.

George ließ vor Schreck die Zigarette fallen.

»Was in Herrgotts Namen tust du da?«, fragte ich ehrlich entsetzt.

»O Allie!« George trat schnell die Zigarette aus und rückte seine Brille zurecht. »Ich … tu mir … herrje …«

»George, du rauchst? Das ist nicht dein Ernst.«

Er kroch aus der Hecke und richtete seinen Pulli. Er trug nicht mehr die Schuluniform und sah erschrocken aus. »Ach Allie, ich wollte nur mal … na ja. Es war das erste … und du hast mich …«

»Hast du mal in einem deiner Bücher darüber gelesen?«, wollte ich wissen. »Dann solltest du wissen, dass Rauchen gefährlich ist. Du bist erst elf! Wie zum Teufel bist du an die Zigarette gekommen?«

»Die hat Martin besorgt«, gab er kleinlaut zu. »Ich wollte nur was ausprobieren. Ehrlich.«

»Ist dir wenigstens schlecht?« Ich setzte mein bösestes Gesicht auf.

»Nein. Ich hatte noch keinen Zug genommen. Du hast mich vorher erwischt. Wieso bist du überhaupt hier?«

»Ich hab den Zigarettenqualm gerochen«, gab ich zu.

»Aber nicht bis in dein Zimmer. Das liegt am anderen Ende des Campus.«

War ich so weit gegangen? Tatsächlich.

»Kannst du jetzt Gedanken lesen? Oder hast du schon Visionen?«, hakte George nach und jetzt klang er frustriert und überhaupt nicht mehr verlegen.

Und blöderweise kam er der Wahrheit verdammt nahe.

»Und wennschon«, gab ich gepresst zurück. »Das erklärt nicht, weshalb du mit diesem Martin eine rauchen gehst. Wie kommst du auf diese hirnverbrannte Idee?«

Endlich war er richtig zerknirscht.

»Ich wollte es nur mal ausprobieren«, murmelte er. »Wissen, was die Leute daran finden. Ich tu's nicht wieder. Ich mochte den Geruch überhaupt nicht, so dicht vor der Nase.«

»Na dann«, sagte ich, um einzulenken. »Tu es wirklich nie wieder. Hörst du?«

Wir standen ein paar Sekunden verlegen herum. Er sah schuldbewusst zu Boden. Ich versuchte seine Gedanken zu lesen, aber es gelang mir nicht. Warum nicht? Vorhin hatte es doch funktioniert und auf die Gedanken der Mädchen hätte ich gut verzichten können. Schließlich ging mir auf, dass George noch immer reuevoll mit der Fußspitze im Boden rumstocherte.

»Soll ich dir was Verrücktes erzählen?«

»Willst du wissen, was ich heute entdeckt habe?«, begannen George und ich dann gleichzeitig. Wir stutzten und dann lachten wir.

»Du zuerst«, sagte ich zu George. Wir setzten uns auf unsere Lieblingsbank.

»Ich habe in den alten Schriften entdeckt, dass es Tunnel gibt, in denen man Kinder eingemauert hat.«

»Das ist ja widerlich!«, sagte ich und schauderte. Ich bezweifelte das keine Sekunde. Edinburgh war ein blutiges Pflaster gewesen und ich hatte zwischenzeitlich Dinge gesehen, die es noch unheimlicher machten.

»Ich musste neulich schon wieder ins Mary Kings Close«, sagte ich und erzählte ihm die Light-Variante, die ich auch meinen Mitschülern aufgetischt hatte. Allerdings war mir Eans Name rausgerutscht. Danach konnte ich ihn nur noch als Finns unsympathischen Kollegen beschreiben.

George hörte staunend zu.

Als ich geendet hatte, schwieg er ehrfürchtig.

Die Stille der Großstadt war deutlich zu hören. Autolärm, ein Flugzeug, eine Sirene in der Ferne. Auch wenn ich mich vorhin noch nach Avalon gesehnt und die Großstadt weggewünscht hatte – der Gedanke ans Mary Kings Close und seine unheimliche Stille erinnerte mich daran, wie gruselig es dort gewesen war. Jetzt war ich froh und erleichtert, denn der Lärm im Hintergrund war so *normal*! Unterirdisch war es seltsam ruhig gewesen. Nur ab und an huschten kleine Tiere vorbei. Ich hatte mir nie zuvor bewusst gemacht, wie unheimlich absolute Stille sein konnte. Ich wusste, George würde diese Stille jederzeit der Stadt vorziehen. Er wäre gern dabei gewesen, so begeistert, wie er auf Abenteuer aus war. Indiana Jones musste in seinem Alter genauso gewesen sein – vielleicht ein wenig aktiver als George, weil der nicht im Internat feststeckte.

»Und dieser Finn, wo kam der genau her?«

Die Frage überraschte mich. Die hatte noch niemand gestellt. »Er wohnt hier in Edinburgh. Allerdings spricht er nicht mit schottischem Akzent«, gab ich zu. Das war unverfänglich. Hier lebten viele Menschen aus aller Welt, allen voran Studenten.

»Ich traue ihm nicht.«

»Du kennst ihn doch gar nicht«, sagte ich.

»Nein, und ich will ihn nicht kennenlernen«, erklärte George und sah jetzt mich an. »Allie, bitte halte dich von ihm fern. Er ist gefährlich.«

Das mochte durchaus sein. Immerhin war er ein Elf und ein Wächter. Türsteher waren immer Respekt einflößend, deshalb wurden sie dazu ausgewählt. Finn hatte definitiv was von einem Türsteher oder Sicherheitsmann. Und dafür brauchte er keine Waffe oder einen Schlagstock.

»Er behauptet, er würde mich beschützen«, sagte ich leise.

George schüttelte den Kopf. »Ich glaube, er will was von dir. Etwas, das nur du ihm geben kannst. Und ich glaube, er handelt nicht allein. Ich weiß nicht …«

»George«, sagte ich jetzt in einem strengen Ton, »du hast Finn doch noch nie getroffen! Du beschäftigst dich einfach zu viel mit den haarsträubenden Legenden von Edinburghs Unterwelt. Die sind nicht alle wahr.«

»Viele aber doch«, beharrte er.

»Manche vielleicht, aber du glaubst doch zum Beispiel nicht im Ernst an den Geist des Mädchens im Mary Kings Close?« Der Geist, dem angeblich das ganze Spielzeug gewidmet war.

»Nein, natürlich nicht. Wenn sich dein Finn so gut im Mary Kings Close auskennt, könnte er dir bestimmt sagen, ob es dort Geister gibt oder nicht. Hast du dir mal überlegt, dass er für die kleinen Geistermädchen sorgen könnte?«

»Inwiefern?«, fragte ich verdutzt.

George hob nur eine Augenbraue, und mir ging auf, dass er damit auf Mord anspielte.

»Ich sage ja nicht, dass er es selbst getan hat, aber vielleicht sein Kollege, so wie du ihn geschildert hast.«

»George!«, rief ich streng, obwohl ich mehr erschrocken darüber war, wie sehr er Finn und Ean auf die Schliche kam. »Wie kommst du auf diesen Unsinn? Ich meine, der Kerl ist so was von humorlos und bodenständig, der glaubt bestimmt nicht an Geister. Wenn er einen Anzug tragen würde, könnte er glatt als Börsenmakler durchgehen.«

»Niemals«, widersprach George fest. »Gemäß deinen Erzählungen ist der eher Geheimagent oder Kommissar oder so was. Den im Anzug sich vorzustellen ist, als würdest du versuchen einem Tiger die Streifen zu entfernen, damit er aussieht wie eine Katze. Das würde nie gelingen. Nein, Allie, der Typ ist ein Tiger, der versucht dir eine Katze vorzugaukeln. Bitte halte dich von ihm fern. Rede mit Mrs Bell oder Mrs Guthrie, damit er dich nicht mehr alleine sehen darf. Ich werde ein wenig recherchieren. Vielleicht finde ich ja raus, woher er auf einmal kommt.«

Das musste ich ihm ausreden. Was, wenn George dahinterkam, was Finn wirklich war?

»Ich werde schon mit ihm fertig. Mach dir nicht so viele Gedanken, das ist meine Sache«, sagte ich.

George war nicht überzeugt. »Findest du das nicht seltsam, Allie? Er bekommt von deinen Eltern die Erlaubnis, dich um Hilfe zu bitten, und dann führt er dich in die Unterwelt von Edinburgh? Ich meine, deine Eltern sind Tierforscher und Dokumentarfilmer und leben die meiste Zeit im Dschungel oder in irgendeiner Steppe. Was soll es dort für Lebewesen außer Ratten geben?«

O Mann, warum musste ausgerechnet George mit seinen elf Jahren logischer denken als eine Klasse voller siebzehnjähriger Mädchen? Die Diskussion wurde mir zu heikel. Ich musste sie so schnell wie möglich beenden. »Genauso seltsam wie du, der auf einmal mit großen Jungs Zigaretten raucht«, fügte ich kampfeslustig hinzu.

George seufzte.

»Ich hab's kapiert, Allie.« Er seufzte. »Nur eins noch. »Diese Valérie wäre jederzeit mit ihm überall hingegangen. Versprich mir wenigstens, dass du das nicht machst.«

»Ich werde gut aufpassen. Versprochen, George«, wich ich dem Versprechen aus. Er gab sich damit zufrieden. Der Wind wurde immer kälter, so als läge Schnee in der Luft. Das war nicht ungewöhnlich für Anfang November. Auch

George fröstelte. Oder er hatte genug von meiner Schelte. Er stand auf und schlich zur Hecke, um zu seiner Schule zu gelangen. »Gute Nacht, Allie.«

»Gute Nacht, George«, murmelte ich.

Vielleicht sollte ich diesen Bereich des Schulgeländes vorerst meiden. Unsere letzten Treffen waren sehr aufwühlend gewesen, dabei hatte ich zur Ruhe kommen wollen.

George hatte recht. Veränderungen lagen in der Luft. Er wurde aufmüpfig wie ein richtiger Teenager.

Frust

Das Leben ging weiter und ich fühlte mich betrogen. Wie konnte ich, nach allem, was ich erfahren hatte, einfach weitermachen, so als wäre nichts passiert? Finn konnte mich doch nicht dermaßen im Stich lassen?

Doch genau das tat er.

Ich hörte nichts von ihm. Die ersten Tage vergingen, in denen ich noch angespannt auf eine Verhaftung oder dergleichen wartete. Sogar als wir uns freitags auf den Weg zu Camillas Star-Friseur machten, befürchtete ich, auf der Straße gekrallt und verschleppt zu werden. Was natürlich nicht eintraf.

Als eine weitere Woche um war und nichts geschah, war ich zwar einerseits erleichtert, auf der anderen Seite wurde ich jedoch zunehmend frustrierter.

Emma erging es ähnlich. Wenn auch aus einem anderen Grund.

Der Winter hatte Einzug gehalten. Es regnete viel und heftig und es war bitterkalt. Wir gingen kaum noch raus und der Sportunterricht fand ausschließlich in der Halle statt. Emmas Schwarm Callum war dadurch genauso unsichtbar wie Finn.

Die arme Camilla musste unsere Leidensmienen ertragen und versuchte uns durch zweifelhafte Wetten aufzumuntern. *(»Lasst uns wetten, wer heute den Rock falsch herum trägt. Wetten wir, wer bei dem Wetter keine Strumpfhose anhat? Ich tippe auf Maddie McCoullough. Die hatte den ganzen letzten Winter auch keine Strumpfhose an.«)*

Weder Emma noch mir war nach Wetten zumute, doch auf die eine oder andere Weise ließen wir uns ein, damit Camilla Ruhe gab.

Je mehr Tage verstrichen, desto saurer wurde ich.

Wie konnte er es wagen!

Ich hatte so viele Fragen an Finn! Ich wollte wissen, warum ich die Gedanken einer Lucy Grumper ertragen musste – ob ich wollte oder nicht (und ich mied ihre Blicke dermaßen akribisch, dass sie bereits verkündete, ich hätte Angst vor ihr. Trotzdem nutzte es nichts).

Ich wollte wissen, worin er mir recht gegeben hatte. Ich wollte wissen, ob mittlerweile herausgefunden worden war, was es mit dieser tödlichen Atmosphäre, die aus der Pforte trat, auf sich hatte.

Das Verschwinden der Touristin war immer noch Thema Nummer eins in den Nachrichten. Zwischenzeitlich war auch das Fehlen der beiden Obdachlosen aufgefallen. In der ganzen Stadt hingen Flugblätter mit ihren Gesichtern aus. Außerdem wurden ein paar Haustiere vermisst. Ich ahnte, dass die geöffnete Pforte sich nach wie vor ausbreitete und Menschen und Tiere anlockte.

Das Mary Kings Close war immer noch ein Anziehungspunkt für Touristen, und es überraschte mich nicht, als schließlich noch jemand vermisst wurde. Schockiert war ich trotzdem. Dieses Mal handelte es sich nämlich um einen Angestellten und ich erkannte das Gesicht sofort: Francis Pole.

»O Gott!«, sagte Camilla, als wir uns darüber in der Mittagspause unterhielten.

»Das ist ja schrecklich«, murmelte auch Emma. Ich wusste, was sie meinte. Es war schon unheimlich, wenn Fremde verschwanden, aber wenn es dann auch noch einen Bekannten traf, egal wie flüchtig man ihn kannte, wurde es persönlich.

»Ob er noch lebt?«, wisperte jetzt auch Emma mit riesigen Augen.

»Warum nicht? Vielleicht ist er mit einer Besucherin durchgebrannt, so wie der flirten konnte«, mutmaßte Camilla.

Doch ihrem Gesichtsausdruck nach zu urteilen glaubte sie selbst nicht dran.

»Allie, was ist da unten?«, fragte Emma. »Du warst doch mit Finn in diesen Katakomben, was habt ihr da gesehen?«

»Ratten«, gab ich zur Antwort und mich schauderte wieder bei dem Gedanken an das mitleidige Quietschen, das das Tier von sich gegeben hatte, als es starb.

Ein düsteres Schweigen breitete sich zwischen uns aus.

»Vielleicht sollte ich Sean schreiben, dass er uns erst mal nicht besuchen soll«, überlegte Camilla nach einer Weile und zückte bereits ihr Handy.

»Sean?«, fragte Emma und auch ich wurde hellhörig.

»Ach, hatte ich das nicht erzählt?« Camilla sah uns überrascht an. »Er wollte einen Wochenendtrip mit Thomas nach Edinburgh unternehmen und uns treffen. Er hatte mich nach euren Handynummern gefragt.«

»Ich habe kein Handy«, sagte ich entrüstet.

»Noch nicht. Aber du hast dir doch deine SIM-Karte gesichert, also hab ich ihm deine alte Nummer gegeben. Du brauchst nur endlich mal ein neues Gerät.«

»Dann können wir auch nach den Kleidern für den Ball schauen«, sagte Emma.

»Und wir wissen schon, wie wunderbar unsere Haare an dem Ballabend aussehen werden«, seufzte ich in Erinnerung an die traumhafte Frisur, die mir Etienne gezaubert hatte. Für den Bruchteil einer Sekunde hatte ich mir bei meinem Spiegelbild gewünscht, dass Finn mich so sehen könnte. Das verging allerdings ganz schnell, denn er meldete sich ja nicht. Auch Emma und Camilla hatten ein verträumtes Lächeln auf den Lippen. Ich wusste, sie dachten genau wie ich an ihre Frisuren. Etienne war ein wahrer Künstler.

Doch dann wandelte sich Emmas Blick in Besorgnis.

»Glaubst du, die lassen uns noch mal alleine in die Stadt? Jetzt, wo wieder jemand verschwunden ist?«

Emma und Camilla sahen mich bang an.

»Die können mich nicht hier einsperren, nur weil vier Menschen verschwunden sind«, erklärte ich zögernd. »Ich meine, in Edinburgh passiert doch ständig was.«

Doch Camilla und Emma waren skeptisch.

»Ja, wenn man Ian Rankin liest«, sagte Emma.

In diesem Moment heulte ein Mädchen weiter hinten laut auf. Alle erstarrten und dann versuchten ihre Freundinnen sie zu beruhigen.

»Was ist mit ihr?«, fragte Emma eine Mitschülerin vom Nachbartisch.

»Ihr Hund ist weg«, sagte sie und beugte sich verschwörerisch zu uns. »Er war erst ein paar Monate alt und ihre Eltern waren mit ihm heute Vormittag am Leith Gassi, als er sich losriss. Sie konnten ihn bis in die Princes Street Gardens verfolgen, aber dort endete seine Spur ganz plötzlich.«

»Vom Leith aus?«, fragte ich ungläubig.

Das Mädchen nickte.

Mir wurde ganz elend. Wenn sich diese tödliche Anziehung jetzt bis zum Leith ausdehnte, war es ein Wunder, dass nicht noch mehr Menschen und Hunde verschwunden waren.

Ich konnte nicht länger warten. Ich *musste* etwas unternehmen. Ich würde Finn aufsuchen.

Sollte ich Emma und Camilla mitnehmen? Immerhin wären wir zu dritt. Ich bezweifelte zwar, dass wir etwas gegen einen Elfen mit seinen ungewöhnlichen Kräften und der Schnelligkeit unternehmen könnten, aber immerhin würde so die Chance bestehen, dass eine von uns im Notfall entkam und Hilfe holen könnte.

Andererseits hatte ich geschworen, kein Wort je über das zu erzählen, was ich gesehen und erlebt hatte. Doch je mehr Tage verstrichen, desto mehr zweifelte ich an meinem Verstand. Es war so unwirklich und schon so lange her, ich wusste selbst nicht mehr, was ich glauben sollte. Doch dann hörte ich wieder Lucy Grumpers gehässige Gedanken und wusste, es war alles wahr.

Und wie es der Zufall so wollte, ergab sich eine Woche später die perfekte Gelegenheit, um Finn aufzusuchen.

Ein paar unserer Mitschülerinnen hatten am Samstagabend in der Usher Hall an einem Highland-Tanzwettbewerb teilgenommen und wir anderen waren zum Anfeuern mitgegangen. Dummerweise schaffte es eine aus der siebten Klasse, sich den Knöchel so zu verletzen, dass sie nicht mehr auftreten konnte. Mrs Guthrie musste mit ihr ins Krankenhaus fahren und wir anderen sollten alleine zurück zur Schule gehen.

Das war meine Chance. Ich wusste genau, bis wir in der Schule waren, würde das niemandem auffallen, denn ich hatte zu keinem der anderen Internatsschüler besonderen Kontakt. Ich ließ mich zurückfallen, und als alle anderen um die nächste Ecke bogen, machte ich mich auf den Weg nach Murrayfield.

Mir war nie zuvor aufgefallen, wie unheimlich eine Stadt im Dunkeln sein konnte – trotz Straßenlaternen. Man war doch sehr behütet in St. Pauls. Es regnete zwar ausnahmsweise mal nicht, aber der Wind pfiff eisig durch die Straßen. Meine offenen Locken peitschten mir immer wieder ins Gesicht und durch die beeinträchtigte Sicht wäre ich beinahe an Finns Haus vorbeigelaufen.

Im Gegensatz zu allen anderen Häusern in der Straße brannte dort kein Licht. Ob er die Vorhänge zugezogen hatte? Im Dunkeln sah das heruntergekommene Haus mehr denn je wie eine Hitchcock-Villa aus.

Ich öffnete das kleine schmiedeeiserne Gartentor und stieg die paar Stufen zur Haustür empor. Es gab keine Klingel. Nicht mal einen Türklopfer. Es gab auch keinen Briefschlitz.

Ich klopfte zaghaft an die Tür.

Nichts.

Ich klopfte fester.

Immer noch nichts.

Der Wind nahm zu. Konnte Finn mich nicht hören? Vielleicht hatte er Wachdienst und war gar nicht zu Hause. Wieso war mir das nicht früher eingefallen? Ean wollte ich keinesfalls begegnen. Schnell wandte ich mich um und eilte die Stufen wieder hinunter.

Doch noch ehe ich das Tor erreichte, sah ich eine Bewegung am Steinpfeiler, in den der Gartenzaun eingelassen war. Erschrocken blieb ich stehen.

Hatte der Wind etwas vorbeigeweht? Eine Plastiktüte? Nein, ich war mir ganz sicher: Der Stein hatte sich bewegt!

Sei nicht albern, Allison, sagte ich mir. Und doch hatte ich einen Herzschlag lang geglaubt, der Stein habe soeben ein Auge geschlossen.

Was natürlich völliger Unsinn war. Oder nicht? Immerhin wohnten im Haus hinter mir Elfen!

Das erinnerte mich wieder daran, dass ich Ean meiden wollte.

Als ich die Klinke des Gartentors runterdrückte, sah ich es ganz deutlich: Der zweite Stein unter dem Sockel zwinkerte mir zu.

Ich riss das Tor auf und rannte, so schnell ich bei Gegenwind konnte, die Straße hinunter.

Als ich an der St. Pauls ankam, waren alle schon ganz aufgeregt über mein Verschwinden. Blöderweise hatte Mrs Guthrie mit der verletzten Schülerin nicht so lange warten müssen wie gedacht und war schon vor mir da. Ich musste mir von ihr eine lange und ernste Predigt über Gehorsam und Verantwortung anhören. Mal abgesehen von einer Strafarbeit (nicht schon wieder, wenn vielleicht auch verdient).

Ich konnte sie wenigstens glaubhaft davon überzeugen, dass ich bei einem Brautmode-Laden am Schaufenster kleben geblieben sei – wegen des Balls.

Mrs Guthrie akzeptierte die Ausrede, mahnte aber, dass ich den Reiterball in den Wind schreiben könnte, sollte ich mich noch einmal unerlaubt bei Nacht davonschleichen. Das sollte kein Problem sein. Ich würde die Dunkelheit da draußen trotz Straßenlaternen ab sofort entschlossener meiden als Valérie Fish and Chips. Die Dunkelheit und steinerne Sockel.

Kamingeständnisse

»Es ist perfekt!« Emma strahlte mich an, als wir den Laden für Braut- und Abendmode verließen.

»So können wir alle drei gehen«, gab ich zurück und grinste genauso breit. Seit meinem Ausflug nach Murrayfield war bereits eine Woche vergangen. Ich hatte nach der abgegebenen Strafarbeit und einer – dank Camilla, dem Technik-Freak – tollen PowerPoint-Präsentation den Hausarrest erlassen bekommen, um mit meinen Freundinnen shoppen zu gehen. Und es hatte sich gelohnt.

Wir hatten nicht nur für mich ein traumhaft schönes Kleid in Lavendelblau gefunden, sondern auch für sie und Camilla Kleider in Mintgrün und Weinrot. Außerdem hatte ich ein neues Handy in meiner Einkaufstüte. Was ich immer noch nicht hatte, war ein Lebenszeichen von Finn, und das machte mich langsam richtig wütend.

Sollte er doch seinen Elfenkram selber regeln und herausfinden, was es mit dieser regnenden beziehungsweise sonnigen Pforte auf sich hatte!

»Wollen wir unseren Erfolg mit einem Kaffee feiern?«, unterbrach Emma meine Gedanken. Unsere Shopping-Tour hatte einige Stunden gedauert und zu dieser Jahreszeit wurde es bereits dämmrig. Die ersten Geschäfte hatten auch schon Weihnachtsschmuck in den Schaufenstern und vereinzelt hingen Lichterketten in der Stadt. Der ideale Zeitpunkt für einen Kaffee und was Süßes.

»Ich hätte lieber einen Pfannkuchen«, gestand ich.

»Denk dran, du musst in vier Wochen noch immer in das Kleid passen«, mahnte Camilla, feinfühlig wie immer.

»Nein, heute denke ich nicht daran. Ich will Pfannkuchen. Ab morgen werde ich nur noch an den Ball denken.«

»Und tanzen«, seufzte Emma und vollführte eine Pirouette, die ihre Einkaufstaschen wirbeln ließ.

»Hier rein?« Ich deutete auf das Elephant House, das berühmteste Café von Edinburgh.

»In diese Touristenfalle?« Camilla verzog das Gesicht.

»Ja. Hier gibt es die besten Pfannkuchen mit Schokosoße und Eiscreme.«

»Ich will auch«, stimmte Emma mir zu und ich stieß die Tür auf. Hier war es wie immer voller Touristen, die ein wenig Magie zu finden hofften. Das oder einen Autor, der an diesen Tischen so manchen Bestseller geschrieben hatte.

Eine Kellnerin brachte uns in den hinteren Raum, aus dessen Fenstern man die Burg von Edinburgh sehen konnte.

Wir bestellten Cappuccino und Pfannkuchen mit Eis und Schokosoße, und ich nahm mir für diesen Nachmittag vor, Finn, Elfen und alles zu vergessen und stattdessen die

Zeit mit meinen Freundinnen zu genießen. Ich hatte ein schönes Kleid und ein neues Handy. Ich packte es aus, legte den Akku ein und die SIM-Karte. Sofort piepte es.

»Hurra«, atmete ich auf. »Endlich wieder Zivilisation!«

»Und du bekommst schon Nachrichten!«

»Meine Eltern«, vermutete ich, ohne näher hinzusehen.

»Seit wann sind die blond und so verdammt gut aussehend?«, fragte Emma, die neugierig aufs Display sah.

Ich erstarrte. Nur mein Magen machte einen kleinen Hopser.

Wie hatte er ...?

»Jetzt wird mir klar, weshalb du hierherwolltest!«, sagte Camilla. Doch sie sah nicht aufs Handy. Ich folgte ihrem Blick.

Da war er. Er hatte soeben das Café betreten.

Zwischen all den Menschen rundum hob er sich ab mit seinen dichten blonden Haaren und dem ebenmäßigen Gesicht. Wenn er dabei nur ein wenig lächeln könnte ... Vermutlich würde ihm die ganze Welt zu Füßen liegen. Aber nein! Auch jetzt verzog er grimmig sein Gesicht.

»Wie fein. Wir werden unsere Bekanntschaft vertiefen«, hauchte Camilla. Sie war regelrecht entzückt.

Ich sah zu ihr und schüttelte den Kopf. »Du willst ihn nicht wirklich kennenlernen. Er ist rechthaberisch, bestimmend und stur. Meistens jedenfalls.« So, das saß. Das durfte er mit seinen Elfenohren ruhig hören.

»Und er steht auf dich«, sagte Emma unbeeindruckt.

»Das bezweifle ich ganz stark.« Ich brauchte ihn nicht auf uns aufmerksam zu machen, er fand uns sofort. Vermutlich hatte das Wort »stur« ihn aufhorchen lassen. Ich hoffte es.

Er hatte unseren Tisch erreicht.

»Allison, wir hatten eine Verabredung.«

»Hallo Finn. Wie schön dich zu sehen«, sagte ich übertrieben fröhlich. »Was für ein wunderbarer Tag. Das Wetter ist zwar nicht besonders schön, allerdings sitzt man hier warm und trocken mit dieser grandiosen Kulisse vor Augen. Da kann man schon mal die Zeit und alles andere vergessen, findest du nicht?«

»Nein.«

»Warum hast du dich dann nicht gemeldet?« Ich legte den fröhlichen Tonfall ab.

»Ich hatte dir eine Nachricht geschickt und um ein Treffen gebeten. Das war vor über einer Stunde.«

Meinte er das ernst? Blöde Frage, es ging hier schließlich um Finn, den Humorlosen.

»Allison, ich muss darauf bestehen, dass du …«

»Setz dich«, sagte ich in einer perfekten Imitation seines Tons. »Du hast dich wochenlang nicht gemeldet und erwartest, dass ich springe wie ein Zirkuspferd, sobald du auftauchst? Soll ich auch noch mit dem Schwanz wedeln, wenn ich dich sehe?«

»Das tun Hunde«, meinte Finn irritiert.

»Genau. Ich nicht. Ich trinke meinen Cappuccino aus, esse den Pfannkuchen und du hast die Gelegenheit, meine Freundinnen besser kennenzulernen. Ich möchte essen, du möchtest aufbrechen. Irgendwie habe ich gerade ein Déjà-vu, woher kommt das nur?«

Sein mahnender Blick schien mich zu durchbohren. Geschah ihm recht. Er hatte mich so lange warten lassen, er konnte noch eine halbe Stunde schmoren. Das verstand er auch, denn er hatte mir in die Augen gesehen. Langsam ließ er sich auf dem freien Stuhl nieder.

»Emma, Camilla, ihr erinnert euch ja an Finn, dessen Nachnamen ich nicht aussprechen kann.«

»Laoghaire«, antwortete er für mich und sah irritiert auf die Hand, die Clarissa ihm hinstreckte.

»Die schüttelt man«, erklärte ich und erntete dafür einen vernichtenden Blick.

Camilla strahlte, als er die Hand ergriff. »Hey!«, hauchte sie. »In vier Wochen ist ein Reiterball im Gestüt der McDonalds. Magst du auch kommen? Ich darf jemanden mitbringen.«

Emma und ich sahen Camilla verblüfft an.

»Acht Uhr, im Smoking auf Cirkmillar Castle. Ich lasse dir eine Einladung zukommen, wenn du mir sagst, wo du wohnst.«

»Allison weiß, wo ich wohne.«

Er sah meinen ungläubigen Blick.

»Danke für die Einladung«, interpretierte er meinen Blick falsch.

Die Bedienung erschien und strahlte ihn an.

»Was darf ich dir bringen?«, fragte sie Finn und zwinkerte ihm verstohlen zu. Sie war schon Ende zwanzig und flirtete mit einem …? Ich setzte sein richtiges Alter erneut auf meine lange Liste mit Fragen.

»Ich nehme das, was sie auch hat«, sagte er und deutete auf mich.

Emmas hochgezogene Brauen sagten alles. Ich trat unter dem Tisch nach Finn. Er zuckte nicht, doch auf einmal konnte er lächeln. Und zwar lächelte er die Kellnerin an.

»Ich hab es mir überlegt. Meine Freundin und ich müssen doch sofort gehen.« Er stand auf, nahm ganz selbstverständlich meine Tüten in die eine, mit der anderen meine Hand und lächelte noch einmal so herzlich Camilla und Emma an.

»Es tut mir leid. Ich bringe Allison nachher zum College. Oder seid ihr dann noch hier? Wir werden ein paar Stunden unterwegs sein.«

Emma und Camilla schüttelten mit offenem Mund den Kopf.

»Ich danke euch. Und nochmals vielen Dank für die Einladung, Camilla. Ich versuche es einzurichten.«

Dann zog er mich aus dem Café auf die Straße. Ich fühlte alle Blicke auf uns gerichtet und es war mir sehr unangenehm. Vor allem aber war ich sauer, weil er sich doch durchgesetzt hatte. Sobald wir draußen waren, würde er was zu hören bekommen!

»Du … du …« Mistkerl, ungehobelter Tyrann, Fiesling. Ich wusste nicht, was ich zuerst sagen sollte.

»Möchtest du lieber denken, statt zu reden? Beim Denken stottert man weniger«, sagte Finn, als er mich auf der George-IV.-Bridge hinter sich herzog. Er sah mir in die Augen und ich dachte: *Du Elf!*

Etwas Besseres fiel mir gerade nicht ein.

»Vielleicht ist Stottern doch besser«, bemerkte er und blickte wieder nach vorn.

Es nutzte mal wieder überhaupt nichts, wenn ich versuchte mich loszueisen. Er zog mich mit seiner unheimlichen Kraft weiter und bemerkte meine Bemühungen überhaupt nicht. Zumindest schien er zu registrieren, wie sehr ich mich sträubte. Er warf einen Blick zurück.

»Tut mir leid«, sagte er.

Ich hörte wohl nicht richtig?

»Ich konnte mich nicht früher bei dir melden. Ich bin erst gestern Morgen zurückgekommen«, sagte er. »Und dann musste Ean nach Avalon, um einen detaillierten Bericht über die jüngsten Todesfälle abzuliefern. Solange Ean fort war, hatte ich Wachdienst.«

»Gestern Morgen erst? Und woher?«, hörte ich mich fragen, obwohl ich nichts hatte sagen wollen.

»Ich erkläre dir alles, sobald wir bei mir sind. Du kannst mich fragen, was immer du willst, ich werde dir antworten. Aber erst zu Hause, ja? Ich muss nur noch was zu essen machen. Du bekommst auch deinen Pfannkuchen, wenn du magst.« Jetzt endlich bekam auch ich ein kleines Lächeln geschenkt. »Leider gibt es bei mir keinen Cappuccino. Ich hoffe, du magst Tee.«

»Ein Tee wäre nett«, sagte ich hoheitsvoll.

Mit dem uralten Sportwagen fuhren wir nach Murrayfield in das Addams-Haus. Finn nahm meine Tüten aus dem Auto, doch statt in den Werkraum zu gehen, erklommen wir die Treppe und ich staunte.

So heruntergekommen der untere Bereich des Hauses war, so sauber und wohnlich war das obere Stockwerk.

»Es gibt noch eine Etage mit unseren Schlafzimmern und Bädern«, erklärte Finn und führte mich in ein Wohnzimmer.

Es war nicht wirklich ordentlich. Zeitschriften lagen verstreut auf dem Sofa, zwei benutzte Tassen hatten auf der Tischplatte Kränze hinterlassen und vor dem Kamin war etwas Asche auf die Eisenplatte gefallen.

Meine Einkaufstüten wurden sorgsam in eine Ecke gestellt und Finn kniete sich vor dem Kamin nieder. Innerhalb weniger Minuten hatte er ein Feuer entfacht.

»Ich mache uns was zu essen und einen Tee. Dann können wir reden.«

Er nahm die verschmutzten Tassen, verschwand im Flur und ließ mich allein zurück.

Neugierig sah ich mich weiter um. Die Möbel waren alt und einfach, die Wände kahl bis auf zwei Wandlampen. Ich konnte nirgends ein Foto oder etwas Persönliches entdecken und die Zeitschriften, die ich auf einen Stapel ordnete, waren ältere Ausgaben von verschiedenen Tageszeitungen. Finn hatte eine davon zum Anzünden benutzt. Alles in allem wirkte der Raum wie ein vornehmes Wohnzimmer aus der Vorkriegszeit mit den bunten Tapeten, der

Holztäfelung an der Decke und den schon ein wenig verschlissenen Orientteppichen auf dem Boden. Ich vermutete, dass dies kein wirkliches Zuhause, sondern einfach nur eine Unterkunft für ihn und Ean darstellte. Alles wirkte zweckdienlich, aber nicht wirklich gemütlich. So, als wäre er nur vorübergehend hier einquartiert. Das Feuer machte den Raum jedoch richtig heimelig. Ich wusste nicht, dass ein Kamin solche Behaglichkeit verbreiten konnte. Statt auf das Ledersofa setzte ich mich auf den Teppich davor, zog meine Schuhe aus und hielt meine Füße näher an die Flammen. Es war wirklich bedauerlich, dass meine Eltern für so was überhaupt keinen Sinn hatten.

»Es gibt auch Sitzmöbel«, sagte Finn hinter mir. »Direkt hinter dir ist so ein Teil. Und es ist kein Museumsstück, man darf es nutzen.«

»Hey, du weißt also doch, was Ironie ist!«, sagte ich und strahlte ihn so erfreut an, als hätte er mir ein Kompliment gemacht.

Er grinste leicht, indem er einen Mundwinkel höher zog als den anderen. Er reichte mir einen dampfenden Becher mit Tee und ging noch einmal in die Küche. Als er zurückkam, fragte ich: »Um wieder auf Nummer sicher zu gehen: Ist der mit irgendwelchen Kräutern versetzt, die mich willenlos machen oder mein Unterbewusstsein auf eine höhere Ebene bringen?«, fragte ich und schnüffelte vorsichtig.

»Wenn Pfefferminz das bei dir auslöst, ja.«

»Oh. Na dann.« Ich nippte.

»Kann ich dich hiermit versöhnen?«, fragte er und zauberte hinter seinem Rücken einen Teller hervor, auf dem ein dampfender Pfannkuchen mit Puderzucker lag.

»Ich habe leider keine Schokoladensoße im Haus. Vor Ean ist nichts Süßes sicher«, sagte er, ließ sich neben mir nieder und biss seinerseits in ein Sandwich.

Der Pfannkuchen roch herrlich. Süß und buttrig, genau wie ich ihn mochte. »Er ist perfekt«, sagte ich ehrlich.

Schweigend aßen wir.

Die alte Standuhr im Hintergrund tickte übernatürlich laut und die Flammen prasselten. Ansonsten war es ganz still. Nachdem wir aufgegessen hatten, hörte ich nicht einmal Finns Atem.

»Muss ein Elf atmen?«, fragte ich, um die Stille zu überbrücken.

»Muss ein Mensch atmen?«

»Also ja«, schlussfolgerte ich. »Was unterscheidet euch Elfen organisch von den Menschen? Habt ihr ein Herz oder hast nur du keines?«

»Und das, nachdem ich dir Pfannkuchen gemacht habe«, grummelte er spöttisch. Doch dann hörte ich seine Stimme in meinem Kopf:

Wenn sie wüsste, dass mein Herz viel zu groß ist und mir das zum Verhängnis wurde.

Was meinte er damit?

Ich nippte schnell an meinem Tee und verbrannte mir die Zunge.

»Verflikft«, nuschelte ich und zog scharf Luft ein, um es zu kühlen.

»Eine kleine Eigenschaft haben wir Elfen, die euch Menschen fehlt«, sagte Finn. »Dreh dich mal zu mir.«

Ich wandte den Kopf und zog noch immer ruckartig Luft in den Mund.

Finn kam etwas näher und pustete sanft. Sein Duft aus Flieder und Leder umwehte mich. Mein Kopf wurde plötzlich ganz wuschig weich, wie wenn man zu viel Alkohol getrunken hat oder unterzuckert ist. Und im nächsten Moment war alles verflogen: sowohl der Duft als auch das Gefühl. Und der Schmerz.

Ich lehnte mich zurück.

»Was war das?«

»Unser Atem kann Schmerzen lindern«, erklärte er und sah dabei in die Flammen. »Ansonsten ist der Organismus von uns Elfen dem der Menschen sehr ähnlich. Nur unsere Zellen sind anders aufgebaut. Auf Avalon würde man dir vermutlich eine sehr detaillierte Information zum Körperbau geben können. Du weißt ja, die Bibliothek ist riesig.«

»Erzähl mal. Was könnt ihr Elfen noch alles außer Gedanken lesen und blasen? Ich meine, Schmerzen wegpusten«, korrigierte ich mich schnell, als er spöttisch eine Augenbraue hob. »Du kannst nicht wirklich den Frühling herbeirufen, oder?«

»Nein.«

Ich wartete, doch da kam nichts mehr. Er nippte an seinem Tee und starrte in die Flammen.

Meine Güte, er war wirklich nicht unbedingt eine Plaudertasche.

»Könnt ihr zaubern? Also so was wie Blumen aufblühen lassen? Oder fliegen?«

»Was für einen Quatsch erzählt man euch über Elfen?« Er schüttelte den Kopf und dann fügte er ganz beiläufig hinzu:

»Wir können durch die Zeit reisen.«

Die Legende aus dem dreizehnten Jahrhundert

Ich verschluckte mich und verbrannte mir erneut die Zunge. »Ist. Nicht. Wahr?« Ich starrte ihn an.

Ganz unbeeindruckt trank er weiter seinen Tee. Zeitreisen? Ich beobachtete ihn genau, doch er verzog keine Miene. Nicht mal ein klitzekleines bisschen.

»Du veräppelst mich«, kam ich zu dem Schluss. »Vielleicht bist du mal hinterrücks durch die Tür gegangen und hattest ein Déjà-vu. Rückwärtsgehen ist nicht dasselbe wie durch die Zeit zu reisen.«

»Das ist wahr«, sagte er ruhig. Das schien kein Scherz zu sein. Das schien sein völliger Ernst zu sein.

»Na fein, könntest du mir …«, ich überlegte kurz, »eine Schreibfeder aus dem siebzehnten Jahrhundert besorgen? Oder nein, nein! Spurte nicht direkt los. Ich hab eine bessere Idee! Ich hätte gern einen Lorbeerkranz aus der Römerzeit!«

Ich starrte ihn ganz angestrengt an. Ich wollte keinesfalls versäumen, wenn er sich in Luft auflöste.

Doch er löste sich nicht in Luft auf. Er blieb einfach ruhig und Tee schlürfend neben mir sitzen.

»Ich meine es auch ernst. Du weißt doch, ich scherze nicht.« Doch sein Mundwinkel zuckte, als müsste er ein

Lächeln verkneifen. Dieser Augenblick währte allerdings nur kurz, denn schon im nächsten Moment stellte er den Tee neben sich ab und starrte finster ins Feuer. »Ich kann es nur nicht von hier aus. Ich muss erst einen Kraftort suchen. Und dann sind da gewisse Regeln zu beachten und ich kenne auch nicht mehr alle Gesetze.«

Ich horchte auf. »Es gibt Gesetze fürs Zeitreisen?«

»Natürlich. Du hast ja schon von Zeitagenten gehört. Nur sie dürfen durch die Zeit reisen. Zeitagenten haben sehr konkrete Vorgaben, die es zu beachten gilt und die sich teilweise so oft ändern wie die Erlasse im Parlament. Da ich kein Zeitagent … bin, habe ich keine Übung mehr darin.«

Er hatte mitten im Satz gezögert und *keine Übung mehr* gesagt. War er früher mal einer gewesen? War der Vorfall, den der Oberon angedeutet hatte, schuld, dass er nicht mehr durch die Zeit reisen durfte?

»Okay«, ich sprach das Wort extra breit gedehnt aus, »gehen wir jetzt mal davon aus, dass du in der Vergangenheit gewesen bist, warst du zufällig am Tag des Überfalls dort? Konntest du was sehen? Die Angreifer identifizieren?«

Finn atmete tief durch. »Ich war nicht beim Überfall. Das ist leider nicht möglich. Wir können nur einmal jeden Ort in der Vergangenheit besuchen zu einem Zeitpunkt, an dem wir noch nicht anwesend waren. Sonst würden wir uns selbst begegnen müssen und das ist physikalisch ja wohl nicht möglich.«

Ach, aber *Zeitreisen*?

»Doch, ich war in der Vergangenheit. Im dreizehnten Jahrhundert genau genommen«, begann er auf einmal.

Ich verschluckte mich erneut. Hastig klopfte er mir auf den Rücken.

»Du musst doch was geahnt haben. Immerhin hast du mich darauf gebracht. Du hast in der Bibliothek die Zeitreisen erwähnt.«

»Du warst …? Ich dachte …« Ehrlich gesagt wusste ich nicht mehr, was ich gedacht hatte. Zumindest nicht, dass er so hopplahopp achthundert Jahre überspringen konnte.

»Willst du jetzt alles erfahren?« Mit einem Mal wirkte er aufgeregt. Ich nickte schnell. Was für eine Frage!

»Also, ich war im Jahr 1247. Ich kenne dort eine Frau, eine Heilerin. Sie ist die Letzte, die das alte Wissen noch erlernt hat. Und sie ist mir … verbunden.«

Verbunden? Meinte er etwa …

»Nein, wir sind nicht romantisch liiert«, sagte er und lächelte. Doch es war ein trauriges Lächeln.

»Wir sind auf andere Weise verbunden«, fügte er hinzu und starrte in die Flammen.

Ich kapierte, wenn jemand etwas nicht sagen wollte, weil es ihm zu schmerzhaft war. Deshalb ging ich nicht weiter darauf ein, sondern fragte: »Was meinst du mit ›altem Wissen‹?«

»Das, was von Generation zu Generation mündlich weitergegeben wurde. Wissen, das in der Bibliothek von Avalon irgendwo verborgen ist, aber zu jener Zeit noch mündlich weitergegeben wurde. Viele Legenden und Mythen gingen verloren, weil man sie nicht schriftlich festhielt. Wir haben ein paar Beauftragte, die in der Zeit reisen und noch nachträglich versuchen diese verlorenen Geschichten zu sammeln. Zum Glück war noch niemand dieser ›Legendären‹, wie wir sie nennen, bei ihr.«

»Glück? Wieso?« Ich verstand nicht.

»Weil dann der Oberon von meinen Nachforschungen erfahren würde. Er wäre bestimmt nicht begeistert, wenn ein Wächter sich in Ermittlungen einmischt. Ich denke, es ist vorläufig besser, wenn nur wir beide davon wissen.«

Wir beide. Er nannte mich einen Komplizen, obwohl ich ein Mensch war, ohne Elfenblut.

»Wie ist es im dreizehnten Jahrhundert? Was hast du von der Frau erfahren?« Ich hörte, wie ich flüsterte. Ich hätte ihn so gern begleitet. Eine Reise ins Mittelalter! Die Magna Charta war gerade erst in Kraft getreten, Robin Hood machte die Wälder unsicher und Wales musste sich endgültig unterwerfen. Was für eine aufregende Zeit!

Und Finn begann zu berichten: »Hilda lebt in keiner Gemeinschaft. Sie wohnt in einer Hütte ein wenig außerhalb vom Dorf und kann Brüche heilen, Schmerzen lindern und was man eben sonst alles als Medizinerin in dieser Zeit kann. Hilda kennt sich außerdem mit Aphrodisiaka aus und psychologischer Beratung, und wenn sie wollte, könnte sie auch jemanden verfluchen. Sie ist viel zu gutmütig dafür, doch sie hat mir mal erzählt, ihre Mutter hätte das regelmäßig gemacht. Am liebsten erzählt Hilda aber Geschichten. Die Kinder aus den umliegenden Dörfern kommen zu ihr, um ihr zu lauschen. An eine dieser Geschichten erinnerte ich mich. Deshalb bin ich zu ihr gegangen.«

Ich sah Finn an und stellte mir eine hutzelige, alte Frau in einer düsteren Kate voller getrockneter Kräuter vor. Eine Katze lag an einer offenen Feuerstelle, über der ein Kessel hing, in dem es brodelte. Und davor stand dann diese alte Frau, und vor ihr auf dem Boden saßen viele Kinder, die mit offenem Mund an ihren Lippen hingen.

»Ja, so in etwa ist es bei Hilda. Nur dass sie neben der Katze auch noch die Hühner im Haus hat.« Finn lächelte in Erinnerung an das Bild.

»Was war das für eine Geschichte?«, fragte ich. Ich hätte ihn so gern begleitet. Und die Frau kennengelernt, die ihm ein solches Lächeln entlockte. Das machte ihn mit einem Mal viel menschlicher und noch attraktiver.

»Sie hat diese Geschichte schon von ihrer Mutter gehört und die wiederum von ihrer Mutter und so weiter. Es ist wohl eine der ältesten Geschichten, die je erzählt wurden, und vermutlich die erste, die in Vergessenheit geraten ist. Ein Mythos über die Ursprünge Britanniens. Die Legende vom ›kleinen Volk‹.«

»Davon hab ich schon gehört«, sagte ich, als er nicht weitersprach. »Das britannische Urvolk, das hier lebte, ehe die Kelten und Pikten das Land bevölkerten. Und nach denen kamen die Römer, die Sachsen, die Wikinger und schließlich die Normannen.«

»Du hast in Geschichte aufgepasst. Gemäß Hildas Legende hat das kleine Volk die Steinkreise errichtet. Die Königin und ihr Sohn regierten über Britannien mit gütiger Strenge und arbeiteten Hand in Hand mit den Elfen. Sie haben in fortschrittlichen Häusern mit Wasserversorgung und Glasfenstern gelebt und wurden nie krank. Sie waren ein friedliches Volk und ein hochgebildetes. Sie kannten die Sterne, die Auswirkung des Mondes auf die Gezeiten, sie konnten Dürreperioden vorhersagen und harte Winter und entsprechend vorplanen. Sie waren ein Volk von Denkern, Weisen und Wissenschaftlern. Kein Volk des Krieges oder der Auseinandersetzung.«

Er trank erneut an seinem Tee und meine Gedanken hingen seinen Worten nach.

»Das klingt ein wenig nach dem antiken Rom«, sagte ich schließlich.

»So ähnlich stelle ich es mir auch vor«, sagte Finn. »In meiner Zeit als … also vor einigen Jahren habe ich das antike Rom einmal besucht. Eine laute Stadt, hell, heiß und voller verschiedener Gerüche und doch sehr sauber, bis auf die Pferdeäpfel auf den Straßen natürlich. Das kleine Volk muss noch einen Schritt weiter gewesen sein, denn während die Römer Wasser aus Bleileitungen tranken und daran oft tödlich erkrankten, kannten sie Arzneien, die jede Krankheit heilten. Hilda nannte es Magie statt Arznei.« Wieder lächelte er, als er Hilda zitierte. Doch das Lächeln schwand, als er weitererzählte.

»Als die streitlustigen Kelten mit ihren Göttern kamen und nach ihnen auch noch die gewalttätigen Römer, zogen sie sich zurück auf eine Insel in der Irischen See. Der

Legende nach haben sie dieses Eiland nie mehr verlassen. Ein Nebel schützt sie dort vor Seefahrern und fremden Eroberern. In Hildas Geschichte geht es um den Prinzen, den Sohn der dunklen Königin, der eines Tages das Volk nach Britannien zurückführen soll. Doch stattdessen bringt er einen Fluch über sie. Er verlässt die Insel und verliebt sich in ein Drachen-Mädchen. Weil er nicht mit ihr zusammen sein kann, wird er krank und fällt in einen tiefen Schlaf, aus dem er nie wieder erwacht. Nur der Kuss seiner Geliebten könnte ihn retten. Das ist sehr unwahrscheinlich, denn das kleine Volk wurde komplett vergessen, weil die spärlichen Hinweise auf es von den nachfolgenden Religionen und Kulturen zerstört wurden. Also schläft er noch heute.«

Ich merkte, dass ich die Luft angehalten hatte. Nun, wo Finn mit seiner Erklärung am Ende war, stieß ich sie zischend aus. Meine Aufregung hatte sich gelegt. So nett die Geschichte auch sein mochte, sie klang doch viel zu sehr nach einem Märchen. Und sie brachte uns keinen Deut weiter.

»Was hat das mit dem Öffnen der Pforte zu tun?«, fragte ich.

»Du hast kleine Männer mit dunkler Hautfarbe gesehen«, erinnerte er mich. »Männer, die uns Elfen ohne Berührung schachmatt gesetzt hatten. Vielleicht hätte ich noch erwähnen sollen, dass das Volk sich mit einem schwarzen Nebel schützt, den es nach Belieben herbeirufen kann.«

»Glaubst du wirklich, der Mythos vom kleinen Volk ist kein Mythos?« Ich war mehr als skeptisch. Obwohl der schwarze Nebel – zu einer Zeit ohne Emissionsausstöße – schon sehr ungewöhnlich war.

Er zuckte die Schultern. »Ich weiß nur, dass es in meiner Welt mehr unerklärliche Dinge gibt, als eure Wissenschaftler zulassen würden. Vermutlich würde der Oberon, aber vor allem sein Kanzler und der Merlin das Ganze als Unsinn abtun.«

Sehr wahrscheinlich sogar, und ich gab ihnen im Stillen recht.

»Aber sie kennen Hilda nicht«, fügte er hinzu.

»Du hast wohl sehr großes Vertrauen in Hilda?«

»Ich vertraue ihrem Wissen und ihrer Erinnerung«, korrigierte er mich.

»Was aber noch immer nicht erklärt, ob deine Vermutung richtig ist und wieso ausgerechnet ich die Pforte geöffnet habe – und weshalb es in der Anderwelt anfängt zu welken.« Ich holte tief Luft. Leere breitete sich in meinem Innern aus. Die große, schwarze Leere der Enttäuschung. »Im Grunde heißt das, wir haben nichts«, sagte ich niedergeschlagen. So viel zur Komplizenschaft. Wir waren schöne Agenten. Außer einem uralten Märchen hatten wir nichts in Erfahrung gebracht.

Finn regte sich nicht. Nach ein paar Sekunden sah er zu mir und grinste breit und sofort wurde mir ein wenig wärmer. Eine etwas andere Wärme als die des Kaminfeuers.

»So würde ich das nicht sagen«, meinte er gedehnt. »Es gibt ein paar Zugänge zu der Insel des kleinen Volkes. Hilda hat mir zwei benennen können. Einer davon ist angeblich die magische Pforte im Mary Kings Close. Geschützt durch einen Dauerregen, den nur der Schlüssel zum Versiegen bringen kann.«

Auf einmal war sämtliche Aufregung zurück. In mir vibrierte alles innerlich.

»Und die andere?«, fragte ich mit angehaltenem Atem.

Er zwinkerte. »Hast du Lust auf einen kleinen Ausflug zum Loch Ness?«

Am Loch Ness

»Ein Ausflug? Zum Loch Ness? Wieso? Ist dort ein weiterer Zugang? Was hast du vor? Willst du alleine die Welt des kleinen Volkes betreten? Wie kommen wir hin, wenn du mich mitnimmst?«

Vor lauter Aufregung hatte ich Tee auf meine Hose gekleckert. Zum Glück war er nicht mehr brühend heiß.

»Dort ist kein direkter Zugang zur Insel des kleinen Volkes«, erklärte Finn und zog aus seiner Tasche ein Taschentuch hervor, damit ich meine Hose abtupfen konnte. »Hilda wusste allerdings, dass sich dort ein Kraftort befindet, der es uns Elfen erleichtert, in der Zeit zu reisen. Es gibt mehrere Kraftorte, doch dieser ist etwas Besonderes. Und deshalb musst du mit. Ich brauche deine Hilfe dort vor Ort.«

»Inwiefern?«, fragte ich verwundert. Immerhin hatte ich keine magischen Kräfte – nun ja, bis auf das Gedankenlesen, das ich nach wie vor nicht kontrollieren konnte.

»Vom Loch Ness aus kann man weiter reisen als normal.« Finn erhob sich, nahm mir die Tasse ab und verließ mit dem Geschirr das Wohnzimmer. Ich rappelte mich umständlich auf und eilte ihm nach. Er war in der Küche, wo er das schmutzige Geschirr in die Spüle stellte.

»Was meinst du mit weiter reisen? Wohin? Nach Amerika? Japan? Tasmanien?«, fragte ich erschrocken. Doch drängte sich Finn an mir vorbei in den Flur. Ich merkte, dass unsere gemütliche Unterhaltung von vorhin zu Ende war. Der Wächter war zurück, bereit seine Mission in Angriff zu nehmen.

Über die Schulter hinweg erklärte er, während er die Treppe hinunterstiefelte:

»Damit meine ich, weiter in die Zeit zurückreisen, als es einem Elf üblicherweise möglich ist. Wir können nur bis zum Tag unserer Geburt zurück. Dieser Ort ist deshalb besonders, weil ich über meinen Geburtstag hinweg in der Zeit springen kann. Und ich muss zu einem Zeitpunkt, der weit davor liegt. Vielleicht kann ich sogar etwas über das Herz der Anderwelt erfahren und nicht nur über das kleine Volk.« Am Fuße der Treppe blieb er stehen und sah mich auffordernd an: »Steigst du nun auf meinen Rücken oder nicht?«

Er drehte sich um, ging ein wenig in die Knie und streckte auffordernd die Hände nach hinten.

»Auf deinen Rücken?« Zweifelnd betrachtete ich Finns breite Schulter. Es mochte ja sein, dass er mich schon einmal getragen hatte, aber er wollte doch nicht ernsthaft mit mir bis zum Loch Ness laufen?

»Ich bin ein Elf. Wir haben eine gewisse Magie zu eigen. Mit der sind wir schneller als jeder Maserati.«

»Ist das ein Bond-Auto?«, fragte ich argwöhnisch.

Finn rollte die Augen. »Nein. Ein italienischer Sportwagen. *Ich* fahre ein Bond-Auto, und ich versichere dir, das ist wesentlich langsamer, als ich es bin.«

»Die klapprige Kiste?«, rutschte es mir raus.

»Ist ein Aston-Martin aus den Sechzigern. So einen hat Sean Connery in … Ach, das spielt doch überhaupt keine Rolle«, sagte er und kam wieder zum eigentlichen Thema zurück. »Willst du jetzt mitkommen oder soll ich dich ins Internat bringen und wir vergessen das Ganze?«

»Mitkommen«, sagte ich schnell. »Ich kann mir nur einfach nicht vorstellen, wie du mit mir über zweihundert Kilometer laufen willst. Ich meine, ich bin keine Elfe.«

»Nein, du bist ein Mensch.«

Ich stöhnte. Musste er alles so wörtlich nehmen?

»Damit meine ich, dass ich nicht so schlank und leicht bin wie Emma oder Valérie«, erklärte ich zähneknirschend.

»Und wenn du Melissa McCarthy wärst, könnte ich dich trotzdem schneller tragen, als wir mit einem Auto da wären. Nur fliegen wäre schneller.« Finn schien völlig überzeugt. Dagegen hatte ich dann auch keine Argumente mehr.

Ich kletterte auf seinen Rücken. Wieder fiel mir auf, dass er nicht so warm war, wie man es bei einem Jungen von seiner Statur erwarten sollte. Finn fühlte sich eher an wie Käse aus dem Kühlschrank.

»Wir Elfen haben einen anderen Stoffwechsel als Menschen«, sagte er, als hätte er meine Gedanken gelesen.

»Ich merk's«, sagte ich, meinen Mund ganz dicht an seinen spitzen Ohren. »Und ich merke auch, dass ich nicht die Einzige bin, die gern fernsieht. James Bond, Melissa McCarthy, he?«

»Vielleicht schaue ich einfach nur andere Filme als du«, gab er zurück und ich konnte von meiner Position aus nur das kleine Grübchen neben den Mundwinkeln erkennen. »Noch weitere Fragen?«

»Wie alt bist du eigentlich?«

»Wie alt schätzt du mich denn?«, fragte er zurück.

»Neunzehn, höchstens zwanzig?«, riet ich.

»Dann werde ich dich nachher mal aufklären. Aber später, einverstanden?« Er lächelte aufmunternd. »Halt dich gut fest. Es geht los.«

»Hüa«, sagte ich von seinem Rücken aus und umklammerte seine Brust fester.

Finn rührte sich nicht vom Fleck. Stattdessen wandte er den Kopf zu mir. »Sag das nie wieder oder ich lasse dich ins Loch Ness fallen.«

»Du verstehst wirklich keinen Spaß«, seufzte ich.

»Ich lache, wenn du im Wasser liegst«, gab er zurück und dann rannte er los.

*

Wenn ich mir je ausgemalt hatte, mit einem Bobschlitten eine Eisbahn hinunterzusausen, dann hätte ich es mir so vorgestellt. Das Tempo, das Finn damals bei der Entführung in den Princes Gardens an den Tag gelegt hatte, war nicht mal ein Bruchteil von dem, das er jetzt erreichte. Ich konnte rechts von mir nichts erkennen, weil alles *vorbeischlierte*. Ich konnte nicht mal den Kopf drehen, denn ich hatte viel zu viel Angst, ich könnte bei der kleinsten Bewegung von Finns Rücken fallen. Vor lauter Panik krallte ich mich an ihm fest. Meine Finger wurden taub, auch vor Kälte. Was bei Bella und Edward in Twilight so romantisch ausgesehen hatte, war in Wirklichkeit beängstigend, unangenehm und äußerst unbequem. Der nasse Teefleck auf meiner Hose fühlte sich an wie tiefgekühlt. Ehe mir die Finger abfielen, wurde Finn langsamer und blieb schließlich stehen.

»Allison?«, fragte er.

»Hm?«

»Ist alles in Ordnung?«

Ich war nicht in der Lage loszulassen.

»Kalt«, murmelte ich. Er umfasste meine Hände, lockerte sie und ließ mich sanft von seinem Rücken gleiten. »Das wird gleich besser. Wir sind da.«

Am Loch Ness war es nicht nur immer zugig, es war heute eiskalt. Außerdem regnete es in Strömen, und dazu blies in diesem Tal ein Wind, und ich glaubte Schneeflocken darin zu erkennen. Innerhalb von Sekunden war ich bis auf die Haut durchnässt. Und natürlich war es zwischenzeitlich stockfinster geworden, nicht gerade angenehm.

Ich begann zu zittern. Weshalb um Himmels willen musste es ständig so finster sein?

»Hast du Angst?«, hörte ich Finn neben mir fragen. »Ich verspreche dir, sobald wir im Urquhardt Castle sind, mache ich dir Licht.«

»W-w-warum bist d-du nicht b-bis vor die T-Tür gegelaufen?«, fragte ich bibbernd.

»Ich muss erst sichergehen, dass niemand mehr drin ist. Kannst du das Licht nicht sehen?«

Nein, ich konnte gar nichts sehen bei diesem Wetter.

Finn blieb abrupt stehen und horchte gegen den heulenden Wind und den Regen.

Ich sah zu ihm auf. Er war natürlich ganz trocken. Der Regen prasselte von ihm ab. Seine blonde Mähne war genauso hübsch verwuschelt wie immer.

Meine Haare hingen mir strähnig in die Augen.

»K-kann ich nicht wieder w-was von deinem L-Lotuseffekt abbekommen?«, fragte ich genervt.

Ich strich mir meine Haare aus dem Gesicht. Meine Hand zitterte dabei.

»Wir können gleich rein. Du brauchst keine Angst zu haben.«

»D-d-das ist es ni-ni-nicht«, stotterte ich. »M-m-mir ist k-kalt.«

»Niemand drin. Wir können gehen.« Er nahm meinen Ellbogen und führte mich durch die Dunkelheit.

Konnten Elfen auch im Dunkeln sehen? Ich sah nämlich nichts. Ich stolperte auch ständig, denn der Weg war voller Steine und Unebenheiten. Mein vernarbtes Bein schmerzte wie immer bei Kälte und meine altbekannte Panik setzte ein. Das Zittern wurde stärker und ich begann zu wimmern. Dann fühlte ich seine Arme um meine Knie und Schultern und ich wurde hochgehoben.

Sofort wurde der Lotuseffekt auf mich übertragen. So dicht an seinem Körper regnete es nicht. Leider war es auch nicht sonderlich warm. Ich schmiegte mich enger an ihn, in der Hoffnung, mehr Körperwärme zu erhaschen. Umsonst. Er fühlte sich noch immer an wie Käse aus dem Kühlschrank.

Mit mir auf den Armen war er schneller. Und mir wurde trotzdem ein bisschen wärmer.

»Kann es sein, dass Superman in Wahrheit ein Elf war?«, überlegte ich laut. »Von wegen Alien und fremder Planet, das sind ein paar Parallelen zu viel für meinen Geschmack. Gibt es für euch Elfen auch so was wie Kryptonit? Also eine Schwachstelle?«

»Frauen«, sagte ausgerechnet Finn und ich musste kichern. Ein bisschen Humor hatte er also doch.

Jetzt konnte ich auch das kleine, winzige Licht sehen, das er vorhin erspäht hatte. Es war schwach und flackerte unstet. Als ob eine Kerze diesem Wind ausgesetzt wäre.

Finn atmete tief durch. »Allison, wenn wir in der Ruine sind, darfst du dich nicht bewegen. Warte einfach dort, wo ich dich absetze. Hast du verstanden?«

»Wo sollte ich schon hin? Es regnet draußen.« Ich streckte eine Hand aus, die sofort den Regen abbekam, sobald sie sich von Finns Körper entfernte.

»Das meine ich nicht.« Er hob mich wieder etwas fester. »Die Ruine ist dort, wo wir hingehen, sehr instabil. Ein falscher Schritt, und der Boden könnte wegbrechen oder eine Wand einstürzen.«

Ich schluckte. »Und ich soll im Dunkeln in so einem gefährlichen Gemäuer auf dich warten? Allein? In dieser Kälte?«

Er seufzte, behielt sich allerdings eine Antwort vor.

»Finn, ich bleibe nicht allein zurück!«

»Du kannst schwerlich durch die Zeit reisen.«

»Warum eigentlich nicht?«, fragte ich nach einer Weile. Wir hatten die Mauern erreicht. Das Licht flackerte direkt über uns. »Wie machst du das denn?«

»Ich habe das jahrelang auf Avalon geübt und später …« Er stoppte und sagte knapp: »Menschen können nicht in der Zeit springen.«

»Na fein«, sagte ich. »Machen wir einen Deal. Du erzählst mir, wohin du *später* noch überall gesprungen bist und warum du es jetzt nicht mehr darfst, und ich bin ganz brav und warte hier. Aber nur, wenn du Feuer machst. Ist das da vorne eine Kerze? Irrt hier womöglich noch ein Elf herum?«

»Nein, das ist ein Irrlicht.«

Ich starrte ihn groß an. »Ein …? Ach, was frag ich überhaupt. Wartet oben im Turm ein Wolf im rosa Nachthemd mit Häubchen?«

Ich hörte Finns Schnauben und konnte mir seinen verständnislosen Blick sehr gut vorstellen. »Hier gibt es überhaupt keinen Stall mehr. Und was sollte ein Wolf mit einem rosa Nachthemd?«

»Trickfilme zählen anscheinend nicht zu deinem Repertoire, oder?«, seufzte ich bibbernd.

»Sobald wir da sind, mache ich ein Feuer«, hörte ich ihn dicht an meinem Ohr sagen.

Ich schloss die Augen und versuchte mir einfach vorzustellen, wir gingen durch die hell erleuchteten Straßen Edinburghs. Sobald ich die Augen aufschlüge, wären wir auf der Royal Mile. Da war es genauso kalt wie hier am Loch Ness. Nur hörte man dort kein Wasser leise gegen die Felsen am Ufer schlagen.

Ich spürte, wie es eine Treppe runterging.

»Gehen wir nicht zu dem Irrlicht?«, fragte ich, noch immer die Augen fest zugepresst.

»Das würde verschwinden, sobald wir uns nähern. Nein, wir müssen in den Kerker. Oder zumindest das, was davon übrig ist.«

Kerker. Na wunderbar.

»Wenn du die Augen zuhast, kann ich nicht sehen, was du denkst«, murmelte Finn auf einmal.

»Wieso solltest du das wollen?«, fragte ich und hielt sie weiterhin geschlossen.

»Ich wüsste es einfach gerne. Du bist so … sprunghaft. Ich versuche noch herauszufinden, ob das alle Mädchen von heute sind oder nur du.«

Jetzt musste ich sie doch öffnen. Doch ehe ich nachhaken konnte, was er damit meinte, sagte er: »Wir sind da.«

Ich wurde abgesetzt. Er schob mich sanft auf einen Vorsprung. Unter mir fühlte ich gemauerte Steine und bröckeligen Mörtel.

»Nicht bewegen«, mahnte er erneut und dann entflammte er ein Feuer. Innerhalb einer Sekunde zündelte ein kleiner Holzscheit und wenig später ein Haufen. Hier mussten öfter Elfen herkommen, denn in einer Ecke stapelte sich ordentlich gehacktes Brennholz. Die Wärme verteilte sich sehr schnell.

»Wow. Hast du das mit deinen Augen gemacht?«, fragte ich.

»Nein. Ihr Menschen habt diese geniale Erfindung. Sie nennt sich Feuerzeug.«

Ich erwiderte nichts, denn er grinste wieder so schelmisch. Nett.

Dann erinnerte ich mich, dass er ständig versuchte meine Gedanken zu lesen, und ich sah mich in dem Raum um, in dem wir uns befanden. Alle Wände waren aus diesen grob gehauenen Steinen. Es gab zwei Eingänge und unmittelbar neben meinen Füßen befand sich ein Loch, das bodenlos schien. Erschrocken wollte ich Abstand dazu nehmen, doch Finn hielt mich an der Schulter zurück.

»Nicht bewegen, Allison«, sagte er noch einmal. »Hier ist es gefährlich, wenn man nicht genau weiß, wohin man treten muss.«

»Finn!« Ich konnte meine Panik nicht länger unterdrücken. »Finn, du darfst mich hier nicht allein lassen. Bitte! Geh nicht. Lass mich nicht zurück.«

»Allison! Dir geschieht nichts. Du musst nur hier warten. Sieh doch!«

Er umfasste meine beiden Schultern und deutete auf die Mauer neben mir.

Ich löste meinen Blick von seinen Augen und schaute neben mich. Dort war – das Zeichen! *Mein* Zeichen! Drei Punkte, die ein kopfstehendes Dreieck bildeten. Ich tastete nach meiner linken Hand und fuhr darüber.

»Das konnte dir Hilda sagen?«, fragte ich verblüfft.

Finn nickte.

»Es gibt vermutlich noch mehr, doch sie wusste nur von diesem hier. Ich habe ihr nichts von deinem Muttermal erzählt, aber ich denke, das ist kein Zufall. In fünf Minuten sollte ich alles in Erfahrung gebracht haben, was wir brauchen, um den Zugang zum kleinen Volk zu finden.«

Egal wie schnell er laufen konnte, ich bezweifelte, dass er schnell genug war, um das in fünf Minuten zu erledigen.

Ich wollte nicht allein hierbleiben. Nicht einmal für fünf Minuten. Hier war es unheimlich. Unheimlich gruselig. Ich hatte in den letzten Wochen mehr Zeit im Dunkeln verbracht als in meinem ganzen Leben zuvor. Dabei hasste ich die Dunkelheit. »Wieso musste ich mitkommen, wenn ich doch nicht in der Zeit reisen kann? Ich hätte zu Hause auf dich warten können. Lieber in deinem Gruselhaus als hier in dieser gespenstischen Ruine.«

Finn seufzte, doch er klang geduldig, als er erklärte: »Du bist der Schlüssel. Nur deinetwegen kann ich den Kraftort nutzen und so weit in die Vergangenheit springen.«

Der Schlüssel. Ich war der Schlüssel.

»Allison? Ich reise jetzt. Denk immer dran, dir kann hier nichts geschehen.«

»Und das Irrlicht?«, fiel mir ein. »Was, wenn es versucht mich ins Moor zu locken?«

»In welches Moor? Hier ist weit und breit kein Moor.«

»Dann in den See. Oder in die Highlands, was weiß ich?«

Finn rollte entnervt mit den Augen. »Ein Irrlicht versucht niemanden irgendwohin zu locken. Irrlichter sind phosphoreszierende Pilze und in Mooren sich selbst entzündende Gase.«

»Sagst du. Ich sitze hier in der Pampa, dicht an einem See, der den letzten Dinosaurier der Erde beinhalten soll, in einem Gemäuer, das bald einbricht, und kann deshalb noch nicht einmal weglaufen, wenn sich Nessie entschließen sollte auf Jagd zu gehen.«

Finn rollte die Augen.

»Bis Nessie bei dir ist, bin ich zurück und hab dich über alle Berge getragen. Ehrenwort. Soll ich mir dafür noch die Haut aufritzen und einen Bluteid schwören?«

»Würdest du das tun?«, fragte ich, ohne es ernst zu meinen. Doch schon tastete er in seiner Hosentasche herum und zog ein kleines, spitzes Messer hervor.

»Das war ein Scherz, Finn«, sagte ich schnell. Den Anblick von Blut könnte ich jetzt überhaupt nicht ertragen.

»Ich weiß«, sagte er und zwinkerte mir zu. »Aber wie ist es? Magst du das Messer hier bei dir behalten? Würdest du dich damit besser fühlen?«

Würde ich mich damit besser fühlen?

»Könnte ich damit ein Wesen abwehren, das versucht mich in den See zu locken?«

»Nein.«

»Dann glaube ich, geht es ohne.«

»Tapferes Mädchen«, sagte er lächelnd.

Dann trat er vor den Stein mit dem Mal und blieb regungslos davor stehen.

Wirklich, sehr seltsam. Die gleichen Punkte, genauso wie auf meiner Hand. Ich blickte auf meine Hand und strich darüber. Als ich wieder aufschaute, war Finn fort.

Die Geheimnisse des Urquhardt Castle

Schlagartig wünschte ich mir doch das Messer zurück.

Auf einmal war es noch stiller und dennoch vernahm ich jedes Geräusch viel lauter. Das Knistern der Flammen vor mir. Oder den Wind, der um den Turm pfiff. Oder war es das Irrlicht?

Ich horchte.

Nein, da war nichts Ungewöhnliches. Die Sekunden krochen dahin. War er tatsächlich erst seit einer Minute weg? Die Zeiger an meiner Uhr mussten falsch gehen.

Ich sah mich im Raum um. Das Zeichen, vor dem er verschwunden war, wiederholte sich an keiner Wand. Stattdessen gab es eine Gravur mit Wellenlinien. Was mochte das für ein Ort gewesen sein? Konnten nur Elfen ihn betreten? Würden Muggel auf dem Weg hierher sich daran erinnern, wohin sie ihre Brille verlegt hatten oder dass der Herd nicht ausgeschaltet war?

Ich gab Finn recht. Ich hatte zu viele Fantasy-Bücher gelesen und -Filme gesehen.

Zum Glück hatte ich mir lange keine Horrorfilme mehr angeschaut. Dann würde ich hier vermutlich den Verstand verlieren.

Es war so still. Dieser Turm musste unmittelbar am

Wasser liegen, denn ich hörte leise die Wellen schlagen. Es platschte und von woanders her tropfte es. Der Regen hatte wohl aufgehört, denn das Prasseln war nicht mehr zu vernehmen. Was hatte mich eigentlich geritten, in den letzten Wochen ständig über meinen Schatten zu springen und freiwillig im Dunkeln zu sitzen? Es war nicht wirklich so, als würde ich mich von Mal zu Mal besser fühlen. Vor allem nicht hier, in dieser dunklen Kammer. Das Feuer war angenehm. Wenigstens etwas. Der Raum musste wirklich uralt sein. Abgesehen von den sich wiederholenden Wellenformen und den drei Punkten gab es keinerlei Verzierungen an den Wänden. Ich blickte auf meine Uhr.

Noch drei Minuten, ehe Finn wiederkäme.

Was war mit der Uhr nur los? Ich klopfte auf das Glas. Draußen schuhute eine Eule. Eine Eule? Hier gab es doch keinen Wald. Lebten Eulen auch in Burgruinen? Hoffentlich kamen aus diesem Loch neben meinen Füßen nicht auch noch Spinnen raus. Ich würde vermutlich aus Reflex aufspringen, versuchen rauszurennen und in das Loch fallen. Meine Güte, das war aber auch tief. Und noch dunkler. Kamen die Wellengeräusche nicht von dort? Dann musste das ein Zugang zum See sein. Gab es am Loch Ness Ebbe und Flut? Und wenn ja, würde bei Flut dieser Raum überflutet? Hoffentlich nicht. Wie lange konnte ich die Luft unter Wasser anhalten?

Das Wellenzeichen kam mir bekannt vor. Das hatte ich schon einmal gesehen.

Noch immer zweieinhalb Minuten.

So lange konnte ich keine Luft anhalten.

Ach verdammt. Der Wind heulte jetzt stärker. Ich hatte nie zuvor gewusst, dass er tatsächlich in unterschiedlichen Tönen pfeifen konnte. Ein Sturm musste aufziehen, um diese Lautstärke zu erreichen.

Konnte Finn auch bei Sturm laufen? Wie kalt würde mir dann erst werden! Das Feuer war ja ganz nett, aber dennoch wurde es immer unheimlicher. Jetzt fiel es mir wie Schuppen von den Augen. Das Zeichen! Es war das gleiche, das ich in der Bibliothek von Avalon gesehen hatte. Das, was ich vor Jahren auch in einer Höhle gesehen hatte. Das unvollständige W. Und mit dieser Erkenntnis fiel mir noch etwas anderes ein. Finn hatte gesagt, Elfen könnten bis zum Tag ihrer Geburt in der Zeit zurückspringen. *Und er war im dreizehnten Jahrhundert gewesen?* Mir lief es eiskalt den Rücken hinunter.

Für wie dämlich musste Finn mich halten, wenn ich ihn für höchstens zwei oder drei Jahre älter als mich schätzte?

Noch etwas über eine Minute.

Vielleicht sollte ich wieder singen, das würde mich ein wenig beruhigen.

Ich begann zu summen und dann von The Killers »Human« zu singen. Es half ein wenig.

Ich sang etwas lauter und versuchte dann zu improvisieren.

Gerade als ich an der Stelle *Will your System be alright* war, hörte ich es.

Ein Geräusch, das nichts mit Wellen, Wind und Eulen zu tun hatte. Es war ein Schlurfen.

Ich stockte. Der Wind stockte. Die Wellen hörte man mit einem Mal nicht mehr und auch die Eule war verstummt. Die plötzliche Stille war erdrückend.

Und dann vernahm ich es wieder.

Ein Schmatzen, ein Kratzen und ein Zischen, Steine, die über den Boden rollten.

Das Geräusch kam aus dem Loch neben meinen Füßen.

Da war etwas!

Es schien noch entfernt, doch es war absolut klar, dass etwas Lebendiges durch den Gang unter mir kroch. Es musste sich um etwas Großes handeln! Nein, es musste riesig sein, denn in dem Loch löste sich ein wenig Mörtel. Er bröselte in die tintenschwarze Bodenlosigkeit.

Ein Klacken begleitete Schlurfgeräusche, die immer lauter wurden. Und jetzt spürte ich eine leichte Vibration. Mit jedem dumpfen Klacken und Stampfen vibrierte etwas in mir. Die Narben an meinem Bein begannen zu jucken. Mein Bein wollte weg. Weg von hier.

Das ... was immer es war, musste jetzt unmittelbar unter dem Loch sein. Ich konnte nichts darin erkennen, es war so finster wie zuvor, doch ich roch auf einmal einen Hauch fauler Eier.

Das Feuer! Mein Feuer, das mir Licht und Mut geben und mich wärmen sollte, war auf einmal keine gute Idee mehr. Zum einen, weil mir siedend heiß wurde vor Angst, und zum anderen war mir klar, dass dieses Etwas, was immer es war, den Feuerschein vermutlich auch sehen konnte. Der Lichtschimmer musste in der Finsternis auszumachen sein wie ein Leuchtturm. Das Schlurfen und Schmatzen veränderte sich. Es wurde mehr zu einem Kratzen und Zischen. Der Schwefelgestank nahm zu. Ich musste hier raus. Ich hörte ganz deutlich, dass sich, was immer da unten war, begann an der Wand hochzuarbeiten – zu mir.

Ich sah mich panisch um. Wie kam ich hier raus! Ein Blick auf meine Armbanduhr sagte mir, dass Finn noch eine halbe Minute hätte, doch so lange konnte ich nicht mehr warten. Das da unten kam näher, das Kratzen wurde lauter, der faulige Geruch wurde stärker. Ich sprang auf und wollte – entgegen Finns Rat – aus dem Turm raus. Jetzt quoll weißer Dampf aus dem Loch neben mir. Er war heiß.

Ich stellte mich auf meinen Vorsprung. Bei drei würde ich darüber hinwegspringen in Richtung Tür. Ich starrte angestrengt über das Loch hinweg, ich wollte nicht sehen, was da gleich hervorgekrochen kam. Ich setzte zum Sprung an. Er musste gelingen.

Eins.

Zwei.

DREI!

Die Verfolgungsjagd

»ALLISON!« Finn tauchte aus dem Nichts neben mir auf. Sein Gesicht war beinahe so weiß wie der Nebel über dem Loch.

»Wir müssen weg. Du musst sofort hier weg. Du bist in größter Gefahr.«

Ohne Vorwarnung warf er mich über seine Schulter und sprang über das Loch hinweg und rannte durch die stockfinstere Ruine.

Ich hörte, dass wir verfolgt wurden. Doch das, was uns verfolgte, war kein Elf. Was immer in diesem Loch gewesen war, es hatte die Oberfläche erreicht. Ein Knirschen war zu vernehmen. Es raschelte und stampfte und grollte. Etwas Rotblaues zuckte um die Ecke. War das eine gespaltene Zunge? Ein Feuerstrahl erschien. Ich wollte nicht wirklich sehen, was uns verfolgte.

»Renn!«, schrie ich. »Renn!«

Ich war mir absolut sicher: Nessie war kein Mythos. Und es konnte Feuer speien.

Meine Eltern wären entzückt, schoss mir durch den Kopf.

Sollte ich ihnen je davon erzählen. Falls ich das hier überlebte.

Schneller als bei unserer »Hinreise« rannte er mit mir aus der Burg und den Hang hinauf. Ich hing kopfüber über seiner Schulter und fühlte seine Knochen bei jeder Bewegung unangenehm in meinen Magen schlagen. Wenn er so weiterlief, musste ich mich gleich übergeben.

»Was meinst du mit: Ich sei in Gefahr?«, rief ich gegen den Wind und meine Übelkeit an.

»Ich wurde erwischt«, rief Finn zurück. Er klang kurzatmig. Das verstärkte meine Angst. »Erwischt? Du meinst von …?«

»Da waren Soldaten des Oberon. Sie haben mich gesehen. Ich konnte in ihren Augen lesen, dass sie, sollten wir tatsächlich ermitteln, dich töten und mich verhaften sollen. Doch das war jetzt nebensächlich. Da war ein Drache.«

Drache? Ich musste mich verhört haben. Er hatte bestimmt Sache gesagt. Oder Wache. Oder Rache.

»Ich habe nicht gewusst, dass es dort Drachen gibt. Vermutlich ist er auch ein Wächter«, fuhr Finn fort.

Er wurde noch schneller und innerhalb von zwanzig Minuten erkannte ich das Flirren des Flughafens von Edinburgh. Jetzt hatte er sich selbst übertroffen. Doch das konnte mich im Moment nicht beeindrucken. Vielmehr gingen mir seine Worte nicht aus dem Kopf. Er wurde ein wenig langsamer, und ich erkannte den Weg, den er einschlug: Die Princes Street Gardens und somit den unteren Eingang zum Mary Kings Close. Erst als er den unteren, geheimen Eingang erreicht hatte, hielt er inne. Er setzte mich ab, umfasste meine beiden Oberarme und sah mich an. Sein Gesicht war noch angespannter als am Tag unserer ersten Begegnung, doch dieses Mal vor Sorge. Das konnte ich deutlich erkennen.

»Jetzt ist absolut keine Zeit für große Erklärungen. Ich wollte dir nie von den Drachen erzählen, ich wollte dich vor solchen Dingen schützen. Aber jetzt hat sich die Lage geändert. Ich wusste nicht, dass dort einer wacht.«

Er hielt einen Moment inne. Er musste tatsächlich verschnaufen, und das, obwohl Elfen doch so viel Magie in sich trugen. Nun war ich wirklich beunruhigt.

»Meinst du mit Gefahr, dass der Drache mich fressen wollte?«, fragte ich bang.

»Damit muss man bei Drachen immer rechnen. Nein, es ist schlimmer. Nicht nur ein Drache wachte dort, sondern auch Soldaten des Oberon. Sie wissen jetzt, dass ich unerlaubt weiter ermittle. Und sie haben von deiner Markierung erfahren, den Narben auf deinem Bein. Drachennarben. Die Elfen sehen in dir eine Gefahr.« Finn trat ungeduldig von einem Bein auf das andere. »Du weißt, wie schnell wir sein können.«

Drachennarben? »Die Elfen sehen in mir eine Gefahr und du willst mich … Willst du mich retten oder ihnen ausliefern?«

Finn sah aus, als hätte ich ihm eine Ohrfeige verpasst.

»Allison«, sagte er langsam und sah mir dabei in die Augen. »Ich will …« Doch was er wollte, konnte er mir nicht sagen. Er hatte etwas mit seinen Fledermausohren gehört, denn er hob ruckartig den Kopf.

»Sie sind gleich da!«, sagte er und griff nach meiner Hand.

Es zuckte, als er mich berührte. Es zuckte so stark, dass ein Funken zwischen uns aufglomm, so als wären wir elektrisch geladen. Meine Haare standen jetzt garantiert zu Berge.

Finn hatte mich augenblicklich losgelassen.

»Ich glaube, ich hab die falschen Schuhe an. Oder wir haben uns bei dem Lauf elektrisch aufgeladen«, murmelte ich und rieb mir den Unterarm, der noch nachhallte von dem elektrischen Schlag.

»Glaub, was du willst«, murmelte Finn und umfasste meine Taille. »Wir müssen weg. Du musst weg. Dringend!«

Er nahm mich auf seine Arme wie ein Baby und rannte los, tiefer in die Close hinein.

Finn rannte. Ich wusste, ich behinderte ihn. Nicht dass er schwitzte oder auch nur viel schneller atmete. Doch ich hatte ihn laufen sehen und wusste, dass er jetzt langsamer war. Zu langsam. Und anstatt nach einem anderen Ausgang zu suchen, rannte er weiter in die unterirdischen Gänge hinein, in Richtung der magischen Pforte.

»Wohin bringst du uns? Du rennst in unser Verderben«, schrie ich und wagte es nicht mehr zurückzublicken. Doch er lief unbeirrt weiter.

Ich wusste nicht, was er vorhatte, bis er den Raum mit dem Spiegel und Beyoncé erreicht hatte – und weiterhetzte.

»Bist du verrückt?«, konnte ich nicht an mich halten zu

schreien. Nicht dorthin! Nicht dahinein! Lieber würde ich es mit Feuer speienden Nessies aufnehmen!

Doch Finn blieb nicht stehen – er lief auf den Raum mit der magischen Pforte zu. Er bremste nicht ab. Gleich! Gleich wären wir drin, inmitten der tödlichen Atmosphäre. Gleich würden wir verenden. Wie die Ratte. Verwesen bei lebendigem Leib. Finn stoppte nicht. Er veränderte meine Position in seinen Armen. Wollte er mich als Schutzschild holen? Ich krallte mich fest. Nur noch wenige Schritte! Über seine Schulter hinweg konnte ich nun unsere Verfolger erkennen. Elfen! Und Ean lief vorweg! Finn hatte sie wohl schon länger bemerkt. Er wurde schneller, packte mich bei den Hüften. Jetzt hatten wir den Raum erreicht. Ringsum lagen Aschehäufchen um Aschehäufchen. Die Pforte schimmerte in einiger Entfernung so wunderschön, wie ich sie in Erinnerung hatte. Finn stoppte nicht.

In einer Sekunde wären wir mittendrin.

»Keine Angst, Allison!« Hatte Finn das geflüstert oder bildete ich mir ein mit mir selbst zu reden? Beides war umsonst, ich hatte panische Angst. Mein Herz klopfte bis zum Anschlag. Finns kräftige Finger pressten sich noch fester in meine Taille. Er hielt an. Der sonnendurchflutete Innenhof lag direkt vor mir. Es war warm. Und dann – ohne Vorwarnung – schleuderte mich Finn über die Asche hinweg durch die Pforte hindurch. Ich landete unsanft auf dem hellen Pflaster. Der Aufprall schmerzte, mein vernarbtes Bein verdrehte sich. Ich sprang auf, wollte zurück.

Finn stand in sicherer Entfernung. Ich konnte sehen, wie

er von Ean und den anderen Elfen gefasst und zu Boden geschleudert wurde. Doch er sah zu mir und lächelte aufmunternd.

Und dann war es, als würde sich eine Tür schließen, Finn verblasste vor meinen Augen, wandelte sich zu einem nicht einsehbaren Torbogen, unter einem Haus mit eingestürztem Dach.

Ich war allein. Allein in dem hellen Hof, umzingelt von Aschehäufchen verendeter Tiere.

Ich war verloren.

bitter sweet
STILLE DEINE SEHNSUCHT.
AUF WWW.BITTERSWEET.DE
Hier treffen sich alle, deren Herz für Romantik, Helden und echte Leidenschaft schlägt.
Aber sei gewarnt, die Sehnsucht kann auch dir gefährlich werden ...